오세훈, 길을 떠나 다시 배우다

일러두기

- 외국의 인명과 지명을 비롯한 고유명사는 국립국어연구원의 외래어 표기법에 따라 한글로 옮겼습니다. 다만, 일부 고유명사는 현지에서 저자가 경험하고 느낀 것들을 생생하게 전하기 위해 현지의 발음 그대로 표기했습니다.
- 책은 『』, 신문 · 잡지 · 학술저널 · 텔레비전 프로그램은 「」로 표기했습니다.

오세훈, 길을 떠나 다시 배우다

오세훈 지음

페루 리마 일기

프롤로그

공존의 가치를 만들기 위하여

긴 시간이었습니다. 회고해보니 3년여의 시간이 흘렀습니다. 서울시장 직에서 사퇴한 뒤, 시민이 부여해준 임기를 다하지 못했다는 죄책감을 안은 채 국내외를 다니며 반성과 성찰의 시간을 가졌습니다. 민선시장으로서 부여된 임기를 끝까지 마치지 못한 것은 그 이유가 무엇이든 큰 죄임이 분명합니다. 하여 더 큰 부담감을 안고 늘 이 사회에 어떻게 기여하여 못다 한 소임을 다할지 고민했습니다.

강단에 서서 시장 시절의 행정 경험을 토대로 후진을 양성하는 일에 전념하는 것도 하나의 방법일 수 있다고 생각했습니다. 그래서 2013년 두 학기 동안 한양대학교 공공정책대학원에서 강의했습니다. 그런데 가르치면서 배운다고, 그 과정에서 자연스레 생각이 정리되기 시작했습니다.

이제 우리 사회는 어디로 가야 합니까?

우리는 경쟁에 강합니다. 그 강하고 억척스러운 경쟁력으로 오늘날의 대한민국을 일구었습니다. 일과 놀이 문화, 학문과 스포츠 등, 어떤 영역에서도 국제사회가 공인하는 경쟁력 있는 존재가 되었습니다. 경제력 순위는 차치하고라도 최근 우리는 외환보유고 7위, 국방력 8위, 올림픽 순위 5위 등 스스로 깜짝 놀랄 위치에 올랐습니다.

그러나 경쟁 영역을 벗어나 행복이나 화해와 공존, 양보와 배려의 '가치' 영역으로 들어가면 이야기가 완전히 달라집니다. 요즈음 한 사회의 행복도를 측정할 때는 "당신은 행복합니까?" 식의 직설적 질문을 피합니다. "당신이 힘들고 어려울 때 도와줄 누군가가 있습니까?" "당신은 자원봉사를 정기적으로 합니까?" "건강관리를 위해 정기적으로 운동을 합니까?" 이와 같은 간접적 질문을 던져 종합적이고 입체적으로 측정합니다. 이런 조사에서 대한민국은 늘 30위에서 40위권을 맴돌고 있습니다.

바로 이런 현실은 다음 세대가 만들어가야 할 '가치'를 시사해줍니다.

물론 '쌀독에서 인심 난다.'고 우리 사회의 심각한 빈부격차 문제를 해결해나가는 것이 국가적 최우선 과제일 것입니다. 그러나 그 문제가 완전히 해결될 때까지 기다릴 수는 없습니다. 아니, 이제는 절박해졌습니다. 세월호 사건 이후 우리는 더욱 그런 '가치'의 사회를 갈망하게 되었습니다.

이런 가치를 추구하는 사회를 만드는 것은 경쟁력을 높이는 것보다 훨씬 어려운 작업입니다. 본질적으로 경쟁과 공존은 양립하지 않기 때문이기도 합니다.

이제 이 어려운 작업에 매진하려고 합니다. 미력한 힘이지만, 우리 사회에 이 가치를 심는 데 최선을 다하려 합니다. 이 가치를 설파하는 것도 중요하지만, 조용히 실행에 옮기는 것이 더 필요하다고 생각했습니다.

페루에서 시작된 작은 도전과 결실

2013년 12월 15일, 페루행 비행기에 올랐습니다. 코이카(KOIKA: 한국국제협력단) 중장기 자문단 9기에 지원하여 교육을 받은 뒤, 리마 시청에서 6개월간 개발도상국 수도 행정의 발전에 기여하고자 노력했습니다. 사실 처음에는 스스로를 돌아보며 기록을 남긴다는 데 비중을 두었습니다만, 중남미 시장의 가치를 실감하면서 후임자들과 이곳에 진출하기 원하는 기업에 도움을 줄 수 있는 정보 축적에 초점을 맞추기 시작했습니다.

이 책에는 6개월간의 자문 활동 과정이 비교적 상세히 정리되어있습니다. 자문 업무를 제대로 수행하려면 그 사회를 깊이 들여다보고 역사와 사회적 특질을 이해해야만 합니다. 그래서 페루와 라틴아메리카 특유의 문화와 사회상도 상당 부분 반영했습니다. 초보 자문관으로서 겪은 리마에서의 좌충우돌 경험을 고스란히 남기는 이유는 이 바탕 위에 다른 분들의 경험이 더해져 우리 외교에 작은 도움이 되기를 바라기 때문입니다.

자문 업무를 마친 뒤, 코이카의 귀국 보고서에서 중장기 자문단과 퇴직 전문가 프로그램을 대폭 확충하자고 건의했습니다. 그만큼 이 프로그램이 가지는 의미는 큽니다. 우리 사회에는 조기 퇴직 후 자신들이 쌓은 값진 직업적 연륜과 산업화 노하우를 사장시키는 전문가가 많습니다. 이 소중한 자산을 국제사회에 기여하는 노블레스 오블리주로 승화시킴으로써 자아실현과 국격 및 국가브랜드 향상의 원동력으로 삼으면 좋겠습니다.

그동안 강연이나 강의를 할 때도 젊은이들에게 선진국에 나가서 배우는 것도 좋지만, 개도국에 나가서 경험을 쌓는 것도 바람직한 도전이며 실용적으로도 크게 도움되는 시도라고 강조해왔습니다. 개도국 진출은 개인적으로도 탁월한 선택이고, 국가적으로도 해외 진출의 교두보인 지역전문가 양성을 위해 더할 나위 없이 좋은, 미래를 위한 전략적 투자이기도 합니다.

어차피 경제협력개발기구(OECD) 개발원조위원회(DAC)와 유엔(UN)의 권고 기준에 맞추어 공적개발원조(ODA) 예산 배정을 늘려야 할 형편입니다. 그렇다면 물고기를 나누어주는 것보다 고기 잡는 법을 전수해주는 지식공유사업(KSP)에 예산을 배정하는 것이 더 효율적이고 바람직합니다.

국제사회에 소중한 자산을 기여할 때

이 책이 청년들과 퇴직 전문가들에게 새로운 결심을 하는 작은 계기가 된다면 그보다 더 큰 보람이 없겠습니다. 또, 중남미나 특히 원주민 비율이 높은 페루 등의 몇 개국에 진출하고자 하는 기업, 또는 가볍게 여행을 계획하는 분들에게도 쓸모 있는 정보서가 되기를 바랍니다.

코이카 중장기 자문단 9기와 10기로서 각각 페루와 르완다에서 가진 두 번의 경험은 사뭇 대조적입니다. 그러므로 시간의 흐름에 따라 대륙을 달리하는 두 나라에서의 이야기를 비교하며 음미하는 재미도 있으리라 생각합니다.

이제 미지의 세계로 항해를 함께 시작합니다.

목차

| 2장 |

거대한 박물관의 도시, 리마의 민낯을 만나다

| 3장 |

잉카의 숨결과 마주하다

| 4장 |

리마의 로드맵을 그려라

| 5장 |

고통을 싸매고 내일을 희망하라

1장

지구 반대편에서 도전이 시작되다

리마에 도착하다

2013. 12. 15(일)

뉴욕의 폭설로 비행기 이륙이 지연되는 바람에 예정보다 3시간 늦게 리마 공항에 내렸다. 뉴욕-리마간 란항공 이코노미석의 서비스는 생각보다 좋았고 식사도 맛있었다. 사실은 배가 많이 고픈 덕분이었다. 비행시간은 8시간 반. 서울-뉴욕 14시간의 비행에 더하여 약 5시간을 더 기다린 뒤 탑승한 것이어서 상당히 지친 상태였다. 그런데 저런! 비행기에 탑승하자마자 옆자리에 씨름 선수 같은 페루인 아저씨가 다가오는 것이 아닌가. 완전히 꼼짝달싹할 수 없는 감옥에 갇힌 꼴이었다. 화장실 갈 때마다 주무시는 그분을 깨울 생각을 하니 난감했다. 그런데 그는 생각과는 달리 완전 매너남이었으니, 그의 배려 덕분에 페루에 대한 첫인상이 호감으로 바뀌었다. 내가 불편할까 봐 우리 두 사람 가운데에 있는 팔걸이는 사용하지 않고 오른손 쪽으로 손을 포개는 모습에서 참 괜찮은 분이구나 싶었다. 잠들고 나선 어차피 완전 도루묵이었지만 그래도 마음 씀씀이가 가상해서 불편함이 전혀 짜증스럽지 않았다. 이래서 말 한마디 안 통하는 국제사회에서는 보디랭귀지 첫인상이 매우 중요한 듯하다. 앞으로 리마에서 참조해야 할 듯!

시차 적응 차 동분서주한 하루

리마 도착 후 바로 코이카의 최충희 부소장 집으로 이동, 점심식사로 한국식당에서 사 온 듯한 육개장을 먹고 시내로 나갔다. 최 부소장은 삼십 대 초반의 예의 바르고 배려심 있는 젊은이인 데다 인상도 좋다. 최 부소장에게 시차에 적응할 겸 시내 구경을 요청했더니 대통령궁 시청사 앞 마요르 광장으로 안내했다. 마침 시청사가 열려있어 양해를 구하고 들어가 내가 앞으로 근무할 사무실 위치를 확인할 수 있었다. 사무실이 건물 내에서 가장 핵심부에 있어 살짝 놀랐다. 시장실과 사실상 실무책임 2인자인, 우리로 치면 부시장 격인 호세 미겔 카스트로 사무실 바로 옆인 것이다. 본관 현관에 들어서자마자 2층을 올려다보면 바로 내 사무실 정문! 순간 리마 시청 측의 기대를 읽을 수 있어 책임감이 느껴졌다. 이들에게 실질적인 도움을 주어야 할 텐데…….

리마의 신시가지이자, 고급 주택가인 미라플로레스로 이동하여 코스타베르데(녹색 해안) 사업 현장을 확인하고, 쵸리요 지역의 성모 마리아 상 고지대에서 미라플로레스를 조망했다. 스모그 때문인지 모르겠으나 대기가 뿌옇다. 미세먼지가 심해서 잠깐의 외출 후에도 온몸에서 서걱거림이 느껴질 정도다. 서쪽으로는 태평양 바다, 동쪽으로는 안데스 산맥 끝자락의 산들이 도시를 둘러싸고 있는데, 산자락이 전부 도시 빈민들의 불량주택으로 뒤덮여있다. 아! 내가 할 일이 저 모습과 연관 있겠구나 하는 생각에 태평양 바다가 전혀 아름답게 보이지 않았다.

저녁 식사는 주 페루 박희권 대사와 함께했다. 상당한 노력을 기울인 끝에 라틴아메리카 교두보 격인 한-페루 관계에 많은 진전과 성과가 있었다는 이야기를 무용담과 함께 들으며 실질적으로 필요한 정보를 많이 얻었다. 식사가 끝나갈 무렵부터 억지로 참았던 졸음이 한꺼번에 몰려와 정신을 차릴 수가 없었다.

임시 거처인 최 부소장 집은 상당히 양호한 편이다. 주택가 6층 아파트의 5층으로, 햇빛도 잘 들고 시내가 멀리까지 보여 조망도 좋다. 침구류도 깨끗하고 소음도 적어 거처를 정할 때까지 당분간 좋은 임시 거처가 될 듯하다.

■ 마요르 광장에 위치한 리마 시청.

■ 리마 시청 바로 옆에 있는 대통령궁.

어디서나 그리운 이름, 가족

2013. 12. 17(화)

아침에 코이카 사무실로 출근해서 가족과 통화를 했다. 가족과 헤어진 지 사흘 만이다. 현재로서는 유일하게 와이파이가 가능한 곳이 코이카 사무소이고, 14시간 시차를 감안하면 이곳 아침 9시가 서울의 밤 11시라 제일 통화하기 좋은 시간이다.

지구 반대편에서 서울로 거는 실시간 화상 통화가 거의 무료라는 사실에 무한히 감사하는 마음과 함께 인터넷 전화 스카이프의 위력을 실감했다. 아내와 두 딸의 얼굴을 보며 통화할 수 있으니 얼마나 좋은가? 큰딸 주원이는 얼굴에 홍조를 띠고 눈시울이 붉어지는 것 같아 순간 찡했다.

문득 25년 전, 영천의 군 훈련소에서의 추억이 떠올랐다. 스물아홉 살 늦깎이 훈련병 시절 엄마를 따라 면회 왔던 주원이는 헤어지는 순간 눈을 못 맞추고 허공을 바라보며 울음을 애써 참았었다. 다섯 살짜리가 마치 철 든

■ 리마의 거리 모습.

아이처럼 울음을 참으려는 모습이 무척 앙증맞고 마음이 짠하여 지금까지도 뇌리에 깊이 남아있다. 그랬던 큰아이가 이제 곧 시집갈 나이가 되었다니……. 첫 통화는 아내의 "동시에 끊자."라는 말로 마무리되었다. 이 한마디에 많은 감정이 실려있는 듯 느껴져서 마음이 더 아팠다.

첫 회의부터 불발이라니!

오후 3시에 리마 시의 수산나 비야란 시장과 첫 면담 약속이 있어 준비하고 나왔는데, 갑자기 총리와 미팅이 잡혔다는 이유로 연기 통보를 받았다. 이 말을 전달하는 코이카 페루 현지 직원 카트리나가 어찌나 미안해하는지 "내 경험에 비춰봐서 이해할 만한 일."이라고 통 크게 위로하고 웃어넘겼다. 모든 일이 예측 불가와 무기연기의 중남미라더니, 첫 약속부터 이럴 줄이야! 이런 곳에 사업이나 일을 하러 온 사람들은 여러 가지 애로점이 있겠다는 생각이 들었다.

갑자기 시장 시절에 나도 모르게 많은 사람에게 이런 실례를 저지르지는 않았는지 되돌아보게 된다. 아마 이보다 훨씬 더 큰 결례도 있었을 것이다. 그 모든 분에게 죄송스럽다.

두근두근, 리마 시청으로 출근하다

2013. 12. 18(수)

리마 시청으로 첫 출근을 했다. 주거와 생활이 안정되기 전이라 다소 이른 감이 있지만, 브리핑 일정이 미리 잡혀있어 기꺼이 나섰다. 당분간 코이카 인턴 양하영 양의 통역과 현지 직원 카티(카트린느)의 행정적 가교 역할로 시청 업무에 빠르게 적응할 수 있을 듯하다. 시청에서는 세뇨리타 가비가 모든 행정을 돕는다고 한다. 그 윗선이 우리로 치면 국제협력국장 격인 테네시. 넉넉한 외모의 아줌마 국장님이다.

브리핑 주제는 '공원 정책'이다. 우리나라의 공원관리공단 같은 SERPAR(Servicios de Parques de Lima)의 건축가가 1시간에 걸쳐 '보다 열린 공원 정책'을 설명했다.

첫 브리핑의 내용이 공원 정책이라 다소 의아했는데, 곧 이해가 갔다. 사막 도시, 흙먼지 바람의 도시, 물 부족으로 고통을 겪는 도시, 모든 것이 잿빛인 리마에서 녹지 공원은 하나의 로망이며 삶의 질의 척도이다. 사람 마시기도 부족한 물을 주어 정성껏 유지 관리하는 잔디와 나무는, 그야말로 오아시스 역할을 하는 리마 시민의 자랑일 터이다.

녹지 공원 면적이 1인당 2제곱미터라고 주장하는 이들의 입장에는 아마 "우리도 이렇게 하고 있다."라고 내세우고 싶은 심리가 있지 않을까(상당히 열악한 서울시도 5~6제곱미터 정도다). 어디서든 고개만 들면 도시를 둘러싼 암회색 빛의 돌과 흙투성이 산들과 그 산의 중턱까지 치고 올라온 불량주택들이 눈에 띈다. 음용수 보급률은 86.71퍼센트라고는 하나 그중 상수도는 절반 정도밖에 되지 않을 것이다. 그 무허가 판자촌의 바로 위 산 중턱, 정상마다 커다란 물탱크가 놓였는데, 모두 예외 없이 "물은 생명이다."라고 써있다. 여기에 물차가 일주일에 두 번 물을 채우면 그것이 이들의 생명수이기 때문에 붙은 문구다. 물은 리마 시가 아닌 중앙 정부 관할이란다. 이렇게 관리하는 녹지 공원이니 얼마나 자랑스러운가. 내일은 현장에 직접 가보기로 했다.

리마 시를 대략적으로 이해하다

점심은 테네시 국제협력국장이 냈다. 시청 바로 뒤 관광객이 많이 올 듯한 식당에 들어서니 자리가 없었다. 분명히 예약했다는데 자리가 없었다. 할 수 없이 조금 한산한 그 앞집으로 옮겼다. 약속이 지켜지지 않는 나라라는 생각에 머리가 조금 무겁다. 국장은 남편의 업무로 북경에서 2년 살았는데, 서울은 아쉽게도 방문하지 못했다고 했다. 이 마음 좋은 분이 앞으로 나를 챙겨줄 책임자라니, 안심된다. 음료수로 주문한 오렌지 주스는 1970년대에 가루로 타 먹던 환타 맛인데 왠지 정겹다.

■ 사막 도시 리마가 '공원 정책'을 통해 푸르른 도시로 거듭나길 기대해본다.

오후에는 원래 교통정책이 주제였으나 리마 시 개황(槪況)으로 바꿨다. 오전에 내 질문이 워낙 광범위한 데다 기초를 모르는 상태에서 구체적 수치를 요구하니 배석했던 가비가 리마 시의 대략적 상황을 직접 설명하겠다고 나섰다. 제법 순발력 있는 조치라서 고마웠다. 특기할 것은 리마 시의 인구가 950만 명이라는 점이었다. 서울에서 알고 온 수치보다 50만 명이 더 많았다. 또 한 가지는 리마 시가 라틴아메리카에서 상파울루, 산티아고, 멕시코시티에 이어 투자 매력도 4위라는 주장이다. 투자 매력도를 중시한다는 점, 자신들을 믿기지 않는 순위에 올려서 투자할 가치가 높다고 주장한다는 점이 다행이라 느껴진다. 최소한 도시 경쟁력에 관심을 가지고 있다는 증거이기 때문이다.

리마 시의 정책적 목표와 현 시점까지의 성과, 그리고 추진 과정에서의 어려움 등에 대해서도 들었다. 리마 시는 각종 권한이 분산되어있어 중앙과 지방, 시청과 구청 간의 협조가 미흡하다. 또한 도시계획에 필요한 시의 적절한 제도적 뒷받침이 부족하다. 재원 부족과 공공서비스 정책 부재 등도 시정 추진이 어려운 이유 가운데 하나다. 목표 하나하나가 앞으로 들여다봐야 할 숙제들인 셈이다.

시청사를 잠깐 둘러보다 정말 궁금한 점이 있어 안내하는 공무원에게 직접 물었다.

"왜 물이 부족한 사막 지형 한가운데를 수도로 정했습니까?"

"정복자들이 수탈한 금과 각종 산물들을 유럽으로 보내기 위해 항구를 건설했고 그것이 계기가 되어 리마 시가 만들어졌기 때문입니다."

아! 백성을 위해, 그들의 편의와 생활을 위해, 그리고 자자손손 후세의 번창을 염두에 두고 도읍을 정한 우리 역사는 얼마나 고마운가. 식민지 수탈의 가장 효율적인 항구가 삭막한 수도 리마의 기원이라는 말에 그동안의 모든 의문이 단번에 풀렸다. 이런 우스갯소리도 있단다. 얄미운 정복자들이 수도로 어디가 좋으냐고 물어서 원주민들이 제일 살기 힘든 사막이라고 가르쳐주었다는……. 앞으로 이 도시에서 풀어야 할 수많은 과제 중 상당 부분이 바로 가슴 아픈 역사에서 비롯한 것일 터이다.

가방을 앞으로 메야 하는 도시

2013. 12. 23(월)

오늘과 내일은 시청에 출근하지 않는다. 가톨릭 국가인 이곳에서는 크리스마스가 매우 큰 명절이라, 내일까지 시청이 한산하다는 설명이다. 사실상은 내년 초까지 죽 쉰단다. 지난주에 도착하자마자 브리핑에다 현장 방문까지 숨 가쁜 일정이 잡혀있어 내심 감동했는데, 이제 그 이유를 알겠다. 크리스마스 때 휴가가 시작되어 1월 10일경에 출근한다는 말을 듣고 속 편한 공무원들이다 싶어 조금 황당했다.

오전엔 코이카 사무실에서 각종 밀린 잡무를 처리한 뒤 오후엔 집을 보러 다녔다. 역시 마음에 드는 거처가 없다. 1년 계약이 아닌 6개월 계약에다, 단기 체류에 필요한 가구와 집기 완비라는 내 쪽의 조건도 좋은 편이 아니다. 게다가 되도록 대중교통을 이용하고 싶다고 요청하니 지역을 한정시켜버린 셈이다.

그래서 결단을 내렸다. 혼자 살면 사생활 보호 등 여러 장점이 있지만, 이런 이점을 포기하고 보건전문가 김윤섭 박사에게 함께 집을 쓰자고 제안해 흔쾌히 동의를 받았다. 내친 김에 산 이시드로 쪽 아람부루 메트로폴리타노 역 근처로 거처를 찾아달라고 부동산에 요청했다. 거기라면 우리나라의 버스 중앙차선 제도와 유사한 대중교통인 메트로폴리타노를 이용할 수 있고, 마트 등 편의시설도 가깝기 때문이다. 비용은 김 박사와 반분해서 부담을 줄일 수 있을 터였다. 큰 방향을 정하고 보니 역까지 20여 분, 내려서 시청까지 10여 분 걸릴 것으로 예상되고 안전에도 별 문제는 없어 보였다.

백팩을 안고 다니는 배낭족이 되다

여기 와서 여러 차례 듣는 이야기가 외국인을 상대로 한 절도 수법이다. 하도 기상천외하고 치밀하여 길에만 나가면 심리적으로 위축이 된다. 점심을 함께한 협력의사 두 분의 경험담과 찢겨진 배낭을 보니 실감이 났다. 건장한 청년의 배낭을 대낮에 칼로 찢고 지갑을 빼가려 드는 이곳 건달들의 대담함이 놀라웠다. 대부분 생계형 범죄이고 몇 명이 조를 짜서 일사불란하게 해치우기 때문에 일단 타깃이 되면 벗어날 방법이 없다는 설명이다.

가방 안에는 각종 자료가 저장되어있는 노트북 컴퓨터, 070 인터넷 전화, 서울에서 사용하던 휴대 전화와 이곳 현지 휴대 전화 등 잃어버리면 매우 불편하고 속상할 만한 물건들이 잔뜩 들어있어 보통 신경 쓰이는 것이 아니다. 이동 후 일행의 승용차에서 내리는 경우에도 반드시 가방을 들고 내린다. 차량 내부의 물건들을 털어가는 사례도 자주 있기 때문이다.

그래서 여기서 내 모습은 마치 학창시절로 돌아간 듯한 백팩 배낭족 모양새다. 그것도 등 뒤는 위험하니 앞으로 메라는 충고 덕분에 마치 아기를

위 평소에 백팩을 메고 다니는 내 모습. 가방을 앞으로 메야 안전하다.
아래 리마 거리에서 흔히 볼 수 있는 가판대.

안고 있는 형국이다. 이런 곳에 비하면 서울은 얼마나 안전한 도시인가. 안전은 도시의 기본이고 모든 발전의 출발점이다. 도시 경쟁력에 관심이 있다면 치안부터 챙기는 게 급선무다.

저녁에는 김 박사와 이재혁 의사를 집으로 불러 밥을 함께 먹었다. 김 박사의 요리 솜씨는 일품이었다. 토요일에 사다 놓은 삼겹살을 구워 두부를 삶고, 김치볶음을 만들어 소주와 한잔하니 기가 막혔다. 약간 단맛이 필요하다 하여 엊그제 사 온 사과잼을 넣었는데, 이게 제대로 화룡점정이 되었다. 어깨 너머로 배워 할 줄 아는 음식이 또 하나 추가됐다.

쾌적하고 효율적인 메트로폴리타노

2013. 12. 25(수)

아침에 일어나 운동을 했다. 작은 헬스장이 아파트 1층에 있는데 그동안 이용을 못 하다가 처음으로 여유롭게 운동을 했다. 말이 헬스장이지 서너 평 되는 면적에 아령과 트레드밀 그리고 다목적 근육 운동 기구가 한 개 있을 뿐이다. 하나 있는 트레드밀 위에서 다른 사람이 걷고 있으면 나는 근육 운동을 할 수밖에 없다. 그래서 같은 동작을 여러 번 반복했더니 온몸이 뻐근하다. 열흘 이상 운동다운 운동을 못 했으니 근육들도 놀랐을 것이다.

오후에는 김 박사와 이재혁 의사의 도움을 받아 메트로폴리타노 즉, 시내 간선 버스를 타보았다. 내 거처를 찾고 있는 산 이시드로 부근 아람부루 역에서 시청까지 출퇴근하려면 얼마나 걸리는지 시간도 재고, 출퇴근로의 치안 상황도 점검하기 위해서였다.

운용 상황은 생각보다 놀라웠다. 쾌적하고 효율적이며 저렴했다. 2솔,

위 페루는 메트로폴리타노라고 하는 한국의 버스 중앙차선과 유사한 교통 시스템을 갖추고 있다.
아래 메트로폴리타노 정류장 안쪽.

■ 아구아 둘쎄 어시장. 싱싱한 수산물을 저렴하게 구입할 수 있다.

우리 돈으로 800원 정도로 지하철 대체 효과를 내는 시스템이었다. 우리의 버스 중앙차로 제도의 업그레이드 버전이라 상상하면 적절할 것이다. 다만 한계라면 간선도로의 면적을 많이 차지해 실효성 있을 정도로 역을 늘리기 힘든 상황이라는 것이다. 이 노선에 지하철을 설치해야 마땅했다는 해당 부서 전문가의 설명을 들은 바도 있다.

어쨌거나 산 이시드로 부근 적당한 위치에 집을 얻으면 이 대중교통 시스템을 이용해 출퇴근이 가능하다는 확신이 섰다. 치안 상황도 비교적 양호한 편이다. 친절한 리마 시민을 만나 안전한 길도 알아두었다.

일을 마치고는 저녁 식사 모임에 필요한 횟감을 사기 위해 김 박사와 '아구아 둘쎄'라는 어시장으로 향했다. 미라플로레스 부근에 이르자 맙소사

차가 거의 움직이지 않았다. 크리스마스이브를 밤새 즐긴 시민들이 뒤늦게 바닷가로 해수욕을 나왔다는 설명이다. 당황스러운 광경이지만 보기 좋았다. 크리스마스에 해수욕이라니!

다행히 핀타틴토라 부르는 감성돔과 비슷한 생선과 숭어를 무사히 공수해 왔다. 숭어 한 마리에 10솔, 그러니까 4,000원! 우리 돈 2~3만 원 정도로 일곱 명의 홀아비들이 회와 매운탕까지 풀코스로 즐길 수 있다니. 오전에 너무 과하게 운동한 탓인지 식사를 마치자 졸음이 쏟아졌다. 아직 시차 적응이 덜 된 상태라서 더욱 졸린 모양이다.

이렇게 리마의 크리스마스가 지나갔다.

몸살과 함께 떠난 첫 여행

2013. 12. 27(금)

아침에 눈뜰 때 목에서 통증을 느꼈다. 그제 밤부터 온몸이 몽둥이찜질을 당한 것처럼 무겁더니 몸살이 난 모양이었다. 빨리 약을 먹어야겠다는 생각에 죽을 끓여 아침으로 먹었다. 그런데 위에서도 통증이 느껴졌다. 배앓이와 몸살이 동시에 찾아온 듯해 이재혁 의사에게 약을 부탁했다. 졸지에 이중 환자가 되었다.

문제는 오늘 출발 예정인 여행이었다. 관공서들의 연말 휴가 기간을 이용·강병근 교수, 귀국 전에 송창훈 소장과 김 박사 등 네 명이 이카를 거쳐 나스카 유적까지 2박 3일 여행을 떠날 예정이었다. 몸이 견뎌낼 수 있을지, 다른 분들에게 불편을 끼치지 않을지 고민되었으나 일단 출발하기로 마음을 정했다.

긴 사막 여행이었다. 이곳은 동쪽에 위치한 안데스 산맥의 영향으로 비가 전혀 오지 않아 해안선을 따라 긴 사막이 형성되어있다. 끝없이 이어지는 잿빛 혹은 암회색의 모래언덕을 옆으로 끼고 남으로 내달렸다. 어쩌다 녹색 지형이 보이는 곳은 빈약한 수량이라도 강이 흐르는 곳으로 추정되었다. 때로는 광활한 모래사막 한가운데를 지나기도 하고, 때로는 암반이 높게 솟은 험준한 바위산 사이를 통과하기도 했다.

일행 중 누가 먼저랄 것도 없이 모두, 봄이면 신록으로 옷을 갈아입는 대한민국 산하의 축복받은 자연을 떠올리고 찬미했다. 여하튼 풍광이 특이한 것만은 분명하다. 왼쪽은 암반과 모래흙, 오른쪽은 태평양 푸른 바다가 대조를 이뤄 어디에서도 보기 힘든 색다른 풍광도 펼쳐졌다.

점심을 먹자고 예정한 식당은 비포장 사막 지형을 한동안 지나야 하는 곳이었는데, 사막 여행을 한 적이 없는 나로서는 신기한 경험이었다. 모래바람이 불자 차창에 모래흙먼지가 눈처럼 쌓이는 것이 아닌가. 잠시 내려 사진을 찍고 싶었지만, 차 안으로 모래와 흙이 쏟아져 들어올 것 같아 참을 수밖에 없었다.

잠깐 길을 잃고 헤맨 끝에 파라카스 국립공원 내의 해안가 식당촌에 도착해 현지식으로 늦은 점심을 했다. 모두 먹음 직한 해산물 요리를 먹는데, 나 혼자 역시 흰죽이었다. 하필 이때 몸이 이렇게 안 도와주나 싶어 한숨이 나왔다. 사막을 지나온 바닷가의 풍경도 이색적이고 분위기도 좋은 편인데, 앞에 놓인 음식은 차가운 흰죽 한 그릇. 모래바람 속에서의 죽 도시락은 평생 잊지 못할 것 같다.

식사 후 1시간여를 더 달려 이카라는 곳에 도착했다. 말이 3성급 호텔이지 화장실에는 바퀴벌레가 기어 다니는 시골 여인숙 같은 곳에 여장을 풀었다. 잠시 쉬었다가 와카치나라는 마을의 오아시스 격인 호수 옆에서 현지식

■ 이카의 오아시스. 이색적인 풍경이었지만 모래바람이 대단해 식사하기도 쉽지 않았다.

식사를 했다. 다른 분들은 피스코 사워라고 불리는 이곳 독주 칵테일을 몇 잔씩 해서 거나해졌는데 혼자만 미네랄워터를 마시고 말똥말똥했다. 음식을 씹는데 모래가 입속으로 함께 들어와 서걱서걱한다. 페루에서는 모래먼지와 함께 공존한다는 생각을 하지 않으면 그 불쾌감을 견디기 힘들다.

약으로 하루를 버텼다. 내일 아침에는 목이 나아있으면 좋으련만……. 내일은 아침 일찍 나스카를 보러 간다. 과학 잡지나 다큐멘터리 프로그램에서 불가사의라며 보여주던 그 거대 문양이 새겨진 곳으로 가는 것이다. 고단하기만 했던 여정을 보상해줄 정도로 의미가 있을까 기대가 크다.

보물 덩어리 나스카에 실망하다

2013. 12. 28.(토)

목의 통증과 염증이 계속 진행 중이다. 며칠 갈 것 같다. 해열제를 복용한 덕분인지 다행히 열은 없어서 버티기에는 문제가 없다. 위는 한결 나아졌다.

나스카에 다녀왔다. 오후에는 햇빛이 뜨거워 보기 힘드니 오전에 일찍 보기로 의견이 모아져, 8시에 출발하는 일정을 그대로 실행했다. 이카에서 나스카까지는 사막과 산악 지형 사이의 도로를 거쳐 1시간 반 정도 가야 했다.

벌새, 원숭이, 고래, 콘돌, 거미, 사람인지 외계인인지 모를 기하학적 형상 등 다양한 문양이 수십 미터에서 수백 미터까지 단순화된 문양으로 그려져 있다는 나스카 라인! 기원전 후로 과학적 추정치가 1,000년 정도 차이가 나서 무엇을 믿어야 할지 알 수 없지만, 대충 따져도 만들어진 지 2,000년 전후는 되는 셈이니 신비한 것만은 사실이다. 아무리 비가 오지 않는 사막기후라도 그 정도 세월을 견뎌냈는데, 누가, 무엇 때문에 이런 작업을 했는지 지금도 밝혀내지를 못했으니 그 모호한 신비감으로 가치를 누리고 있다고나 할까.

비행기를 타고 고도를 확보해야 비로소 전모를 실감나게 볼 수 있지만, 우리 일행은 아무도 비행기를 타자고 제안하지 않았다. 1인당 100불이라는 비용도 부담되었고, 좌우로 45도로 기우는 비행을 30분 정도 반복하다 보면 그저 빨리 내렸으면 하는 마음뿐이라는 체험담을 읽은 터였다.

단지 이 나라 정부가 어떻게 유네스코 자연유산을 관광자원으로 활용하는가를 보고 싶었다. 와보기를 잘했다는 생각이 든 것은 현장에 도착한 직후였다. 사실 송 소장이 이곳 여행을 제안한 내심을 알 수 있었다. 페루 정부가 코이카의 지원사업으로 요청한 나스카 영상관 건설 사업의 타당성에 관해 직접 확인하고 싶었던 듯하다.

그런데 도로 바로 옆에 지상 8미터 정도 높이의 철제 구조물 위로 올라가 그림 두 개를 보면 누구라도 실망할 것이다. 사용료가 1인당 2솔(약 800원)인 철탑에는 10명 이상은 동시에 올라갈 수 없다는 안내문뿐이다. 과학 서적이나 인터넷에서 본 문양은 알아보기 힘들었고 어느 방향에 있는지 설명서나 안내판조차도 없다. 역사적 의미나 추정되는 연대에 대한 과학적 설명도 찾을 길이 없다. 소규모의 주차장도 철탑 건너편에 있어 주차 후 고속 질주하는 차량이 없을 때 무단횡단을 해야 철탑 밑으로 접근할 수 있었다. 철탑 밑에는 기념품을 파는 잡상인만 5~6명 있을 뿐인데, 기념품도 달걀만 한 돌에 나스카 문양을 새겨 넣은 조악한 것들뿐이다. 귀중한 역사 자연 유적을 이렇게 허탈하게 활용하다니.

사실 서울시에서는 더 이상 공장을 지어 제조업으로 일자리를 창출하기 힘들다고 판단, 관광산업으로 승부하기 위해 취임 초 불가능해 보이는 관광객 유치 1,200만 명을 목표로 내걸고 온갖 볼거리와 즐길거리를 만들기 위해 애썼던 나로서는 충격이 클 수밖에 없었다. 사실 한국을 찾는 관광객의 80퍼센트는 중국인 및 일본인 관광객이다. 지금은 중국인 관광객이 1위로 올라섰는데, 이들이 경복궁과 숭례문을 보고 감동받을 리는 없어서, 한강과 남산 등을 현대적 감각으로 디자인하기 위해 얼마나 노심초사했던가!

그런데 이들은 세계적으로 홍보되어있는 보물 덩어리를 구석에 처박아 놓은 형국이다. 돌아오는 길, 최고의 활용 방안에 관한 토론이 벌어졌다. 그중 제일 효율적이고 실용적인, 그러면서도 관광객의 호응을 얻을 수 있는 방법은 열기구를 이용한 관찰 기회 제공이라는 데 의견이 모아졌다. 비행기는 멀미도 문제지만, 적지 않게 발생한 항공사고로 상당수의 사망자가 기록되어있는 상황이다. 따라서 안전하면서도 즐겁게 시야를 확보할 수 있는 높이로 올라가 과학적 호기심을 충족시킬 방법은 열기구가 가장 효율적이라는 데 의견이 일치한 것이다. 전문적인 타당성 조사가 선행되어야 하겠지만, 영상 상영관 프로젝트에 동의하기에 앞서 고려해야 할 요소가 많다는 점은 분명해졌다.

1인당 국민소득이 6,000달러를 넘어서면서 경제 발전이 기지개를 펴는 듯 보이는 페루. 그런데 실상은 이 소득 수준마저 대부분 산업화가 아닌 부존자원의 수출로 이루어지는 나라. 상당수의 수익성 높은 투자는 외국 거대 자본에 의해 이루어지는 곳. 리마의 몇몇 현대적 시설물이 세워진 지역을 벗어나면 우리나라 1960년대 초반을 연상시키는 낙후된 사회상을 보여주는 이곳. 이 나라에서 미래를 내다보는 투자와 산업화는 과연 누가 제대로 시작할 것인가. 돌아오는 차 안에서 많은 생각을 했다.

■ 철탑 위에서 바라본 나스카 문양. 수천 년을 버텨온 기하학적 문양이 보이나, 전체에 비하면 극히 일부분일 뿐이다. 경비행기를 타지 않은 사람은 분위기만 느끼고 돌아와야 한다.

지난 2주간 시청에서 브리핑을 받고 나니, 어디서부터 어떻게 손을 써야 할지 정말 막막하다. 일단 목표가 분명해야 기어가든 뛰어가든 방법을 강구할 터인데, 목표를 설정하려는 마음가짐 자체가 보이지 않는다고나 할까? 비전과 전략에 관해 고민이 깊었던 하루였다.

위 나스카 문양을 볼 수 있는 전망 철탑.

아래 황량한 벌판의 고속도로 변에 조그마한 주차장이 있고, 눈치껏 무단횡단을 해야 전망 철탑으로 건너갈 수 있다.

새들의 천국 파라카스

2013. 12. 29(일)

어제는 이카의 숙소로 돌아와 와카치나의 오아시스 부근 사막을 구경하고, 바로 옆의 바나나라는 롯지 내 식당에서 바비큐로 식사를 했다. 사막의 밤에 젖어 피스코 사워를 두어 잔 마셨는데 취기가 급속하게 올랐다. 상당히 독한 술인데다, 설탕을 섞었는지 맛이 있어 홀짝홀짝 마시다 보니 갑자기 술기운이 올라온 모양이다. 페루로 오기 전 스페인어 선생님이 남미에 가면 맛있고 독한 술이 있으니 꼭 마셔보라고 해서 그 이름을 기억하고 있었는데, 역시 맛도 듣던 대로고 알코올 함량도 보통이 아닌 듯했다.

식당에서는 전 세계 배낭족들이 모여든 듯 젊은이들의 낭만이 느껴졌고, 그에 걸맞게 가격도 매우 저렴했다. 음식 맛도 좋고 양도 적당한 데다 재스민 꽃향기까지 어우러져 누구에게나 권할 만했다. 흠이라면 사막 한가운데다 보니 음식과 모래 먼지를 함께 흡입해야 한다는 정도였다!

기회는 적극적으로 사고하는 자에게 찾아온다

방학을 이용해 세계 각지에서 몰려든 젊은 친구들을 보자 내 젊은 시절이 떠올랐다. 계속되는 개발독재 속에서 끝없이 열리는 시위를 지켜보며 공부를 해도, 놀아도 늘 죄책감에 시달렸던 그 시절, 우리 세대의 젊음은 그렇게 우왕좌왕 속절없이 흘러가버렸다. 고시에 합격한 뒤 변호사가 되고는 그 죄책감에 대한 보상심리랄까, 환경시민단체를 돕는 것으로 위안을 삼았다. 초창기 변호사 시절까지를 회상하다 보니 이렇게 자유분방하게 젊은 시절을 즐기며 색다른 문화를 공유하기 위해 나선 젊은이들이 부러웠다. 그곳에서 한국 젊은이들을 보지 못했다면 섭섭할 뻔했다. 그들이 평생 양식이 될 보약 같은 경험과 정보를 얻어 돌아가길 바랐다.

어제 나스카에서 부모를 따라 중남미를 여행 중인 대학생 두 명과 인사를 나누었는데, 코이카에 관심이 있다며 한국어 교육 봉사에 대해 물어왔다. 배낭여행도 좋지만, 젊은 시절에 개발도상국에 나와 봉사도 하고 여행도 다닐 것을 강연할 때마다 권유했던 나로서는 정말 반가운 만남이었다. 기회는 적극적으로 사고하는 자에게만 찾아오는 법이다. 선진국으로 공부하러 가는 것도 의미 있지만, 후진국행은 또 다른 의미에서 값진 경험이 될 것이다. 귀국하면 조금 더 열정적으로 이런 메시지를 전해야겠다.

이렇게 많은 새를 한자리에서 보다니!

오늘은 아침 일찍 일어나 파라카스 국립공원에 다시 들러, 새로 유명한 바야스타스 섬을 배로 둘러본 다음 리마로 돌아왔다. 아침 8시 배편에 오르기 위해 6시에 기상하여 간단한 아침식사를 한 뒤 차로 1시간 거리의 빠르까스 국립공원 선착장에 도착했다. 연말 휴가를 이용하여 이곳에 온 수많은 방문

■ 평생 본 새의 숫자를 다 합해도 바야스타스 섬에서 본 숫자보다 적을 것이다. 이 모습에 좁은 서해 어장을 놓고 중국 어선과 해상경계선 다툼을 하며 조업해야 하는 우리 어민들 처지가 떠올라 한숨이 나왔다.

객과 함께 약 30분간 배를 타고 나가 도착한 바야스타스 섬은 듣던 대로 수백만 마리 새와 물개, 바다사자, 펭귄의 천국이었다.

이 새들이 모두 이 섬을 배경으로 번식과 서식을 하고 있으니, 바다에 얼마나 많은 어족자원이 서식한다는 뜻인가. 입이 다물어지지 않는 광경이었다. 돌아오는 차 안에서 우리 일행은 만약 사막기후만 아니라면 페루는 모든 것을 갖춘 나라 같다는 이야기를 나누었다. 안데스 동쪽에는 밀림까지 있으니, 어쩌면 이들은 고루고루 모든 것을 갖춘 나라일지도 모른다.

이 풍요로운 나라에서 오늘 다시 눈에 거슬렸던 것은 땅을 선점하려고 여기저기 세워둔 갈대 가건물이었다. 이번 여행길에 수시간씩 차로 이동하

■ 앙증맞은 훔볼트 펭귄과 물개 가족. 바다사자도 꽤 있다.

며 빈 땅에 설치미술처럼 세워진 수백, 수천 채의 빈 가옥들을 목격했는데, 모두 나라에서 땅을 무상으로 받아온 역사의 잔영일 터이다. 이들에게 땅은 무조건 선점하면 언젠가 나라가 인심을 베푸는 선물인 셈이다. 리마 시를 지금의 모양새로 만든 주범이 이 정책이다. 과거에는 어쩔 수 없이 그리 했다 하더라도, 아직까지 주택개량 사업을 하는 대신 그 모순 덩어리 현상을 버젓이 반복, 확산하는 것은 참으로 안타까운 일이다. 계획적으로 신도시 사업을 해도 토지 이용이 효율적으로 될지 확신이 부족한 판에, 주인이 없어 보이는 땅을 선점하는 눈치 빠른 사람들, 그나마도 빈집으로 두고 들어와 살지도 않는 편법에 밝은 자들에게 이익이 돌아가서야 되겠는가.

이번 여행은 페루의 진면목을 발견할 수 있었던 정말 뜻깊은 시간이었다. 강병근 교수, 송 소장, 김윤섭 박사 세 분에게 진심으로 감사하다.

보금자리를 찾다

2013. 12. 30(월)

이곳 시청은 개점휴업 상태다. 로마에서는 로마법을 따르라 했으니, 리마에서는 리마법을 따라 마음을 느긋하게 가질 필요가 있을 듯하다.

여유로운 시간을 이용해 미루어두었던 중요한 일 두 가지를 해치웠다. 첫째는 은행 계좌를 내고 신용카드를 받은 것이다. 둘째는 집을 정한 것. 아직 계약까지는 아니지만, 집 주인과 구두로 1월 초에 입주하기로 합의하는 단계까지 왔다. 역시 무슨 일이든 직접 해야 진도가 나가는 법이다. 오늘은 김 박사를 앞세워 직접 집을 보러 다녔다. 며칠 전 결심한 대로 위치는 아람부루 메트로폴리타노 역 부근 산 이시드로 지역으로 정하고, 집 밖에 '임대'라고 써 붙인 곳을 찾아 직접 부딪쳤다. 4시간여 동안 대여섯 군데를 돌아다니며 가격과 조건을 파악한 뒤, 가장 마음에 드는 집을 흥정했다.

14층 아파트인데, 주인은 이곳 변호사로 같은 건물 3층에 살고 있어서 바로 만날 수 있었다. 마트도 가깝고 집 구조나 가구, 집기 등이 골고루 구비되어있었다. 층수가 높은 만큼 비록 아득히 멀긴 하지만 태평양 쪽이 내려다보이고 시내 쪽도 제법 잘 보였다. 제일 중요한 요소인 치안도 비교적 좋은 곳이라 흥정을 시작했는데, 김 박사의 협상 실력이 수준급이었다. 월세 2,100달러를 달라고 했는데, 우여곡절 끝에 1,900달러까지 깎았다. 관리비까지 해서 1인당 1,000달러 정도 부담이니 가격 대비 괜찮은 질의 물건을 고른 셈이다. 부동산중개업소를 통하지 않아 계약 전에 소유 관계를 정확히 파악할 필요가 있어서 시간은 좀 걸리겠지만, 내 마음은 결정한 상태다. 다른 사정이 생기지 않는다면 다음 주 중으로 입주할 생각이다.

느긋한 마음으로 사람들을 챙긴 날

오늘은 밥 사는 날이었다. 점심도 저녁도 신세 진 분들에게 식사를 냈다. 함께 비행기를 타고 온 네 분의 봉사자와 인턴들, 코이카 관리요원(이하 '관리') 등 십여 명에게 은행카드가 나온 기념으로 한식당에서 점심을 샀다. 홈스테이를 하는 봉사자들은 특히나 한식을 그리워해서 밥을 사겠다니 반가워했다.

내친김에 이번 토요일에 지금 거처에 모여 저녁을 함께 해 먹자고 제의했다. 너나 할 것 없이 외로움을 느끼는 연초이므로, 한번 불러서 고기라도 구워 먹여야겠다는 생각에 제안했는데, 모두 기다렸다는 듯 좋아했다. 사실 그날은 내 생일인데, 아무에게도 말하지 않았다.

메뉴는 돼지고기 고추장 두루치기에 비빔국수라고 못 박아 두었으니 그리 힘들 것도 없을 듯하다. 김 박사의 요리 실력이 평균 이상이고 나 역시 요리하기를 즐기는 편이므로 이번에 성공하면 이런 시간을 자주 가져야겠다. 지구 반대편에 와서 마음고생이 심한 사람들끼리 서로 위해줘야 하지 않겠는가?

저녁 식사 후 코이카 사무실에 들러 인터넷 전화로 부모님, 장인장모님, 아내 그리고 아이들과 통화하며 미리 새해 인사를 했다. 아버지는 수족이 저리는 등 편찮으셔서 병원에 며칠 입원하셨는데, 심각한 상황은 아니라니 불행 중 다행이다. 연말연시에 직접 찾아뵈어야 하는데 멀리 나와있어 자식 된 도리를 못 하니 마음이 무겁다. 아내를 통해 아이들에게 힘들어도 병원에서 하룻밤씩 돌보아드리라고 당부하는 것으로 마음에 위안을 삼았다. 여러 가지로 마음이 편치 않았는데, 그래도 안부 전화를 나누고 오니 잠자리에 드는 마음이 한결 가볍다.

한 해를 보내는 감회

2013. 12. 31(화)

어제 거처를 정했다고 알린 뒤로 봉사요원들의 안전 관리가 주요 관심사인 송 소장의 걱정이 이만저만이 아니다. 막상 내가 거처를 메트로폴리타노 역 인근에 정하고 버스로 출퇴근을 하겠다고 하니 송 소장의 걱정이 한 단계 더 현실화된 것이다. 역까지 15분 남짓, 버스 안에서 25분, 버스에서 시청까지 10분 동안 무슨 일이 벌어지지 않을지 심려가 크다.

사실 며칠 전, 에콰도르의 수도 키토 시에서 나와 똑같이 코이카 중장기 자문단으로 일하는 이덕수 전(前) 서울시 부시장이 사고를 당하셨다. 보내오신 메일을 보고 목숨을 건진 것만으로도 다행이라는 위로의 답신을 보냈다. 사고 당일 그는 시니어 자문단, 퇴직 전문봉사단원 등 키토 시에서 자주 어울리는 몇 분과 저녁 식사를 마치고 귀가를 위해 택시를 타셨단다. 물론 겉보기엔 지극히 정상적인 등록 택시였는데, 예상로를 벗어나 엉뚱한 방향으로 가기에 항의조로 따지던 도중 장정 세 명이 올라타더란다. 그러고는 무언가 아주 매운 물질을 눈에 뿌려 제압한 뒤 휴대 전화, 지갑을 비롯해 모든 물건을 털어 갔다고 했다.

그 과정에서 신용카드 비밀번호를 바로 대지 않자 날카로운 흉기로 넓적다리를 여러 차례 난자해 피가 흥건히 흐를 정도로 다치고 무수히 구타를 당하는 피해를 입었다. 여기 안전수칙상 일몰 후 혼자서 택시를 타는 것은 금물인데 이를 어겼고, 달라는 대로 다 내주고 얼굴을 쳐다보지 말라고 교육받았는데 막상 일을 당하니 수칙을 지키지 못하셨다고 한다. 내게는 더 큰 도시에 있으므로 더욱 조심하라며 당부의 메일을 보내신 것이다.

키토 시청에서는 홧김에 중도 귀국을 하실까 봐 수차례 찾아오고 사과를 하는 모양인데, 이덕수 부시장은 연장한 1년을 다 채우겠다고 하셨다니 다시 한 번 그 마음가짐에 고개가 숙여진다. 이분의 마음이 내게 영감을 주어 여기까지 오게 만들었는데, 참으로 당하지 않았으면 좋을 일을 당하셨다 싶다. 다행히 치료 후 경과가 좋아서 조만간 출근이 가능할 것 같다니 불행 중 다행이다.

낯선 땅에서 안전을 고민하다

송 소장도 이곳 경찰청의 보안 책임자를 불러 위기상황 대처 요령을 교육해주겠다고 한다. 허나 일단 범죄의 표적이 되고 나면 사후대처를 잘한다 한들 무슨 도움이 되겠나 싶다. 오히려 심리적으로 위축만 되고 생활이 필요 이상으로 긴장되어서 일상에 불편함만 가중되는 역효과가 나타나지 싶다. 리마의 범죄 양상은 시간이 흐르면서 좋아지는 추세라고 하니 그나마 위안이 된다.

어쨌거나 멀리까지 도와주러 와서 안전사고는 최대한 피해야 하므로, 여러 가지 방안을 고민하고 있다. 일단 사는 동네 분위기가 제일 중요하여 산이시드로 중에서도 중산층이 밀집해있고 출퇴근로가 비교적 번잡한 곳을 골랐는데, 한가운데 녹지 공원이 있어 걱정이다. 어제 실제로 걸어보니 저녁 무렵 경찰이 공원 구역 내에서 두 명이나 눈에 띄어 신경을 많이 쓰는 곳이라는 인상을 받긴 했다. 늦은 귀가 때는 어두컴컴할 것 같고 그렇다고 택시를 타는 것도 꺼려져 아직 해답을 못 찾고 있다.

치안은 도시 경쟁력과 삶의 질을 결정하는 기본 중에 기본이다. 안전이 확보되지 않으면 모든 것이 불편해진다. 불편을 넘어서서 비효율과 각종 비용이 증가하는데, 부대비용 때문에 도시 발전은 저해되고 도시민, 특히 외국인의 생활은 왜곡될 수밖에 없다. 이는 투자 위축 등의 손해를 발생시켜 경제적으로도 악순환의 고리가 된다. 우리나라는 비교적 안전하게 유지되는 치안 상황을 물과 공기처럼 당연한 것으로 받아들이고 있으나, 이곳 라틴아메리카는 이 기본을 만들어가는 긴 여정에 있다.

시장 시절 한 개발도상국 시장과 저녁 식사를 마치고 남산 산책로를 걸었던 일이 떠오른다. 그는 밤 10시가 넘은 시간대에 모녀나 자매 등 여성들이 산책을 즐기는 모습을 보며 한편으로는 경탄하고 또 한편으로는 부러워하며 내게 비결을 물었다. 기본적 치안 상황이 좋을 뿐만 아니라, 특히 그곳은 CCTV 덕도 보는 곳이라고 설명하며 으쓱했던 기억이 새롭다.

리마에서 이방인으로서 이 풀리지 않는 숙제를 풀려고 고민하며 한 해 마지막 날을 보낸다. 믿을 수 있는 택시 회사를 물색하여 동일한 기사를 정기적으로 이용하는 것도 한 방법일 듯한데, 퇴근 이후의 이용이 불규칙하니 사실상 힘들고 대중교통을 이용하겠다는 내 의지와 상충되는 단점이 있다. 물론 경제적으로도 부담이고.

좀 더 품이 넓은 사람이 되어야겠다

2013년 한 해 마무리를 리마에서 하게 될 줄 연초까지만 해도 상상이나 했겠는가. 참으로 일도 많았고 마음고생도 많았던 올해를 멀리 리마 시내를 내려다보며 마무리한다. 달마다 있었던 사건들을 하나하나 되돌아보니 마음 한편이 아리다. 돌이켜보면 아직 수양이 덜 되어 억울하다고 생각되는 일에는 굳이 변명하려 들었고, 분한 일에는 칼을 갈았다. 또, 기쁜 일에는 가볍게 감정을 드러냈었고 보람 있고 즐거운 일에는 우쭐했었다. 모두 아직 사람이 덜되었다는 증거들이다.

그러나 한편 위안도 된다. 어찌되었든 잘 참았다. 모두 주변에서 도와주고 걱정해준 고마운 분들 덕분이다. 특히 참모들은 어려운 환경에서도 내 부족한 성정을 보충해주고 부족한 판단력을 바로 세워준 동지들이다. 한 분 한 분에게 고마운 마음을 전하는 것이 도리이나, 올해는 시공간적 사정으로 모두 생략하고 마음의 책갈피에 쟁여넣었다. 내년에는 좀 더 품이 넓고 깊은 사람이 되고자 노력하겠다는 소망을 품고 잠자리에 든다. 멀리서 또 폭죽 소리가 들린다.

지구 반대편에서 새해를 맞이하다

2014. 1. 1(수)

리마에서의 새해 아침은 상쾌했다. 잠시 신세를 지고 있는 최 부소장네 아파트 단지 안에는 조그마한 잔디밭이 있는데, 낮에는 뛰노는 아이들의 웃음소리가, 새벽에는 이름 모를 새들의 지저귐이 듣는 이들의 마음을 풍요롭고 행복하게 한다. 세상에 이 두 가지만큼 사람의 마음을 편안하게 하는 소리가 또 있을까. 오늘 아침은 오랜만에 새소리를 들으며 느긋하게 잠에서 깨어났다.

그동안 시차 문제도 있었지만, 빨리 출근해야 한다는 생각에 마음의 여유가 없었는데, 오늘은 사뭇 달랐다. 창문 밖을 내다보니 약 서른 마리 정도의 검은 새가 잔디밭 위에서 분주히 오가며 지저귄다. 모르긴 몰라도 지렁이나 벌레 등의 먹잇감을 열심히 찾고 있는 듯하다. 올 한 해도 저 새들처럼 분주하게 뛰어다녀야 하겠지.

리마는 잿빛인데, 눈앞에 보이는 창밖 풍경은 아름답고 고즈넉하기 그지없다. 아침 안개까지 자욱하게 내려앉아 마음을 차분하게 가라앉혀준다. 순간 이제 며칠 뒤부터는 누리지 못할 호사를 만끽하는 것이라고 생각하니 더욱 소중했다.

서울의 집도 고층 아파트여서 새소리를 들은 적이 아스라이 옛일인 듯하다. 어차피 전셋집이므로 다음에 집을 옮길 때는 새소리가 들리는 집을 찾아보아야겠다는 사치스러운 생각을 했다. 그때쯤이면 큰 녀석은 시집을 가고 없을 가능성이 많고, 둘째도 그럴 수 있겠다고 짐작하니, 새삼 나이 들어간다는 생각이 더해져 해가 바뀌고 있음을 실감한다.

며칠 뒤면 내 생일, 그 며칠 뒤면 아내 생일, 결혼기념일, 그리고 설날 등등……, 어찌 보면 나이 오십 넘어 이 먼 곳에 가족과 헤어져 크고 작은 기념일들을 혼자 보내는 것이 서글플 수도 있는 일이다. 또 아내나 곧 떠나보낼 아이들, 그리고 양가 부모님에게는 참으로 미안하고 죄송스러운 일이기도 하다. 그러나 문득 모든 일은 마음먹기 나름이라는 생각을 했다. 거의 평생 이런 날들을 가족과 함께했으니, 한번쯤 떨어져서 보내는 것이 그렇게 아쉽기만 한 일인가. 더구나, 전혀 인연을 나눈 적이 없는 페루아노(페루인)들의 미래에 손톱만큼이라도 도움을 줄 수 있다면 얼마나 보람 있고 즐거운 인생인가.

연말연시다 보니, 본국의 많은 지인이 문자로 안부를 전해 오는데, 몸조심하라는 걱정과 함께 가끔 부럽다는 표현도 보인다. 그렇다. 꽉 짜인 일상 속에서 이렇게 재능 나눔을 하고 싶어도 은퇴 후에나 기약할 수밖에 없는 많은 분 입장에서는, 내 선택이 진심으로 부러울 수도 있겠다.

받은 사랑을 되돌려주려는 마음으로 지낸 시간들

돌이켜보면 정치를 시작할 때의 어려운 선택도 이번 선택과 비슷했다. 노력에 비해 무척이나 많은 혜택을 대한민국으로부터 받았다고 생각했던 삼십 대 후반, 좋아하는 사람은 많아도 안티는 거의 없었던 TV 퍼스낼리티의 인생을 내던지고 욕먹어 배부른 정치 인생을 선택할 때, 나도 아내도 우리 앞에 놓인 인생이 이리도 가시밭길의 연속일 줄은 미처 상상하지 못했다. 참으로 많은 분이 호감을 표하던 그 시절, 대체 내가 이 사회에 무슨 기여를 했기에 이렇게 분에 넘치는 사랑을 받는지 내심 마음이 불안하고 불편했었다. CF 광고 한 편을 찍으면 억대를 벌던 그 시절, 굉장히 후한 대접에 마음이 편치 않아 일정 부분을 기부하면서도 이 빚을 어떻게 갚아야 하나 싶었다.

그래서 시민단체를 돕는 활동도 하고 당직변호사 등 나름 재능 기부도 했지만, 사실 노력과 대가의 균형이 맞지 않는다는 사실이 늘 부담스러웠다. 그래서 정계에 입문한 뒤 힘이 들 때면, 세상으로부터 받은 혜택에 대한 외상값을 뒤늦게 갚는 것이라고 생각하곤 했다.

글쎄…… 요즈음 내가 살아가는 하루하루가 과거에 많은 분들께 받은 과분한 사랑에 대해 얼마나 보답하는 것일지 모르겠으나, 최선을 다하고자 한다. 리마에서 보낸 시간은 그 과정의 일부에 불과할 것이다. 사실 아직은 안갯속이다. 내가 과연 무슨 기여를 할 수 있을지, 그것이 페루아노들에게 자연스럽게 수용될지, 모든 것이 불투명하다. 나는 이 불투명성을 즐기는 중이다. 내년이나 10년 뒤나 뻔히 내다보이는 인생이 안전하고 안락하기는 하겠으나, 그보다 무미한 인생이 또 있을까? 도전이 행복하다. 앞으로 이 도시에서 펼쳐질, 예상하기 힘든 나날에 대한 기대에 가슴이 벅차오르고

■ 2014년 새해는 페루 리마에서 맞았다. 내가 일하게 된 리마 시청이다.

떨린다. 이제 진정한 시작이 다가오고 있다.

요리하는 남자가 되다

오늘 할 줄 아는 메뉴에 또 한 가지를 추가했다. 된장찌개다! 지난번 김 박사가 할 때 눈여겨보아 두었다가 멸치 다시를 더하는 것으로 업그레이드해 보았다. 올 때 아내가 챙겨준 죽방멸치, 친구 덕영이가 추석 때 보내준 것으로 기억되는 손가락만 한 멸치를 끓여낸 맛국물에 이곳 오복 떡집에서 산 된장을 풀어 넣고 적당히 끓였다. 여기에 마늘, 호박과 파를 썰어 넣은 후 마지막에 고추를 열 개 정도 분질러 넣었다. 먹기 직전에 두부 약간과

깻잎 석 장도 넣었다.

평가가 좋았다. 사모님이 귀국하여 혼자 지내는 송 소장과 김 박사를 불러 함께 식사했다. 김 박사의 통조림 참치 마늘 무침과 돼지고기 고추장구이와 어우러져 행복한 새해 첫날 저녁식사 자리가 되었다. 리마에서 이렇게 구색을 잘 맞춘 식사를 하리라고는 상상을 못 했다. 밥도 오늘 장을 보아 백미에 흑미, 현미, 보리를 섞어 영양을 고루 갖춘 밥을 직접 짓기 시작했다. 6개월 후에는 요리 실력도 상당히 나아질 것이라는 자신감이 생긴다.

오후 늦게 잠깐 사무실에 들러 아버지와 통화했다. 이틀 뒤 퇴원하신다니 마음이 훨씬 가벼워졌다. 어머니 목소리도 컨디션이 좋은 듯했다. 감사한 하루다.

앞으로 리마 시에서 해야 할 숙제들

2014. 1. 3(금)

오전에 코이카 사무실에서 있었던 두 번의 회의를 통해 페루 생활의 큰 가닥을 잡았다. 10시에는 새 거처 집주인 살라 변호사와 임대차 계약을 체결했다. 11시에는 리마시청의 가비를 불러 앞으로 있을 시청 측과의 자문 일정을 조율했다.

내 자문의 배경지식을 쌓기 위해 1월 중 리마의 환경 정책과 코스타 베르데, 교통 정책과 현황, 민간투자유치 등에 대해 브리핑을 받기로 했다. 그리고 리마 시에서 관심을 가지고 내 의견이나 설명을 듣고 싶어 하는 사안은 브랜드 서울 프로젝트와 판아메리카 대회(아시안게임의 남북미 대륙판으로 보면 된다.) 준비, 여성친화도시 프로젝트 그리고 행정정보화이다.

우선 여성친화도시는 서울시장 시절의 2009년도로 기억되는데, 유엔 공공행정상을 받았던 여성행복도시(여행도시) 프로젝트를 염두에 둔 요청인 것 같아서, 먼저 이곳 여성정책부서의 설명을 들어본 후 우리 것을 설명해 주겠다고 했다. 이는 여성인 비야란 시장이 가장 흥미를 보이는 분야다.

사실 브랜드 서울 프로젝트는 일개 스포츠 행사와는 딱히 연관된다고 볼 수 없는 중장기 미래 비전 정책인데, 이들은 이 대회를 리마 시 브랜드를 세우는 데 가장 좋은 기회로 판단하고 그 활용 계획을 원하는 듯하다. 우리도 88올림픽을 계기로 서울의 브랜드가 많이 향상된 만큼, 이들의 구상에 맞춰 2019년에 개최될 판아메리카 대회의 활용 방안을 함께 찾아보는 것은 분명 의미 있는 시도다. 다만 현재의 교통, 숙박 시설로는 판아메리카 대회를 무리 없이 치르기 역부족이지 않을까 하는 우려가 먼저 드는 게 사실이다.

행정정보화는 전 세계 많은 도시가 서울시로부터 수입하고 싶어 하는 가장 소중한 자산이다. 거의 10년째 국제기구 평가에서 1위를 지켜온 우리의 강점이기 때문이다. 다만 이 제도가 제대로 굴러가면 행정 효율성 제고는 물론이고 반부패, 투명성에서도 상당한 진전을 이룰 수 있기 때문에, 개도국 지방 정부의 구태에 젖은 공무원들은 오히려 부담스러워하기도 한다. 그래서 결과적으로 시장을 비롯한 고위직의 의지에도 불구하고 전수도 원활히 되지 않고 일단 전수받은 시스템마저 사장시켜버리는 재미있는 현상이 자주 발생한다. 이런 속사정까지를 알고 의지를 보이는 것인지가 궁금하다.

새롭게 만난 동료들과 일상

점심은 코이카의 한국인 직원 10명과 함께했다. 이제 다음 주부터는 매일 시청으로 출근하므로 코이카 사무실을 방문할 일은 많이 줄어들 것이다.

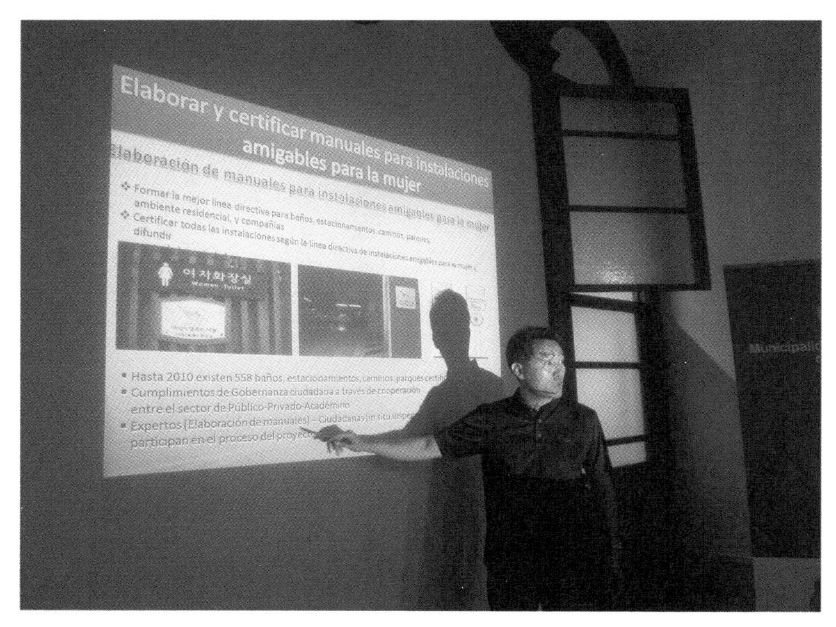

■ 리마 시청은 '서울시 여성행복도시 프로젝트'에 큰 관심을 보였다.

송창훈 소장 이하, 강황욱·최충희 부소장, 김윤섭 보건전문가, 이혜원·김명경·유고은 관리, 양하영·정예슬·박지연 인턴, 이렇게 10명이다. 여기에 또 페루아노 직원이 더해져서 22명으로 리마 사무소가 운영된다.

이들은 페루 각지에서 활동하는 60여 명 봉사단원의 현지 적응 교육과 배치, 관리 업무 외에 여러 가지 프로젝트성 유무상 원조 사업을 추진하느라 눈코 뜰 새 없이 바쁘다. 지난 3주 정도 지켜본 현지 사무소의 모습은 '활기, 열정'을 넘어서 '과로, 격무'에 가깝다. 야근도 밥 먹듯 하고, 주말 근무도 마다하지 않는다. 페루 각지에 흩어져 봉사활동에 여념이 없는 60여 명 봉사자들을 관리한다는 의미에서 '관리'로 불리는 요원들은 이미 세계 각지의 봉사 경험을 가진 인력으로 구성되어있다. 한집에 모여 출퇴근하는 인턴들의 재기 발랄함은 사무소의 에너지일 뿐만 아니라, 현지어 실력도 수준급이어서 정착 과정에서 많은 도움을 받았다.

이분들과 지난 연말에 송 소장 댁에 모여 윷놀이를 즐겼다. 세 팀으로 나누어 팀장이 100솔(약 4만 원)씩을 내서 내기를 했는데, 우리 팀이 완승하여 900솔을 모았다. 두세 번 회식할 만한 금액이라, 오늘 그 첫 번째 식사를 한 것이다. 우리는 어제 소장님과 미리 가본 중식 뷔페 '지아'에서 함께 점심을 즐겼다.

오후에는 스페인어 선생님을 소개받아 테스트를 치렀다. 로사라는 이름의 페루 여성인데, 인상이 아주 후덕했다. 로사는 한국에서 석 달간 공부하고 온 것에 이어 회화 위주의 수업을 해보자고 했다. 이제 큰 틀에서는 생활이 어느 정도 정착된 셈이니, 당분간 공부에 집중할 수 있겠다. 사실 동사 변화가 너무 복잡하고 어려워 손을 놓아버린 상태로 리마에 왔는데, 여러 차례 말이 부족해서 불편했던 경험이 있으니 한국에서보다는 동기부여가 되리라 기대한다.

아침식사는 미나리 된장국과 잡곡밥이었다. 잡곡밥일수록 미리 씻어 물에 불렸다가 밥을 지어야 고두밥 신세를 면한다는 것을 알았다. 된장은 마술이다. 오늘은 무슨 국을 끓여야 하나 막막할 때, 된장만큼 쓸모 있는 재료가 없는 듯하다. 질리지도 않거니와 묽게 풀면 국이 되고, 진하게 풀면 찌개가 된다. 냉장고 안에 있는 각종 채소를 듬뿍 넣어 끓이면 다른 반찬 없이도 밥을 맛있게 먹을 수 있어 요즘 재미가 들렸다. 직접 해 먹기 시작하면서부터 초대받은 집에서는 물론이고 식당에서도 음식이 맛있다고 평가해주는 버릇이 생겼다. 역시 역지사지가 인생의 진리다.

생일에 주고받은 뜻깊은 편지

2014. 1. 4(토)

어제는 이곳에 와서 처음으로 혼자 저녁을 먹었다. 서울에 있는 이광석 전 비서관과 통화하고 7시 반쯤 홀로 집으로 돌아와, 아침에 해놓은 된장국과 밥으로 황제같이 느긋한 만찬을 했다. 그 집에서의 마지막 저녁식사였다. 설거지를 하고 나서 보니 휴대 전화에 아내와 작은 녀석으로부터 문자 메시지가 몇 개 와있다.

〈아내와 나눈 문자 메시지 내용〉

아내 그곳은 아직이겠지만, 서울은 오늘 당신 생일이야! 축하해.

나 그러네, 고마워! 근데 생일이 축하할 일인가? 벌써 53년을 살았네. 마음은 청춘인데.

아내 무사히 53년 산 거. 그리고 리마서 몸조심해야 해. 걱정된다.

나 걱정 전혀 안 해도 됨. 이상하게 외롭지도 힘들지도 않음. 힘이 뻗침. 감기도 다 나았음.

아내 섭섭하기도 하고 다행이기도 함.

〈딸과 나눈 문자 메시지 내용〉

승원 아빠 생신 축하드려요. ^^ 행복한 하루 보내시고 건강하세요!!

나 그래 우리 딸! 생일선물로 운동 좀 하면 안 되겠니? 너도 아빠처럼 나이 들어서도 건강하려면. ♡

승원 네. 다시 열심히 운동하고 있어요. ^0^ 아빠도 거기서 건강하셔야 해요!! ♡

나 그래 자랑스런 우리 딸, 할아버지 잘 보살펴드려~ 부탁. ^^ 그리고 다음에는 5킬로그램 쪄서 보기! ㅋㅋ

승원 ㅋㅋ 노력해볼게요. ^^ 할아버지도 잘 보살펴드리고요!! 아빠, 오늘 맛있는 것도 많이 드시고 행복한 하루 보내세요. ♡♡

이렇게 문자 메시지를 주고받으니 정말 행복했다. 서울에 있었으면 딱 가족과 미역국 먹을 시간인데, 혼자 황제 만찬을 했다는 사실에 생각이 미치자 피식 웃음이 나왔다.

어제 저녁 7시경 이광석 전(前) 비서관으로부터 장문의 이메일을 받았다. 마음을 담아 적은 고마운 편지라 바로 전화해 안부를 나누었는데, 다시 생각해보니 답장을 해야겠다 싶었다.

다음은 오고간 이메일 전문이다.

〈이광석 전 비서관이 보낸 메일〉

시장님, 쉰네 번째 생신 진심으로 축하드립니다.

그리고 갑오년 2014년에는 시장님이 뜻하는 바 모두 이루시는 진격의 한 해가 되기를 진심으로 기원합니다. 멀리 지구 반대편에서 외로이 맞이하는 생신을 이렇게 남루한 글로써 축하드리려 하니 그저 송구할 따름입니다. 남미가 멀긴 정말 먼 것 같아요. 중국에 계실 때도, 영국에 계실 때도 이런 느낌은 아니었는데 페루는 좀 더 먹먹한 거리감이 느껴지네요. 혹시 지내면서 필요한 물건 있으면 말씀해주세요. 1월 10일에 출국하는 유창수 보좌관 편으로 보내드리겠습니다.

가시기 전에 한참 강연 자료 남겨놓으려 기억을 더듬으시던 열정적인 모습이 기억납니다. 그렇게 기억을 더듬어야 할 만큼…… 시정을 내려놓으신 2011년 8월 26일도 이제 2년이 훌쩍 넘어버렸습니다. 시장님 강연 자료를 도와드리면서, 서울시에 있는 동안 저도 시장님만큼이나 수도 없이 반복해서 만들고 또 만들었던 자료인데도 다시 채워넣는 작업이 새록새록 한 것을 보니 2년이란 시간이 쉽지 않은 시간이었다는 생각이 들었습니다.

새해를 맞아 반기문 유엔사무총장의 페이스북에 이런 글이 올라왔습니다.

행복한 새해를 위한 10가지 방법

1. "감사합니다." "고맙습니다."를 자주 말한다.

2. 남의 장점을 배우고 메모하는 습관을 가진다.

3. 누군가를 비난하기 전에 "내가 저 사람의 위치에 있다면." "혹시 피치 못할 사연은 없을까." 하고 생각한다.

4. 매일 아침 거울을 보며 "나는 세상의 중심이 아니다." "나는 잘못 생각할 수 있다."라고 독백한다.

5. 논쟁에서 이기려고 하지 않는다. 논쟁에서 이겨도 상대방은 절대로 나를 우러러보지 않는다.

6. 규칙적으로 운동한다. 젊었을 때 규칙적으로 운동한 사람은 노년에 정신적으로 건강한 것으로 나타났다.

7. 기도한다. 종교가 없더라도 식사 때나 자기 전 누군가에게 감사 기도를 하는 것이 좋다.

8. 좋은 음악을 가까이 한다.

9. 산과 들, 강과 바다 등 자연을 자주 찾는다.

10. 다양한 책을 읽는다.

구구절절 맞는 말, 새겨두어야 할 말인데 저는 유독 다섯 번째 이야기가 마음에 남았습니다. "논쟁에서 이겨도 상대방은 절대로 나를 우러러보지 않는다." 2011년 당시 보편적 복지와의 싸움은 '논쟁'의 수준은 아니었으므로 이 경구에 비유가 될 수는 없습니다.

다만 우리 입장에서 그것은 율곡의 십만양병설만큼이나 이 나라 미래를 위해 절대 물러설 수 없는 가치였다지만 반대편, 심지어 중간 지대에 있는 많은 사람에게조차도 이건 일종의 '논쟁'으로 비춰졌을 것입니다. 그리하여 만약 그 논쟁에서 우리가 유리한 고지에 올라섰다고 한들, 반대 진영의 입에서 "그래, 그러고 보니 네가 옳다."라는 낭만적인 항복 선언이 나왔을 리 만무하므로 결과적으로 이겨도 이긴 것이 아닐 수 있다는 생각이 들었습니다.

이런 방식의 승리는(정말 그 어떤 전임 시장들도 해결하지 못했던 재산세 공동과세, 원지동추모공원, 자원회수시설공동이용 등) '타협과 상생'이라는 무기로밖에 해결할 수 없었던 '오세훈식 승리'와 양립할 수 없는 가치가 아닐까 합니다. 물론 전투 양상에 따라 전략을 달리 쓸 수는 있겠지만 이겼다고 해서 반대 진영에서 동의해주지도 우러러봐주지도 않는 승리가 과연 우리가 얻고자 했던 그것이었을까 하는…… 잠시 그런 생각이 들었습니다.

치기 어린 얘기에 혹 언짢으셨다면 죄송합니다. 2년이라는 시간은 제 생각의 틀에도 여러 가지 변화를 가져다주었고 그중 한 단상 정도로 여기시면 감사하겠습니다.

2014년이 밝았고 대한민국은 또 한 차례 지방선거라는 그들만의 잔치로 온 나라가 들썩거릴 것입니다. 중랑구청장 출마에 거의 결심을 굳힌 라진구 전 부시장님이 최근 사무실로 찾아와 몇 차례 식사를 같이했습니다. 식사를 하다가 자연스럽게 시장님 얘기가 나왔습니다. 좋은 얘기, 아쉬운 얘기를 하던 와중에 이런 말을 하셨습니다.

"직업공무원들은 4년마다 새로운 시장을 맞이하니까 이게 그다지 진정성이 없다고 보는 기라. 정책이든 뭐든……. 그게 뭐 얼매가 소신을 가지고 하는 일이겠나. 안 그나? 근데 오 시장님은…… 그자? 그거 있다 아이가. 당신이 하고 싶은 일도 다 하면서 소위 영혼 없는 직업공무원들 의견도 다 수용해줬다 아이가. 공무원들의 의견을 다 수용해주고 자기 하고 삶은 일도 이루어내는…… 그런 시장이 없었다. 그게 4년마다 바뀌는 시장을 모시는 공무원들에게 얼매나 큰 자긍심을 줬는지 모를 끼다. 우선 내부터도 그라고. 계시는 동안엔 시장님 좋아하는 공무원도 있고 싫어하는 공무원도 있겠지만 이 부분에 대해서는 누구한테 물어도 마찬가지일 끼다. 그게 오 시장의 힘 아니겠노. 안 그나?"

시장님, 멀리서 맞이하는 쉰네 번째 생신 다시 한 번 축하드리고요. 시장님을 추억하는 많은 분이 서울에서 힘차게 응원하고 있다는 것 잊지 마세요! 모쪼록 몸 건강히 봉사활동 마치시기를 기도하겠습니다. 또 연락드릴게요!

이광석 드림

〈이광석 전 비서관에게 보낸 회신 메일〉

광석에게

반가운 마음에 바로 전화통화를 하긴 했지만, 자네의 마음이 진하게 느껴져 읽고 또 읽다가 답장을 쓰고 싶어졌네! 자네는 덩치만큼이나 늘 듬직하네. 자네의 묵묵하면서도 알찬 도움이 항상 고마웠는데, 드러내서 감사의 마음을 전한 적이 별로 없었다는 생각에 문득 미안해졌네. 우리 첫 대면이 첫 시장 선거 직전이었지? 창수 옆에 서있던 그때 그 인상 좋은 젊은이와의 인연이 벌써 8년이나 되었군.

돌이켜보니 시장실에서 근무하며 내 마음을 읽고 표현하고 보필하는 작업을 하는데 단 한 번도 부족함이 느껴지질 않았었네. 참 유능하구나 생각했지만, 이제야 이 말을 전하는 내가 참으로 무심한 사람이지 싶네. 일보다도 사실 자네의 그 깊은 속이 나는 좋네. 그러고 보면 나도 창수도 사람 복이 있어.

반기문 사무총장님이 전해주신 10계명은 정말 좋은 내용이라 몇 번을 읽었네. 모두 그렇게만 살면 얼마나 좋은 세상이 되겠나? 자기 수양도 되고…….

주민투표 관련해서 내가 생각하는 의미는 조금 다르네. 논쟁은 상대방 설득을 목표로 할 때도 있지만, 관전자의 생각을 정리하게 도와주는 효과도 있지. 전자는 99퍼센트 실패한다네. 이미 마음을 정하고 논쟁까지 벌이는 사람을 설득할 재주는 사람에게 없다네. 그러나 관찰자는 다르지. 별 생각 없이 한쪽에 기울었다가도 논쟁을 지켜보며 머릿속이 정리되어가곤 하지. 나도 자네도 다른 참모진들도 그 격랑 이후가 너무 힘들어서 별 생각을 다 했을 거야. 주로 후회를 많이 했겠지. 나도 생병이 났었으니.

그 이후 상상도 못 한 일들이 벌어지면서 예상치 못한 미움도 많이 받았으니, 자연스럽게 '그런 결정을 안 했더라면…….' 하는 생각이 많이 들었겠지. 그러나 굳이 의미를 찾자면 난 일국의 책임감 있는 정치인으로서 최소한의 도리를 다한 것이라 생각하네. 그들이 진심으로 민초들을 생각해서 보편적 복지를 들고 나왔던가? 민초들을 생각한다면 그러면 안 되지. 골고루 똑같이 나누어주면 어려운 사람에겐 결국 덜 가는 법일세. 이제 현실로 나타나기 시작했지.

당시 대선 앞두고 여당도 야당도 표만 생각하고 달려가는 판에 우리의 결행이 국민들로 하여금 많은 생각을 할 기회를 주었다고는 생각해보지 않았는가? 그 와중에 무상 급식 주민 투표율이 25퍼센트라는 결과를 보고, 저 사람들 가슴이 덜컹하지 않았겠나?

지방 선거 투표율이 55퍼센트 전후일세. 사람을 뽑는 투표도 아닌, 가치 투표인데, 더구나 저쪽 지지자는 거의 투표장에 오지 않는 '나쁜 투표' 캠페인까지 벌어진 상황에서 그 참여율을 보고 그들이 무슨 생각을 했겠나? 사실 얼마나 자신이 없으면 투표 불참이라는 두고두고 역사에 남을 치욕적인 선택을 스스로 했겠나? 국민에게 생각할 시간도 주지 않고 대선판으로 정신없이 몰아가려고 시도하다가 일격을 맞고 고육지책을 선택한 셈이었지. 지금 생각하면 사실상 항복 선언이라 내가 자리까지 걸 필요도 없었던 건데…….

돌이켜보면, 그 이후 제대로 된 보편적 복지도 아닌 그들식의 '편의적' 보편적 복지가 얼마나 세를 잃었나. 지난 대선 이후 민주당 강령에서 극히 일부지만 보편적 복지를 빼자는 주장이 나오는 모습을 보며, 거기도 생각 있는 사람이 있구나 싶었네. 저들이 회생하고 싶다면 국민을 표로만 보는 정치 공학적 버릇을 버려야 할 게야. 지난 대선을 보면 국민은 저들에게 표를 주고 싶었는지도 모르는데, 나라를 맡기면 불안하니 표를 못 준 거야. 박근혜 후보가 나누어주겠다고 하는 것은 당선되기 위한 몸부림이고 '권력의지 표출'이지만, 저들은 집권하면 정말 나누어줄 태세였거든. 국민이 불안하지 않았겠나? 어떻게 일군 나라인데, 집안 살림만 해본 사람도 미래를 생각하면 어느 길이 가야하는 길인지 다 아는데……. 국민은 꿰뚫고 있어.

비록 임기를 다하지 못한 죄인이 되어 정치에서 물러나 복귀를 기약할 수 없게 되었지만, 자부심만은 잃지 말게. 정치는 예술이라는 말 들어보았나? 나는 행정도 예술이지만, 정치도 예술이라 생각하네. 다른 이유라기보다 예술에서는 상징이 매우 중요하다는 관점에서 그러하네. 자네가 편지에서 언급한 '타협과 상생'의 가치는 더할 수 없이 중요한 가치야. 사실 '합리'는 내가 그 화신 아닌가? 하하.

그러나 국민에게 아니 후손에게 절대 가면 안 되는 길에 대한 경고는 인상 깊게 상징적으로, 영원히 기억하도록 알려야만 하네. 우리나라는 그 길로만 가지 않으면 탄탄대로일세. 서울시장이 그 가치 하나 때문에 직을 걸 만큼 중요하다는 메시지는 역사의 고비마다 유효할 걸세. 내가 그때, 직을 걸 때 정치인은 벽돌 한 장이라는 표현을 어디선가 썼을 거야. 기억하는가? 벽돌 한 장! 역사의 장구한 돌담길에 벽돌 한 장으로 어딘가에 놓이면 떳떳하게 죽을 수 있는 게 정치인이야. 난 사실 고맙게도 국민들이 붙여준 이름 '오세훈법' 그거 하나로 자족하고 정치를 그만두려 하지 않았나? 그게 가치로 보면 어떤 자리 하나를 한 것보다 결코 작은 벽돌이 아니라고 보네.

사실 그 이후의 정치 인생은 내겐 덤일세. 그런 마음이 서울의 미래에 도움만 된다면 비판하기 좋아하는 사람들에게 좋은 먹잇감인 그 수많은 정책들, 위험천만한 정책들을 그리도 열심히 밀어붙였던 원동력일세. 자네 보기에 그때 내가 정치를 하던가? 혹시 일에 미쳐서 앞뒤 가리지 않는 워커홀릭이 아니던가? 그 덕분에 서울 순위가 매년 몇 계단씩 훌쩍훌쩍 뛰지 않았나? 더 뭘 바라겠나? 벌거벗고 답십리, 삼양동 골짜기를 뛰어다니던 촌놈이 시장이 되어 원도 한도 없이 뛰어서 물줄기를 바꿔놓았는데, 고맙게 생각할 줄 모르면 벌을 받지. 욕심 부리지 마세나. 공자의 군자삼락 마지막 구절을 늘 마음에 새기고 정진하세!

자부심을 잃지 말게. 자네와 내가 시민들과 함께 만든 서울일세. 회색도시 서울이라는 표현을 멀리 날려버린 주인공이 바로 자넬세. 굳이 나 부시장님의 투박한 사투리를 빌지 않더라도, 우리가 이룬 일은 아무나 할 수 없는 일다운 일이었다네.

생일날 아침이 밝았네. 문득 허기가 느껴지는군. 눈뜨자마자 북엇국에 계란 풀고 김치 넣어 끓여두었네. 어제 회식하고 술에 많이 취해서 들어온 최 군을 깨워 함께할 참이네. 최충희 군은 내가 오늘까지 더부살이를 하고 있는 집 주인으로, 삼십 대 초반의 코이카 부소장이야. 참으로 착하고 마음씀씀이가 예뻐서 저런 아들 하나 있으면 싶네. 내가 오기 전에는 아침은 굶고 점심 저녁은 사 먹는 것으로 해결해왔다는데, 워낙 음식을 해 본 경험이 없는지 어쩔 줄 몰라 해서 주로 내가 밥을 하고 이 친구가 설거지를 해왔지. 여기 더 머물지 못하고 옮기는데, 오늘 이사 가는 집에서 함께 살 김윤섭 박사는 여기 공적개발원조 중 제일 우선순위인 보건정책 전문가로, 요리를 자신 있어 해 내가 이제 설거지 담당으로 전락할까 봐 두렵네.

별 볼 일 없는 실력이지만 그래도 여기서는 내가 요리사였는데……. 자네도 알다시피 난 창의적인 게 좋거든! 오늘도 미역국을 시도해보려고 했는데, 아무리 찾아도 다시마밖에 없어서 종목을 바꿨어. 리마에 올 때 집사람이 챙겨준 것 같기도 한데 아쉽네. 오늘은 이사도 해야 하고, 손님도 맞이해야 하는 바쁜 날일세. 이사라고 해봐야 달랑 가방 몇 개지만, 마음이 분주해 이만 줄여야겠네.

또 연락하세!

페루에서 오세훈

비록 몸은 사랑하는 가족과 지인들로부터 떨어져있지만 이렇게 마음과 뜻을 나눌 수 있는 사람들이 있으니 난 얼마나 행복한 사람인가? 어느 때보다 행복하고 감사한 생일을 보낸 하루다. 또 어느 때보다 바쁜 하루이기도 했다.

오늘은 이사도 해서 코이카 식구들도 모두 불러 식사를 함께했다. 사실 집에서 내 요리 실력을 발휘하고 싶었는데 막상 이사하고 보니 보통일이 아니었다. 일단 오늘은 감자탕을 주문해 이번에 같이 온 봉사단원들과 직원들까지 14명이 먹었다. 홈스테이를 하기 때문에 한국 음식에 갈증을 느끼는 신입 봉사단원들이 특히 맛있게 먹어서 보람 있었다. 이런 기회를 자주 가지고 싶다. 그나저나 탕 국물이 많이 남아서, 앞으로 2～3일은 물릴 정도로 먹어야 할 듯하다. 하하!

2장

거대한 박물관의 도시,
리마의 민낯을 만나다

리마가 안겨준 숙제의 배경을 살피다

2014. 1. 5(일)

새집에서의 첫날 밤은 그런대로 좋은 편이었다. 아침에 눈을 뜨고 간단한 체조를 한 후 해변에 산책을 다녀왔다. 걸어가기엔 조금 멀어 차로 이동했는데 10분 정도 거리에 해변이 나타났다. 김 박사가 가끔 조깅하는 코스라는데 시내보다 공기가 좋았다.

이곳이 다음 주에 브리핑받을 코스타 베르데 사업지이다. 참으로 많은 리마 시민이 산책과 조깅을 즐기는 모습을 보며, 한 도시 안에서 빈부 격차가 너무 심하다는 생각이 들었다. 다시 한 번 리마가 21세기와 19세기가 공존하는 도시임을 실감했다. 체중을 관리하려는 자와 절대적 생존이 어려운 자가 공존하는 도시 리마! 이것이 내 숙제의 배경이다. 어쨌거나, 종종 이용할 수 있는 산책로가 집 가까이 있으니 마음에 여유가 생기는 것이 참 좋다. 역시 도시민에게 가장 좋은 선물은 산책로와 공원이다.

1시간 정도 산책하고 돌아오는 길에 재래시장에 들러 몇 가지 과일을 샀다. 토마토, 당근, 바나나, 사과 등등 며칠 분량을 장만했는데 20솔(8,000원 정도)이니 엄청 싸다. 집으로 돌아와 믹서에 갈아 김 박사와 마셨다. 홀아비 생활이라도 포기하지 않고 마음가짐을 풍요롭게 만들 필요가 있다. 사실 채소과일 주스는 마신 뒤 설거지가 더 귀찮다. 믹서라는 물건이 분해해서 씻기가 만만치 않게 복잡해서 더욱 그렇다. 그러나 가능하면 매일 시도해볼 작정이다. 건강도 건강이지만 마음의 여유가 더욱 중요하므로…….

지금은 국제사회에 기여해야 할 때

오늘은 그동안 파악한 코이카 사무소의 업무와 공적개발원조 사업 필요성에 대해 정리해보겠다. 사무소 규모는 약 200평 규모에 한국인 직원 10명, 현지 직원 12명, 연간 예산은 인건비 제외하고 600만 달러 남짓.

주요 사업은 무상 원조로서, 크게 세 가지로 나눌 수 있다. 첫째, 한국 본부에서 선발해서 보내주는 봉사단원들의 현지 교육과 지방 파견, 관리. 둘째, 여기에서 선발하여 한국으로 보내는 현지인 연수 대상자 연간 100여명 선발, 파견. 이들은 2주 정도 산업시설을 돌아보는 단기 연수와 석사 과정을 수료하는 장기 연수로 나뉜다. 셋째, 병원, 모자 보건센터 등을 짓고 관리하는 보건정책사업, 농촌개발 사업, 정보화 사업 등의 프로젝트성 사업이다. 예를 들어 나와 함께 사는 김윤섭 박사는 지난 2년간 보건사업에만 1,000만 달러 이상 비용이 든 프로젝트를 진행했다 하니 그 활발한 사업 내용을 가늠할 수 있다.

일본국제협력단(JAICA)의 예산이나 유무상지원액과 비교하면 아직 10분의 1 수준이다. 미국 평화봉사단(PEACECO)이나 스페인 국제개발협력기구(AECID)에 비하면 훨씬 적다. 우리나라의 대외 지원의 역사는 이제 3~4년 정도다. 많은 사람이 대한민국의 경제협력개발기구 가입을 선진국 클럽 가입이라고 생각하고 있으나, 사실은 2009년 경제협력개발기구 내의 개발원조위원회 가입이 진정한 선진국 진입이다. 국제사회에서는 개발원조위원회에 가입하여 국제 기준에 맞는 활동을 해야 비로소 선진국 대접을 받기 때문이다. 여러 지표상 진정한 선진국도 아니면서 선진국으로 평가받아 무엇하나 생각하기 쉽지만, 조금만 연구하면 생각이 바뀐다. 최근 경제가 어려워 국가 부도 위기에 몰린 스페인이 왜 엄청난 액수의 유무상 원조를 라틴아메리카에 퍼부을까? 일본이 국제협력단을 통해 우리보다 열 배 이상의 돈을 이미 1970년대부터 대외원조에 쓰는 것은 돈이 남기 때문일까?

우리는 물건을 해외에 내다 팔아서 먹고사는 나라이기에 국가 브랜드가 먹고사는 유일한 자산이라 해도 과언이 아니다. 그래서 국가 브랜드를 높이는 게 중요한 과제인데, 이 일이 한류만으로 충분할까?

쉽게 보면 이렇다. 경제성장, 민주화, 전통문화, 현대문화예술, 대외원조 등 열여덟 개의 키워드를 주고 '대한민국' 하면 떠오르는 연상 단어를 물었다. 순위가 어떻게 될까? 1위가 경제성장, 2위가 첨단 기술이다. 그러면 끝에서 1등, 즉 18위는? '국제사회 기여'이다. 그런데 여기서 국가 브랜드와 상품 가격의 상관관계를 볼 필요가 있다.

동일한 품질과 디자인일 때 한국 제품 구매에 100달러를 지불할 의사가 있다고 한다면, 독일제는 140달러, 미국제는 135달러, 일본제는 120달러, 중국제는 80달러다. 이게 최근의 코트라 조사 결과다. 이것이 화폐 가치로 본 국가 브랜드이다. 자, 그러면 우리 물건을 구입할 의사를 밝힌 외국인들이 한국 하면 연상하는 단어들은 무엇일까? 1위가 국제사회 기여, 2위는

■ 코스타 베르데 사업이 한창인 해변에 가보면 리마의 빈부 격차를 실감하게 된다.

디자인! 이제 답이 나왔다.

기업들은 기업 브랜드 이미지 향상을 위해 각종 광고와 사회 공헌 활동을 한다. 국가는 어떻게 해야 하는가? 바로 '국제사회 기여'다. 왜 일본이, 스페인이 그 많은 돈을 세계로, 라틴아메리카로 퍼붓는지 이제 고개가 끄덕여질 것이다. 사실 미국과 중국 간의 공적개발원조 전쟁은 상상을 초월한다. 시진핑이 아프리카로 가면 오바마도 곧 아프리카로 가서 원조를 약속한다. 오바마가 동남아시아로 가서 순방을 펼치면, 시진핑도 중남미로 가서 각종 원조 약속을 남발한다.

사실 일본은 1, 2년에 한 번씩 아프리카 정상들을 자국으로 불러 한자리에 모은다. 이 행사 기간 동안 아베는 1시간 단위로 아프리카 각국 정상들을 만나 지원을 약속한다. 예를 들어 2013년에는 요코하마에서 제5차 아프리카 개발회의가 열렸는데, 나흘간 40개국 정상을 만나 향후 5년간 우리

돈 16조 원의 공적개발원조를 약속했다.

세계는 한국에게 배우기를 원한다

이제 우리나라가 쓰는 예산을 볼 차례다. 2014년도 공적개발원조 총예산은 국민총생산 대비 0.16퍼센트인 약 2조 2천 억 원이다. 2015년까지의 목표가 0.25퍼센트인데, 이것에도 턱없이 부족하지만, 개발원조위원회 권고치인 0.75퍼센트에는 정말 한참 못 미친다. 물론 위에 언급한 다른 나라에 비해 비율이나 절대 액수에서도 비교할 수조차 없는 수준이다.

그러면 우리의 해법은? 돈은 없고 브랜드 가치는 올려야 하는데, 무슨 방법이 없을까. 해법은 지식공유프로그램(KSP)이다. Knowledge Sharing Program! 여기서 'Knowledge'를 'KOREA'로 바꿔도 되겠다. 개도국들은 한국에게 배우기를 원한다. 압축성장과 민주화를 동시에 성취한 비결을 전수받기 바라는 것이다. 사회 각 방면의 경륜을 가진 분들이 전 세계 개도국으로 나가 그들이 목말라하는 노하우와 경험을 전수해주는 것이 최상의 원조다. 사실 고기 잡는 법을 가르치는 것이 고기 몇 마리 주는 것보다 훨씬 고맙고 가치 있는 일 아닌가?

지금까지는 코이카나 대형 교회 등이 중심이 되어 한국어 교육이나 컴퓨터 교육 등의 봉사활동을 주로 해왔다. 이제 지평을 조금 넓힐 필요가 있다. 이것이 시니어 봉사단, 퇴직 전문가 봉사단, 중장기 자문단 같은 특화된 봉사활동이 시작된 이유다. 흔히 '받는 나라에서 주는 나라로'라는 표현을 쓰는데, 그 진정한 의미는 바로 여기에 있다.

시내 한복판에서 헤매다

2014. 1. 6(월)

역시 쉽게 되는 일은 세상에 없다. 이사하기 전 실험 삼아 버스를 탔을 때는 순조로웠는데 오늘은 헤맸다. 메트로폴리타노는 한 정거장에 A, B, C 세 가지 탑승구가 있다. 시청에서 제일 가까운 히론데 라 우니온 역으로 가는 버스는 C 탑승구에서 타면 된다고 들었다. 지난번에 안내하던 의사 선생님도 정확히 몰라 한 번 갈아탔는데, 여기에 함정이 있었나 보다.

정거장에 도착하니 마침 C 탑승구에 버스가 들어왔다. 빈자리가 몇 개 보여 얼른 탔다. 여기서부터 꼬인 셈이다. 지난번에는 센트럴 역을 지나 두어 정거장 더 가서 내렸는데, 몇 정거장을 지나도 낯설더니 리막 강을 넘어가는 듯했다. 점점 동네가 험해진다. 내릴 곳을 깜빡 놓쳤나 싶어 망설이다가 일단 유니 역에서 내렸다. 나는 바짝 긴장했다. 다시 돌아가는 수밖에 없으니 일단 아무거나 제일 먼저 오는 버스를 타고 센트럴로 돌아가 다시 히론데 라 우니온으로 갈 참이었다. 그런데 어라! 몇 정거장을 지나니 예상치 못한 히론데 라 우니온이 나온다. 좋아라 하며 내렸다. 다행이긴 한데, 내일부터가 문제였다. 무엇이 잘못되었는지 원인을 알아야 헤매지 않을 텐데 알 길이 없으니 말이다.

이미 시간이 많이 지체돼 일단 시청으로 향했다. 그런데 이 간단한 길에서도 헤맸으니, 원래 내려야 할 정거장과 실제로 내린 정거장이 같지 않아 방향감각을 상실했던 것. 두어 번 물어 방향을 잡았지만, 엉뚱한 곳에서 헤매자니 신경이 곤두섰다. 우범지대가 있으니 그쪽으로 가지 말라고 경고를 받았는데, 혹시 그쪽은 아니었는지 지금도 모른다. 어쨌든 시청에 도착하니 1시간 반이 걸렸다. 지난번 계산으로는 50분 거리였으니, 무려 40분을 헤맨 것이다.

사무실에 도착해서 들어보니, 스페인어 통역을 도와주기로 한 양하영 양도 똑같은 일을 겪었다고 했다. 그동안 코이카 사무실로 출근할 때는 항상 다른 인턴들과 택시를 탔기 때문에 메트로폴리타노는 오늘 처음 탔단다. 둘이 연구해본 결과, C 탑승구라고 해서 다 같은 노선은 아닌 것 같다. 버스 어딘가에는 히론데 라 우니온으로 가는 여부가 표시되어있을 텐데, 무조건 탔던 것이 문제 같다.

그나저나 내일도 타야 하는데, 아무리 고민해도 방법이 없다. 세상에 한 방에 해결되는 일이 있던가. 내일 일은 내일 또 부딪혀서 해결하면 된다고 마음먹고 생각을 접었다. 몇 번 시행착오를 하다 보면 방법을 터득하겠지?

오후에는 스페인어 공부를 다시 시작했다. 로사 선생님은 베테랑이었다. 내 수준을 파악한 뒤 능숙하게 진도에 맞는 내용을 적당한 난이도로 지도하는 것을 보고 참 좋은 선생님을 만났구나 싶었다. 불편한 점이 있다면 스페인식 영어 발음인데, 알아듣기에 큰 문제는 없었다. 한국에서도 그렇고, 선생님 복은 있는 모양이다. 그동안 페루 사람들과 기본적인 대화도 마음대로 되지 않아 답답했는데, 한두 달 지나면 의사소통은 될 것 같다는 근거 없는 자신감이 생긴다.

오늘 저녁도 홀로 식사였다. 어제 아침에 밥을 해서 뚜껑 달린 실리콘 팩 여러 개에 나누어 담아 냉동실에 얼려두었다. 이것을 먹을 때마다 한 팩씩 꺼내 전자레인지에 2분 정도 돌리면 고슬고슬 새 밥처럼 된다. 이 밥과 아침의 두부찌개에 밑반찬과 통조림을 곁들이니 훌륭한 만찬이었다. 설거지 후 가족들과 통화를 했다. 집안의 걱정거리가 거의 사라졌다. 고맙다.

한강과 판박이, 리막 강

2014. 1. 7(화)

오늘은 비아 파르케 리막(Via Parque Rimac), 즉 리막 강 공원 도로 사업에 대한 설명을 들었다. 리막 강을 지날 때마다 공사 현장을 눈여겨보았던 바로 그 사업이다. 자신을 건축가 아우구스토 세바요스라고 소개한 멋진 중년 남성이 이 야심찬 계획을 브리핑하는 내내 경이로움의 연속이었다. 어쩌면 한강 르네상스와 빼다 박은 듯이 닮았다. 강변 둔치를 활용해 시민들의 여가 생활에 필요한 공원을 건설하고 거기에 문화 시설과 각종 예술, 스포츠를 즐길 수 있는 공공시설을 만들겠다는 야심찬 계획의 얼개가 한강 르네상스와 무척 유사하다. 여기는 한술 더 떠서 박물관과 대규모 야외 공연장까지 만들겠다는 것이다. 우리가 여의도 지구와 반포 지구에 야외 공연장을 만든 것처럼 말이다.

다만 다른 점은, 리마 시 재원이 충분하지 않아 브라질 자본이 들어온다는 점이다. 리막강 밑으로 터널 형태의 도로를 건설해 그 통행료로 투자금을 회수한다는 계획이다. 인프라를 건설하기는 해야겠는데, 부지가 부족하니 강을 이용하여 길을 만드는 것까지는 한강과 비슷한데, 재원 구조만 다르다. 쉽게 말해 기부 체납 형식의 민간 투자를 받은 셈인데, 우리가 세빛둥둥섬을 만들며 1,300억 원을 투자한 투자자에게 30년 기부 체납을 적용한 것과 유사하다.

예산은 브라질 자본 7억 2,000만 달러에 리마 시 직접투자 4억 달러라지만, 완성 시점은 사실상 장담하지 못한단다. 주민 이주 계획이 복병이라서 그렇다. 전 세계 어느 도시나 시민 삶의 질 향상 및 도시 경쟁력을 강화하는 해법은 거의 똑같다. 하기야 하늘 아래 새로운 것이 있겠는가.

■ 오른편의 흙이 쌓인 부분이 원래 물이 흐르던 곳인데, 하상 공사를 위해 차단막을 선시공하여 물줄기를 왼편으로 몰아넣고 공사 중이다. 리막 강이 건천이기에 가능한 공법이다.

계획을 세운 시기를 보건대, 한강 르네상스 계획에서도 영향을 받은 듯하다. 총괄 매니저 격인 건축가가 브리핑 말미에 서울의 환상적인 변화를 보고 많은 감동을 받았다고 했으니 어느 정도 일리 있는 추측이다.

놀라웠다. 사실 리마는 기본적인 도시 설비를 해결하지 못해 할 일이 태산같이 쌓여있다고 생각했다. 그런데 이익 창출에 엄청난 후각을 가진 남미의 맹주 브라질의 거대 건설 자본이 들어오니 이런 환상적인 프로젝트가 실행에 들어간 셈이다. 듣자 하니 돈 되는 큰 건설 사업이나 비즈니스 서비스는 거의 칠레와 브라질, 스페인 자본이란다.

한국 기업은 언제쯤 이 노다지 시장에 진출할지 안타까울 따름이다. 라틴아메리카는 이제 기지개를 켜는 시장이다. 어렵다는 국내시장을 탈출해 브라질이나 스페인, 칠레와 같은 나라처럼 이 무궁무진한 시장에서 이익을 창출해야 할 텐데, 아직은 엄두도 내지 못하는 듯하다.

날마다 도전과 발견이 즐겁다

오늘은 출퇴근에 문제가 없었다. 퇴근이 어제보다 조금 늦어져 만원 버스에서 조금 고생한 것을 제외하면 매우 즐거운 출퇴근이었다. 어제 못 푼 숙제도 풀었다. 알고 보니, C라고 쓰인 탑승구에 B도 C도 모두 정차하고 있었다. C 탑승구에 들어온 것은 모두 C 버스려니 믿었던 것이 화근이다. 정거장에 A, B, C를 써놓지를 말지……. 엉터리 표시에 익숙한 리마 시민은 아무 불편 없이 이용하고 있으나, 처음 이용하는 외국인은 별 수 없이 골탕을 먹을 수밖에. 다음 주에 교통 시스템 브리핑이 있을 예정이니, 문제를 제기해봐야겠다.

양 인턴과 시청 근처 현지 식당 중에 단골로 삼을 만한 곳을 발견했다.

1인당 11솔에 잉카 콜라 값까지 더하여 26솔(1만 1천 원 정도)로 두 사람 점심을 해결했는데, 양도 질도 만족할 수준이다. 어딜 가나 현지식을 시도하고 즐거움을 누리는데, 드디어 가격 대비 성공적인 식사를 발견했다. 당분간 그 식당 메뉴를 섭렵할 생각이다. 김 박사에게 말해주니 놀라는 눈치다. 페루의 전형적인 보통 음식을 계속 먹겠다고 하는 것이 신기한 모양이다. 그게 얼마나 맛있는지 모르고!

오늘은 전채로 약식 세비체, 주 요리로 타샤리네스 슈하스코를 먹었는데, 시금치로 만든 초록색 소스 파스타에 갈비 비슷한 것 한쪽이다. 한국에서 먹던 스파게티나 갈비를 생각하면 오산이고, 그것의 남미판 버전이라고 보면 딱이다. 도전과 발견의 즐거움이 외국생활의 양념이 아닐까 싶다.

저녁은 오늘도 혼자 먹었다. 내일 아침을 위해 김치북엇국을 끓여두었다. 콩나물과 마늘 등 식재료가 없어 대신 김치를 넣었는데 그런 대로 먹을 만하다. 주말에는 감자와 당근, 마늘, 고추 등 재료를 장만해야겠다.

요리에도 재미가 붙는다. 인터넷에 들어가면 요령을 자세하게 알려주는 블로그가 많아 따라하기가 쉽다. 요즈음은 남는 반찬이나 찌개를 어떻게든 버리지 않고 활용한다. 음식을 만든다는 것이 얼마나 어렵고 정성이 들어가는지 새삼 느끼기 때문이다. 음식을 보는 눈이 완전히 달라졌다. 철이 새로 들고 있다.

■ 도전과 발견의 즐거움을 안겨준 각종 페루 음식들.

조심! 아방카이

2014. 1. 8(수)

시내 몇 곳을 둘러보았다. 코이카에서 혼자 둘러보기에 안전상 문제가 있는 곳을 골라 보여주는 프로그램을 마련해, 신입 봉사단원 네 분과 참가했다. 며칠 전 안전교육을 해준 경찰청 간부의 인솔하에 이른바 도시 빈민들의 거주 지역으로 알려진 바리오 알토를 기점으로 중앙시장, 차이나타운 등 혼자 다니기에는 용기가 필요한 지역들을 둘러보았다.

아방카이에서 어린 시절을 떠올리다

'아방카이'는 우리로 치면 쪽방촌 같은 곳이다. 집집마다 화장실이 없어 공동화장실을 이용한다는 등의 설명을 들으며 우리의 옛 모습이 생각났다. 내가 자랐던 삼양동 골짜기나 신림동, 난곡 등의 옛 모습도 이와 크게 다르지 않았다. 당시는 상하수도 설비가 제대로 되어있지 않은 동네 형편이 창피하지도 불행하지도 않았다. 다만 조금 불편했을 뿐이다. 지금 기준으로 보면 그런 동네에서 어떻게 살았었나 싶을 정도로 낙후되고 불편한 환경이지만, 어린 시절에는 비교 대상도 없는 데다가 남들이 어떻게 사는지 알 길이 없으므로 상대적 박탈감도 없었다. 다만 물차 오는 때에 맞춰 물지게로 물을 길어다 먹는 것이 힘들고 괴롭기는 했다. 그러다가 드디어 우물을 판 날, 온 가족이 기뻐했다. 철없던 나는 마음껏 물장난을 칠 수 있으니 더욱 신났다.

요즘 자라나는 세대는 '마중물'이라는 단어의 뜻을 잘 모를 것이다. 우물물을 먹다가 조금 진화하면 그 위에 뚜껑을 덮고 펌프라는 것을 설치한다. 당연히 수동식인데 몸무게가 나가지 않는 어린아이들은 체중을 다 실어 펌프질을 해야 겨우 우물물을 퍼올릴 수 있었다. 그런데 펌프에 물이 말라붙으면 아무리 펌프질을 해도 물이 올라오지 않는다. 그럴 때 물을 한 바가지 부은 다음 펌프질을 반복하면 물이 올라오기 시작한다. 이렇게 우물에 부어주는 물이 마중물이다. 아홉 살 어린 나이에 펌핑의 과학적 원리를 알 길이 없던 나는 마중물의 원리가 마냥 신기했었다. 마중물! 리마 서민들에게도, 우리 땅의 어려운 분들에게도 한 바가지 마중물은 꼭 필요하다. 코이카 단원들의 이곳 활동이 바로 이런 역할이면 한다.

몇 년이 지나 수돗물이 나오는 곳으로 이사한 날, 또 세월이 흘러 현대식 아파트로 이사해 수도꼭지에서 뜨거운 물이 나오는 것을 보던 날의 감격 또한 잊을 수 없다. 이들도 앞으로 이런 과정을 하나하나 거쳐갈 것이다. 그런 날이 하루라도 빨리 오길 바랄 뿐이다.

안전이 보장되지 않아 안타까운 시장통

바리오 알토를 지나 '중앙시장'으로 들어섰다. 각종 축산물과 농산물, 과일, 잡화 등을 파는 떠들썩한 분위기다. 어린 시절, 어머니께서 장사해서 우리 남매를 키우셨던 남대문 시장이나 광장 시장과 많이 닮았다.

서울뿐 아니라 다른 도시들 같으면 이런 '바리오 알토' 같은 지역은 훌륭한 관광 명소가 될 만한 잠재력이 있는데, 이 나라에서는 경찰이 함께하지 않으면 안 된다. 방문자 입장에서는 시장통에서 그 나라 서민들 삶을 엿보는 재미가 쏠쏠한 법인데, 주머니 털릴 것을 각오하지 않고는 접근할 수 없다니 안타까운 일이다.

재미있는 사실은 이곳이 대통령궁이나 시청, 국회와 그리 멀지 않은, 걸어서 10분 내외라는 것이다. 이 지역에는 경찰이 심심치 않게 보이는데, 강절도를 당했다고 신고해도 "아, 그러냐?" 정도로 반응한다니 분위기가 대충 이해되었다. 하도 자주 벌어지는 일이라서 그렇다고 하겠지만, 사실은 핑계에 불과하고 행정력이 무기력증에 빠져있는 듯하다. 조만간 마르카 리마('Marca Lima'는 '브랜드 리마'의 현지어다.)에 관한 토론이 있을 예정이니, 안전이 도시 경쟁력이나 관광산업 진흥에 얼마나 중요한지 강조해야겠다.

우체국에 가서 혼자 힘으로 우편물을 부쳤다. 리마 시는 그래도 괜찮지만 지방 소도시로 가는 단원들은 우체국을 자주 이용해야 한다는 설명을 듣는 순간 멀리서 봉사하고 있는 단원들에게 존경의 마음까지 들었다. 이곳에서 처음으로 가족에게 엽서를 보냈다. 거의 매일 전화 통화를 하다 보니 까맣게 잊고 있었던 엽서 보내기가 생경하게 느껴졌다.

페루의 문화사를 한눈에 보다

오늘의 마지막 일정으로 국립박물관을 1시간 정도에 걸쳐 돌아보았다. 파라카스문명, 친차문명, 와리문명, 잉카문명 등에 대하여 설명을 들으며 박물관 곳곳을 둘러보았다. 연대기에 따라 특색 있는 유물들을 전시했는데, 이 나라 문화사를 일목요연하게 볼 수 있는 기회였다. 스페인에게 정복당해 하루아침에 가톨릭 문화로 바뀐 모습을 보며, 무력과 기록이 후손에게 비쳐지는 역사를 어떻게 바꾸는가를 실감했다. 역사는 힘을 가진 자와 기록하는 자의 것이다. 승자의 기록, 이것이 역사임을 오늘 다시 한 번 확인했다.

집으로 돌아와 집 근처 '웡'이라는 마트에서 장을 보았다. 저녁으로 무엇

■ 리마 국립박물관에서 여러 시대를 관통하는 유물을 둘러보며 '역사란 무엇인가.'를 고민해보았다.

을 준비할까 고민하다가 미역국을 끓이기로 마음먹고 보니 소고기와 마늘이 필요했기 때문이다. 간 김에 각종 채소며 과일 등도 사다가 냉장고를 채웠다. 먹지 않아도 배가 부르다. 인터넷에서 레시피를 찾아 연구한 뒤 미역국에 도전했다. 모양과 맛은 그럴듯한데, 양을 맞추지 못해 사나흘은 먹어야 할 판이다. 미역이 물에 불면 양이 엄청 많아지니 조금하라고 해서 분명 조금만 했는데 이 모양이다.

경고를 받고도 꼭 시행착오를 저지르는 것의 반복, 이것이 인간의 역사다. 순간 "인간이 역사에서 배우는 것은 역사로부터 아무것도 배우는 것이 없다라는 사실이다."라는 재미있는 어구가 생각났다. 미역국만 몇 날 며칠 먹을 생각을 하니 한심해서 하는 이야기다.

줄 때 받은 것을 생각하며

2014. 1. 9(목)

이곳 코이카 사무소로서는 매우 중요하고 뜻깊은 날이었다. 1년 이상 정성을 들여온 '코마츠 모자보건센터'의 개원식 날이기 때문이다. 250만 달러를 투자하여 국제사회 공적개발원조 사업 중 가장 중요시되는 모자보건, 위생 사업의 최일선에서 서민 접촉 단위인 보건소를 짓는 사업이 결실을 맺은 것이다. 밤새워 애써온 코이카 페루 사무소 직원들의 수고가 빛을 발했다.

우리 입장에서야 투자 예산이 강남의 아파트 한 채 정도지만, 그 효과는 결코 적지 않다. 도착했을 때 지역 주민들이 열광적으로 환영해준 것과 대통령 내외의 참석이 페루 측의 평가를 보여준다. 물론 오얀타 우말라 대통령의 연설은 이 사업을 모델로 해서 전국에 수십 개의 병원을 지어 보건, 위생에 관한 복지 혜택을 늘려나가겠다는 거시적인 내용이었다. 그러나 이

■ 가난한 외곽 지역인 코마츠 주민들은 모자보건센터의 개원을 정말 고마워하고 기뻐했다.

■ 페루 국기 아래 청바지를 입은 두 사람이 대통령 내외이다. 그 왼편의 복지장관 역시 청바지를 입었다. 이분들 패션이 정말 산뜻하다.

런 비전을 발표하는 장소가 코이카의 사업이 결실을 맺는 곳이라는 점이 중요하다. 이렇게 뜻깊은 의미가 부여된 데에는 박희권 대사의 노력과 탁월한 외교력이 분명 한몫했을 것이다. 페루 국민이 느끼는 대한민국에 대한 친근감이 한층 고조될 것이라는 생각에 뿌듯한 하루였다.

라틴아메리카 지역에서는 총 열일곱 개의 병원 사업이 진행되었는데, 페루에서만 벌써 여덟 번째 사업이 완성되었으니 페루가 중점 지원 대상국임을 감안해도 상당한 진척이다. 병원 사업은 가장 빈민촌인 베아비스타에서 조립식 건물 형식의 보건소로 시작해 이렇게 번듯한 건물까지 진화해왔다고 한다. 그 활용도도 매우 높아 하루에 수백 명이 이용한다니 참으로 필요한 도움을 주고 있다. 동네 주민들의 진심에서 우러나오는 박수와 환호를 들으며 우리 국립의료원 사례가 생각났다.

'원지동 추모공원'을 짓는 과정에서 알게 된 사실인데, 을지로 6가에 위치한 국립의료원이 바로 이런 도움을 스칸디나비아 3개국으로부터 받아 세워진 병원이었다. 지금은 병원들이 워낙 큰 규모로 지어지고 최첨단 장비와 기술을 자랑하지만, 반세기 전만 하더라도 국립의료원이 아시아에서 가장 좋은 시설이었다니 격세지감이다.

우리나라가 불과 50년 전만 해도 페루가 현재 우리나라에게 받는 형태의 의료시설을 지원받아야 할 상황이었다니, 묘한 자격지심이 생긴다. 이 나라 대통령 역시 도움을 받아 개원한 코마츠 모자보건센터를 보며 비슷한 감정을 느꼈을 터이니, 그 부부의 참석이 더욱 돋보인다. 행사장에서 전 서울시장이라는 소개를 받자 두 분 모두 내게 젊어 보인다고 관심을 표했다. 급기야 행사 후 대통령 내외가 내빈들과 차례로 악수를 나누던 중에는 영부인이 "고맙습니다."라고 우리말로 인사를 해왔다. 내가 어리둥절해하자

■ 대통령 부부는 완전 친한파로 이야기를 나눠 보니 한국에 대한 좋은 추억을 갖고 있었다.

오얀타 우말라 대통령이 중위였던 시절 한국 생활을 5개월간 했으며 영부인은 아직까지 "깎아주세요."도 기억한다며 대사님이 귀띔했다.

어쨌든 원지동 추모공원을 지으며 원지동 주민들의 극심한 반발을 누그러뜨리고자 약속했던 국립의료원 이전 첫 예산이 국회를 통과해서 천만다행이다. 원지동 추모공원사업을 성공적으로 마무리할 수 있고, 시민들도 편하게 이용하고 있으니, 내 마음의 빚도 내려놓을 수 있었다. 원지동 주민들의 결단 덕분에 매장 문화에서 화장 문화로의 대전환이 가능해졌으니, 감사하다!

저녁때는 브라질과 이곳 페루를 개인 일정으로 방문한 김용태 의원 일행과 식사를 했다. 우리는 나라의 앞날을 위해서나 개인적 성취를 위해서나 우리 젊은이들이 청년기에 개도국 경험을 좀 더 많이 해야 한다는 데에 의견을 같이했다. 이미 코이카 봉사단원이 되고 싶어 하는 대학생들이 많은 것은 참으로 다행이나, 이를 넘어서서 개도국의 문화를 이해하고 함께 어우러져서 발전할 수 있는 기회를 제공하는 프로그램을 적극 발굴해야 한다. 오랜만에 이야기꽃을 피우며 맥주도 한잔했다. 참으로 유쾌한 날이다.

창수와의 대화

2014. 1. 11(토)

유창수 전 보좌관이 타고 온 아메리칸 에어라인이 1시간 정도 연착하는 바람에 공항에서 오랜 시간을 보냈다. 호르헤 차베스 국제공항은 새벽 2시 무렵에도 대낮처럼 붐볐다. 피곤한 기색이 역력한 창수가 출출하다고 하여 집에 오자마자 카레라이스를 차려주었다. 미리 준비해두기를 정말 잘했다. 이야기꽃을 피우다가 새벽 4시경 잠자리에 들었다.

다음 날, 아침 겸 점심을 먹은 뒤 시내로 안내했다. 김 박사 차로 시내에 들어가 마요르 광장과 시청, 대통령궁 등을 둘러본 다음, 빈민층 주거지를 보여주었다. 2시간여 동안 시내 분위기를 파악하도록 도와준 후 미라플로레스로 향했다. 미라플로레스에 가니 해변에 강남 한복판의 카페 거리를 옮겨다 놓은 듯한 화려함이 느껴졌다. 누구라도 이 도시에 오면 이 현격한 빈부 격차가 가장 큰 충격으로 다가올 수밖에 없다.

바다가 내려다보이는 스타벅스 야외 테라스에 앉아 창수가 받은 이 도시의 첫인상에 대해 들었다. 이 도시 정책 전문가님은 이 도시가 곧 발전할 것 같은, 기회의 도시라는 인상을 받았다고 한다. 950만의 개도국 인구는 엄청난 소비 수요로 작용할 터이고, 산중턱까지 차오른 판자촌 빈민가는 조만간 시작될 재개발, 재건축의 시장 수요로 보이며, 칠레나 브라질 같은 선발개도국이 바로 이웃에 국경을 맞대고 있으니 경제 발전의 경쟁심을 자극할 것이라는 요지였다. 그의 설명을 들으며 참으로 한국적인 시각에서 바라본 분석이라고 생각했다.

페루 발전 가능성에 대해 논하다

내 생각은 조금 다르다. 우선, 5년마다 바뀌는 정부 시스템이 가장 큰 문제다. 정권이 바뀌면 장관부터 과장급까지 핵심 보직은 전부 갈아 치워 행정과 정책의 연속성이 극히 미약한 시스템이기 때문이다. 정치적 외풍으로부터 공무원의 신분을 보장해야만 정책의 연속성을 확보할 수 있다. 이것이 직업공무원 제도의 핵심이다. 지금과 같은 시스템이 바뀌지 않는 한, 체계적이고 중장기적 기획을 바탕으로 미래를 내다보는 발전 전략을 실행하기 쉽지 않을 것이다.

두 번째, 민주화가 포퓰리즘과 합체되었기 때문에 허리띠를 졸라매는 고통을 감수하기가 쉽지 않다. 산업화 초기에는 산업자본 축적과 더불어 투자 여건을 조성하기 위해 자본을 인프라에 중점 투자하는 기간이 국가적 차원에서 반드시 필요하다. 그런데 라틴아메리카 국가들은 '빈자를 위한 정권'이라는 표방 없이는 정권 획득도, 정권 재창출도 불가능한 상황이라 허리띠를 졸라매고 미래에 투자하는 기간을 일정 기간 유지하기가 극히 힘

위 관광객이 주로 방문하는 라르코마르. 화려함이 선진국 도시 못지않다.
아래 리마의 열악한 동네, 산 크리스토발 전경.

위 초리요 거리.

아래 초리요 수산시장. 상인들 사이에 펠리컨이 보인다.

들다.

세 번째로, 페루의 경우에는 산업 환경이 문제로 보인다. 안데스 서쪽의 해안가는 인적자원은 풍부하나 비가 오지 않는 사막 지역으로 수자원이 부족하고, 안데스 동쪽은 수자원은 풍부하나 험준한 산악 지대로 교통이 불편하다. 공장을 짓고 투자하려면 산업용수가 반드시 필요한데 생존에 필요한 최소한의 물을 확보하기에도 힘겨운 상황이다. 그렇다면 안데스 동쪽의 산악 지대가 대안일까? 여기도 물류가 문제다. 전 세계 대부분 나라의 산업단지가 해안에 있는 것은 우연이 아니다.

물 문제 해결과 더불어 원재료와 완제품의 운송이 산업에서 중요한 요건인데, 그 비용이 일정 수준을 초과하면 경제성에서 경쟁이 되지 않는다. 더구나 라틴아메리카는 이미 서로 시장이 개방된 상태다. 칠레나 브라질에서 수입하는 편이 더 경제적이라면, 굳이 새 공장을 짓고 투자하는 것보다 유통업에 종사하는 것이 안전할 것이다. 그러니 대부분의 공산품은 수입산이고, 당연히 비쌀 수밖에 없다. 공장이 없으므로 일자리도 당연히 없다. 물가는 비싸고 일자리는 없고, 서민들은 이래저래 힘들 수밖에 없다. 이들은 자신들이 힘든 이유가 무엇인지도 모르고, 다행히 농산물은 싼 편이고 많이 춥지도 덥지도 않으니, 하루하루 먹고사는 데 만족하고 삶을 유지해간다.

페루는 지난 10년간 연 평균 6퍼센트 이상 성장해왔다. 성장 요인은 산업화의 결과가 아니라, 광물자원, 수산자원 등 자원 수출에 힘입은 바 크다. 그러면 지난 10년간 인프라에 대한 투자가 잘되었을까? 다녀보면 안다. 도로와 항만, 공항, 수자원을 확보하기 위한 투자 모두 빈약해 보인다. 도로는 관광객을 실어 나르기에도 낙후되어있고 고속도로는 아예 없다. 리마 공항은 국제선과 국내선을 한 청사에서 모두 소화해야 하는 형편이다.

내가 최고 의사결정권자라면 무엇부터 할까? 일단 해안 지대에 해수 담수화 공장부터 짓겠다. 여기서 생산되는 담수로 서민층 물 문제도 해결하고 산업용수로도 쓸 수 있다면 삶의 질과 경쟁력, 두 마리 토끼를 잡을 수 있다. 안데스 산맥을 동서로 관통하는 송수관을 건설하는 것도 방법이나, 험준한 산악 지형을 감안하면 관통 터널 건설에 막대한 예산이 들어갈 테니 경제성이 떨어질 것이다.

페루는 아직 개도국이므로 담수화 공장 설립 예산은 세계은행(World Bank)이나 미주개발은행(IDB)의 도움 혹은 우리 수출입은행의 대외경제협력기금(EDCF) 자금으로도 빌려 쓰는 것이 가능하다. 이 나라 경제 규모로 볼 때, 담수화 예산을 독자적으로 마련한다 해도 사실 버거운 규모는 결코 아니다.

기왕 해안가에 간 김에 거기에서 차로 5분 거리인 초리요 수산시장에 가서 횟감을 사왔다. 흥정도 잘되어 단돈 60솔(2만 5천 원) 정도로 셋이 먹고도 남을 분량의 돔 횟감을 사왔다. 김 박사가 회를 뜨는 동안, 나는 매운탕을 끓였다. 사실 매운탕은 비린내도 없애야 하고 시원한 맛도 내야 하기 때문에 재료와 요리 순서가 매우 중요한데, 채소도 신선했고 무엇보다 김 박사의 조언이 큰 도움이 되었다. 회도 쫄깃쫄깃 고소한 식감이 보통이 아닌데다가, 매운탕도 첫 작품치고는 성공적이었다. 여기에 멀리서 온 손님과 소주까지 함께하니 어찌 아니 기쁘겠는가.

미래 인프라와 바랑코

2014. 1. 12(일)

21세기 도시에서 다음 단계로 도약하기 위해 필요한 인프라는 더 이상 도로나 항만이 아니다. 바로 문화 예술 시설이다. 그것도 모든 도시에 다 있는 그런 시설이 아니라, 전 세계에 하나뿐인 의미와 브랜드, 스토리가 있는 시설이라야 승부를 걸 수 있다. 마침 유 보좌관이 동대문디자인플라자(DDP) 기사가 늘어나고 있다는 기쁜 소식을 들려주었다.

동양과 서양, 과거와 최첨단이 한 공간에 어우러진 미래형 건축물은, 내가 아는 바로는 동대문디자인플라자가 유일하다. 이제 전 세계 건축 전문가들은 물론 디자인계 종사자들과 관광객들이 줄 지어 방문하는 필수 코스가 될 날이 머지않았다. 이 시설 투자의 의미를 이해하지 못하고 공연히 적대시했던 사람들이 스페이스 마케팅의 성공적 사례를 보며 깨달을 날 또한 머지않았다.

참으로 힘들게 결정하고, 힘들게 시작하고, 힘들게 지켜냈고, 결과를 보기 위해 힘들게 기다려왔던 작품이다. 언젠가 세빛둥둥섬 이야기와 함께 동대문디자인플라자 탄생의 모든 과정과 왜곡된 스토리를 바로잡아 세상에 내놓을 날이 오겠지…….

바랑코에 가서 늦은 점심을 했다. 차로 지나치기만 했지, 나 역시 바랑코가 처음이었다. 리마의 홍대 앞, 세계에서 가장 컬러풀한 도시 열 곳 중 하나라 하여 다소 기대했는데 상당히 붐비는 사람들 때문에 오늘만큼은 독특한 분위기를 느끼기 어려웠다. 바랑코는 절벽이라는 뜻이다. 바다에 면한 절벽 위로 올라가는 경사지 양옆으로 카페들이 늘어서있으니 당연히 경치는 좋을 수밖에 없다.

한 바퀴 산책한 뒤 배가 고플 때가 되어 태평양이 내려다보이는 페루 음식 레스토랑을 찾아 들어갔다. 운치도 있었고, 맛도 좋았다. 야경이 볼 만하다고는 하나, 몇 번의 사고가 있었다고 하니 별 수 없었다.

야경을 포기한 채 집에 오는 길에 고기와 채소를 산 후 김 박사의 아이디어로 어제 남은 매운탕 국물에 부대찌개를 끓였다. 고추장과 된장에 마늘을 다져 넣고 참기름으로 향취를 약간 더한 쌈장에 이곳 상추로 쌈을 싸서 오붓하게 저녁식사를 했다.

위 바랑코 해안에서 위로 올라가는 식당가 골목길. 실제로 걸어보면 아늑한 분위기가 느껴진다.

아래 바랑코 언덕 위에서 바라본 리마 해안 전경. 초록빛이 아닌 흙과 바위로 이루어진 절벽이 다소 안타깝다.

자문 우선순위

2014. 1. 13(월)

오늘 아침 드디어 카스트로 본부장과의 정례 회의를 시작했다. 약속한 시각인 8시 반에 맞추기 위해 아침부터 분주했다. 매일 내가 차린 것만 먹기 미안했는지 유 보좌관이 나서서 차린 아침밥을 먹고 집을 나섰다. 해가 쨍쨍한 길을 빠르게 걸어 만원 버스에 올라타니 한숨이 절로 나왔다.

가까스로 8시 반에 맞춰 시청에 도착했다. 유 보좌관과 동석하여 진행한 회의는 매우 생산적이었다. 약 1시간 반에 걸쳐 나눈 대화를 통해 앞으로 5개월간의 내 자문 활동 전반에 대한 얼개를 잡았다. 상대방의 관심사를 우선순위별로 알았으니, 그에 맞추어 이곳 사정을 파악한 후 우리의 경험과 시행착오를 전수하면 된다는 생각에 머릿속이 많이 정리되었다. 이 전도유망한 엘리트에게 우리의 발전 경험과 노하우를 전수하는 것이 결코 헛수고는 아닐 것이다. 내 경험이 그를 통해 많은 페루 사람들의 삶의 질 향상으

© 리마시청

■ 앞줄 가운데가 수산나 비야란 시장, 그 왼쪽이 호세 미겔 카스트로 본부장.

로 이어지길 바란다.

금요일 저녁에는 시청 앞 광장에서 리마 시 탄생 기념행사가 열리는데, 우리 일행도 참석해달라고 했다. 약 2만 명의 리마 시민이 즐기는 세레나데 축제라고 하니 기대가 된다. 덕분에 라틴아메리카의 제대로 된 음악축제를 지켜보게 되었다.

망외의 소득도 있었다. 대중교통 개혁에 대해 이야기를 나누다가 아침 출근 때 버스가 혼잡해 고생했다고 말했더니, 러시아워를 피할 수 있게 업무 회의 시간을 조정해줄 뜻을 비쳤다. 사실 자가용 뒷좌석에 앉아 출근하는 본부장으로서는 내 불편을 예측하지 못했던 듯하다. 상대방이 상당히 바쁜 지위에 있음을 이해했기에 내가 조금 힘들어도 시간을 맞추려 했는데, 배려해주겠다니 고마울 뿐이다.

점심때는 유 보좌관과 함께 단골 현지 식당을 찾았다. 평소 내 점심을 맛보겠다고 해서 잉카 콜라와 지난 금요일에 맛본 현지식을 권했는데, 역시 나만큼이나 잘 먹었다. 저녁에는 삼겹살에 상추, 된장찌개를 준비해 송 소장을 초대했다. 사모님이 아이와 귀국해서 늘 마음이 쓰였는데, 참으로 유쾌한 저녁자리였다. 술 실력을 늘리기 위해 갖은 고생을 한 경험담을 들었는데, 듣고 보니 나는 정신력 부족이지 싶다. 아무리 훈련하려 해도 늘 그 정도이니 말이다. 세 주당들 사이에 끼여 나도 모르게 과음을 했더니 머리가 아프다.

위 매일 내가 차린 것만 먹기 미안했는지 유 보좌관이 나서서 차린 소박한 아침 밥상. 미역국 맛이 좋았다.

가운데 단골 현지 식당에서 먹은 점심 메뉴.

아래 잉카 콜라는 페루 사람들이 가장 즐기는 음료수다. 코카콜라가 시장에서 이겨내지 못하고 차라리 잉카 콜라 회사를 인수하는 결단을 내리게 만든 페루의 국민 음료이다.

리마의 미래, '비아 파르케 리막' 현장

2014. 1. 15(수)

이곳 리마에 온 지 한 달째 되는 날이다. 실감이 나지 않을 정도로 시간이 빨리 흘렀다. 당초 예상했던 것보다 훨씬 빠른 속도로 안착할 수 있었던 것은 코이카 사무소와 시청 측의 각별한 관심과 배려 덕분이다. 진심으로 감사한다.

당초 예정대로 '비아 파르케 리막'(리막 강 도로 공원 사업) 현장을 방문했다. 시청 측에서는 카스트로 본부장과 일주일 전 이 사업을 설명했던 아우구스토 세바요스 건축가, 가비 등이 함께했고, 우리는 나와 유 보좌관, 양 인턴이었다. 처음에는 걸어서 5분 거리의 리막 강 다리 위에서 설명을 듣다가, 쉬피보 부족의 정착지와 이전 예정지에 대해 묻자 우리를 현장으로 안내해주었다.

가슴 아린 쉬피보 부족 정착촌

박물관과 야외 음악당이 위치할 카타가요 빅 파크 바로 옆 쉬피보 부족 정착촌은 여러모로 인상적이었다. 수백 가구 집단 주거지에 들어서자 분뇨 처리장을 연상케하는 악취가 코를 찔렀다. 그야말로 나무 칸막이로 얼기설기 지은 집은 폭풍 한 번이면 모두 날아갈 듯 보였다. 수백 가구가 쓰는 수도꼭지가 마을 한가운데 있고, 하수도는 아예 없는 것 같았다.

곧 그 마을 촌장이 학교를 안내하겠다며 앞장서는데, 왜 학교로 가는지 그 뜻을 가늠할 수는 없었지만 일단 따라나섰다. 이들은 알베트로 후지모리 대통령 정권 때, 그러니까 십수 년 전 무언가를 항의하기 위해 집단 상경했다가 이 정착촌에 마을을 형성했다고 한다. 짐작컨대, 후지모리 시절 아마존 개발이 이루어지기 시작했으므로 그 개발 때문에 삶의 터전을 잃고 무작정 상경했을 것이다. 촌장과 주민들 그리고 시청 측 인사들이 나누는 대화의 분위기로 미루어보아 리막 강 사업의 원활한 진행을 위해 수시로 접촉하는 듯했다. 그럼에도 불구하고 방문해주어 감사하다는 말을 여러 번 반복하는 것에서 그들이 느끼는 불안감을 읽을 수 있었다.

또 한 가지 특이한 점은 판자촌 벽이 거의 열대 지방 특유의 색감이 느껴지는 벽화들로 채워져있었는데, 압권은 학교 안 벽에 그려진 그림이었다. 한가운데 자신들의 고향인 듯 물이 풍성하게 흐르는 밀림을 묘사했고, 오른쪽에는 그곳에서의 풍요로운 농경 생활을, 왼쪽에는 이곳의 척박한 도시 빈민 생활을 묘사했다. 그림을 보는 순간 가슴이 아렸다. 얼마나 그리웠으면 저리도 절절히 마음을 녹여 그렸을까 싶은데, 마을 아낙들은 단체로 몰려와 천진스런 웃음으로 우리 일행을 환영했다. 이 세상에 저보다 더 깊은 예술 혼을 담은 그림이 또 있을까 싶어 사진을 찍고 또 찍었다.

위 쉬피보 부족은 개발로 삶의 터전을 잃고 수도에 정착해 불안한 생활을 이어오고 있다.

아래 마을에 들어서니 엄청난 숫자의 벽화를 볼 수 있었다. 그들의 아픈 마음이 묻어나서 마음이 갔다.

위 리막 강에서 올려다본 산 크리스토발 산기슭의 산동네.

아래 산 크리스토발 전망대에서 본 리마 시내. 멀리 아방카이와 마요르 광장이 한눈에 들어오고 리막 강 개발 현장도 보인다. 이 삼각형 지역을 동시에 종합적으로 개발해야 시너지 효과를 낼 수 있다.

발전 방향을 고심하다

돌아오는 길에 유 보좌관과 함께 카스트로에게 전해주고 싶은 몇 가지 사항을 정리했다. 첫째, 이 사업은 그 자체로 의미가 있고 상당히 발전적인 내용이지만, 마요르 광장을 비롯한 센트로 지역과 며칠 전 돌아보았던 아방카이 지역(중앙시장과 차이나타운 등)을 삼각형으로 연결해 종합적이고 입체적으로 개발해야 이용도를 높이고 시너지 효과가 있을 것이다.

둘째, 시간이 걸리더라도 역사성을 그대로 간직한 개발이 되는 것이 바람직하다. 이익을 추구하는 자본의 논리상 그들을 끌어들이기 위해 유인책을 쓰다 보면 역사성은 온데간데없어질 것이다. 그러자면 예산이 필요하므로, 중앙정부의 문화부나 산업부와 협력하여 관광산업 육성 차원 프로젝트로 포장하여 진행하는 것이 현실적일 수 있다.

셋째, 현재 아방카이 지역은 가방을 든다든가, 주머니 밖으로 지갑의 모양새가 튀어나온 상태에서 들어가면 안전을 보장할 수 없다고 소문이 나있는 상태인데, 이 점은 반드시 개선해야 한다.

넷째, 카타가요 빅 파크와 산 크리스토발 전망대 사이에 산중턱까지 차오른 빈민촌의 열악한 주거 환경을 개선하는 재개발 사업을 어차피 피할 수 없다면, 하나의 모델로 삼아 한국식 재개발 모형을 현지 사정에 맞게 변형하여 적용해보면 어떨까? 이렇게 되면 '새 집 줄게 헌 집 다오' 식의 아이디어를 시장 논리와 결합시켜 한군데에서만 성공시켜도 연쇄반응을 기대할 수 있다. 이미 페루는 지속적인 성장 분위기를 타고 부동산 가격이 상승하고 있으니 정책적 환경은 무르익었다고 본다.

이런 내용의 자문을 보다 구체화하고 다듬기 위해 내일 오후 아우구스토 세바요스 건축가 사무실에서 도심 역사지구 개발을 비롯한 현지 사정을 더 자세히 듣기로 했다.

오후에 스페인어 교습을 받는 사무실에 카스트로가 불쑥 들어와 내일 비야란 시장이 점심을 함께하자고 했다는 말을 전했다. 한 달만의 점심 초대다. 리마시 탄생 479주년 행사에 초청장이 왔는데, 토요일에는 현지 적응 훈련으로 살사 수업을 받기로 해서 금요일 행사만 참석하겠다고 통보했다.

바쁘다 바빠!

2014. 1. 16(목)

오전에는 교통공단 격인 메트로폴리타노 운영회사로 출근해 대중교통 개혁에 관한 브리핑을 받았다. 오후 1시에는 비야란 시장과의 오찬 회의가 있었다. 첫 만남은 남미 특유의 포옹과 뺨 비비기 그리고 비야란 시장의 "국제적 규칙을 지키지 못하고 너무 늦게 자리를 마련해 미안하다."는 사과로 시작되었다. 사정을 호소하며 이해를 구하는 데야 더 이상 섭섭한 마음을 가질 필요가 없었다.

대단한 친화력이었다. 약 2시간에 걸쳐 진행된 오찬은 격식 파괴의 연속이었다. 아내의 직업을 묻길래 연극 연출가이고 무용과 접목하는 시도에 관심이 많다는 이야기를 했더니, 리마 시에서 열리는 마임 축제를 설명하다 자료가 필요하다며 벌떡 일어나 방에 가서 노트북 컴퓨터를 들고 오더니 사이트를 찾았다. 식사 도중 일어나 가져오는 것만으로도 감동인데, 인

■ 리마의 버스에 대해 시민들의 불만과 우려가 매우 높다. 대형 사고도 종종 일어나고, 전반적으로 시스템에 상당한 문제가 있다. 승객이 내리고 싶은 데서 미처 내리지 못할 때가 있을 정도로 운행 속도가 빠르고, 정거장을 지나칠 때도 자주 있다. 다행히 수산나 비야란 시장(아래)은 최우선 정책으로 버스 개혁을 내걸고 에너지를 투입하고 있다.

터넷 연결이 늦어서 쉽게 찾아지지 않자 계속 찾으며 식사했다.

양쪽 아이들 이야기에 이어 그는 내 거처와 식사 문제 해결 등등 시시콜콜한 부분에까지 관심을 보이며 상대를 진심으로 배려한다는 인상을 줬다. 이런 다정다감한 품성을 여기서는 '아그라다블레(agradable: 친절, 온화, 따뜻)'라고 하는데, 이분이 바로 마담 아그라다블레다. 식사하는 내내 비야란 시장은 '마음이 따뜻하고 정이 넘치는 동네 할머니' 그 이상도 이하도 아니었다. 내가 디저트를 게 눈 감추듯 먹어 치우자 자기 디저트를 슬그머니 내 앞에 놓으며, 날씬한 당신은 먹을 자격이 있단다. 체면 불구하고 또 다 먹어 치웠으니, 피차 격식은 내던진 셈이 되었다. 그 따뜻한 배려는 사무실이 바로 곁에 있으니 아무 때라도 문 열고 들어와 어떤 문제라도 함께 이야기 나누자는 덕담으로 마무리되었다. 시장에게 아내가 준비해준 홍삼절편을 주자 몹시 좋아했다.

무르익은 한 건축가의 꿈을 엿보다

어제 건축가 아우구스토 세바요스의 미라플로레스 사무실에서 도시계획에 관한 심층적 대화를 하기로 약속했었다. 가까스로 시간을 맞추어 뛰어가니 이 열정적 마스터 플래너는 신바람이 나서 설명을 시작한다. 무슨 질문을 하든 지나치게 친절해 요약이 어려울 정도의 긴 답변이 속사포처럼 돌아오는데, 오늘 그 이유를 알았다.

나와 창수의 문제 제기와 상황 인식이 자신의 생각과 일치하는 것이었다. 그의 손때 묻은 20년 전 저서를 보니 센트로 역사지구의 개발 계획이 그의 확신이자 신념이었다. 어제 그 부분에 동감을 표하는 문제를 제기하자 동지 의식을 느낀 것이 분명했다.

■ 노 건축가의 꿈이 익어가는 중이다. 비야란 시장과 이 건축가의 만남이 멋진 궁합이 되어 리마의 미래를 만들어가면 좋겠다.

유네스코 역사 지구로 묶여 손도 대지 못한 채 점점 낙후되어만 가는 중심가를 보며 이 노 건축가는 분노에 가까운 안타까운 심정을 키웠음이 분명하고, 그 갈증이 열정으로 화하여 홍겨운 브리핑으로 나타난 것이다. 어쨌든 덕분에 상황을 파악하는 데 많은 도움이 되었다. 개발을 원하는 부동산 소유자에게 용적률 인센티브를 줘 투자를 유도하는 새 법안이 최근 의회를 통과했다니 이제 해법은 마련된 셈이다. 다음 토론 때는 카스트로 본부장과 그 실행 방안에 대해 토론해볼 참이다.

저녁은 미라플로레스에 간 김에 낙조를 감상할 수 있는 라르코마르의 현지 식당을 물색하여 해결했다. 음식의 질은 높지 않았지만, 경치와 분위기로 용서되었다. 유 보좌관이 돌아가기 전 페루의 자부심으로, 칠레와 원조 논쟁까지 벌이는 독한 칵테일 피스코 사워는 맛보여줘야겠기에 자리를 옮겨 한잔씩 했다.

태평양 바다 속으로 떨어지는 태양을 바라보고 즐기는 저녁과 한잔의 독주, 그리고 으르렁거리며 몰려드는 요란한 파도소리에 눈코 뜰 새 없이 보내며 쌓인 피로가 다 씻겨나가는 듯했다.

리마 탄생 479주년

2014. 1. 17(금)

오늘은 리마 시 탄생 479주년 행사로 떠들썩했다. 오후부터 마요르 광장에 몰려들기 시작한 리마 시민들은 밤 11시경에 이르자 들은 대로 2만여 명이 넘는 듯했다. 각종 노래와 전통춤, 현대 무용 등 여러 가지 공연이 무대에서 계속되는 가운데 리마 시민들은 가족, 친구와 끼리끼리 모여 공연을 즐겼다. 매일 보는 마요르 광장이지만 그런 야경은 처음 보았는데, 참으로 아름다웠다. 대통령궁과 시청 등 하얗고 노란 건물들을 둘러싼 잔디 광장은 나무와 꽃으로 정성껏 조경했고, 그 한가운데 조그마한 분수가 있다. 이 모든 것들이 조명을 받아 오늘따라 매우 돋보였다.

특이한 것은 우리가 서울광장에서 이런 행사를 할 때는 대부분 잔디밭에 앉아서 감상하는데, 이곳 사람들은 대부분 서있다는 점이었다. 살사 리듬에 맞추어 몸을 흔들고 직접 살사 스텝을 밟는 시민들도 눈에 들어왔다.

혼잡을 틈타 소매치기들이 날뛸까 봐 송 소장은 젊은 인턴들에게 가방을 가져오지 말라고 당부하고 나 스스로도 늘 주머니에 신경을 쓰며 서있었는데, 그렇게까지 긴장할 필요는 없었던 듯하다. 생계형 범죄는 늘 있는 법이지만, 역시 선량하고 평범한 시민이 대다수이므로.

정말 질서 유지는 예상 이상의 수준이었다. 시청 건물 내 다목적 홀의 발코니에서 축제를 내려다볼 수도 있었으나, 분위기를 느끼기 위해 군중 속에 파묻혀보았다. 무척이나 혼잡할 것이라는 짐작은 오산이었다. 그 많은 인파가 조금도 밀치거나 불쾌한 접촉 없이 축제를 즐겼다. 주변 관리와 통제도 잘되었다. 마요르 광장 부근은 격자형의 소형 차들이 둘러싸고 있어 엄청난 교통 혼잡을 예상했는데, 전혀 그렇지 않았다. 페루의 미래를 긍정적으로 볼 수 있는 대목이다.

행사 중 가장 기억에 남는 사람은 경제국장이다. 그는 자신이 전 중앙부처 노동부차관, 여성부장관이었다고 소개했다. 어떻게 그런 경력이 가능할까? 이 사람들은 상하 좌우의 자리 이동을 자유자재로 하고, 전직의 격에 맞지 않는 자리 이동도 자주 한다는 이야기를 들은 기억이 났다. 참으로 여유 있고 자유로운 영혼을 가진 사람들이다. 아마 정권 교체도 잦고 직업공무원 제도가 정착되어있지 않아 보직 교체가 너무 많으므로 이런 식의 자리 이동이 자연스럽게 수용되는 것이 아닌가 싶었다.

잠시 후 테네시 국제국장이 오늘 점심 행사에서 비야란 사장이 지방도시 시장들에게 내 이야기를 매우 상세하게 했다고 했다. 특히 메트로폴리타노를 타고 출퇴근한다는 이야기를 하며 자랑스러워했고, 다른 시장들도 놀라워했다고 한다. 하긴 그들 입장에서 보면 여러 가지가 이례적일 것이다. 이곳 사람들을 처음 소개받아 인사하면 대부분 믿을 수 없다는 표정을 짓는

■ 리마 시 탄생 479주년 행사 현장에 엄청난 인파가 모였다.

다. "왜? 여기에서 6개월이나요?" 하는 분위기고, 약간의 설명을 듣고 난 뒤 반응은 "전임 시장? 왜 이렇게 젊으세요? 몇 살이신가요?"이다. 나이를 이야기해도 믿질 않아서 아예 농담을 던졌다. "그래요, 서울은 성형수술로 아주 유명하지요!!!" 빵 터져버렸다.

12시에 시작하는 불꽃놀이가 클라이맥스라는데, 그 뒤에는 귀가 상황이 복잡해질 듯하여 일찍 나섰다. 어느 도시나 이런저런 기념일이 다가오면 행사는 다 비슷한 법이어서 그 분위기는 어느 정도 예상이 되는 바이지만, 약간씩 다른 분위기를 느껴보는 것은 매우 흥미로운 경험이다. 리마와 서울은 인구수나 도심 한가운데를 흐르는 강, 긴 역사 등 여러 가지가 서로 닮았다. 같은 듯 다른 두 도시의 미래는 어디로 갈 것인가? 문득 세월이 흐른 후 수십 명의 시장이 바뀌었을 때 나와 비야란 시장은 각각 어떤 시장으로 기억될 것인가 하는 데 생각이 미쳤다. 역사는 모든 것을 안고 흐른다.

고독

2014. 1. 19(일)

창수가 방금 떠났다. 막상 떠나고 나니 많이 허전하다. 마침 지난 금요일에 김 박사도 보름 일정으로 미국 버지니아의 가족들에게 갔기에 허전함이 더욱 컸다. 앞으로 9일 뒤 아내와 아이들이 올 때까지는 혼자 지내야 한다.

조용히 혼자 앉아 창밖을 보고 있자니, 작년 가을 상하이에서 혼자 지내던 시절이 떠올랐다. 푸단대 어학코스에 등록한 후 몇 달 동안 마치 학생처럼 아침 8시 등교, 오후 3시 하교, 그리고 오후에는 복습과 예습을 하며 쳇바퀴 돌듯 지냈었다.

말하기, 듣기, 쓰기, 독해, 문법 등 워낙 시간표도 빡빡했고, 한국에서 통과했던 4급 HSK(한어수평고시) 자격을 인정받아 아예 중급반에 배정되는 바람에 진도를 따라가기가 버거웠다. 시간이 어떻게 가는지 모르게 정신없이 닷새를 보낸 뒤 주말이 되면 어김없이 쓸쓸함과 외로움이 몰려왔었다.

처음에는 시장통에도 가보는 등 나들이를 했으나, 결국 나중에는 지인들을 섭외해서 주말을 함께 보내곤 했다. 그때도 친구나 가족이 서울로 돌아가면 몰려오는 허전함이 버거워 바로 뛰쳐나가 필요 이상의 운동을 하곤 했다. 오늘 문득 그때 그 기분이 느껴진다.

이 갑자기 몰려오는 허전함이 정말 싫다. 물론 지인이 찾아오면 반갑기 그지없지만 보내고 난 직후의 느낌이 너무도 싫어 상하이에서도 나중에는 아내에게 오지 말라고 했었는데, 이번에 또 모두 오라고 해버렸다. 한없이 약한 것이 사람 마음이다.

아내에게 전화하니 아이들과 황열병 예방주사 맞는 것을 놓고 갑론을박이 한창인 모양이다. 규정상으로는 반드시 맞아야 하지만, 아마존으로 들어가지 않고 리마에만 잠시 머물 사람들은 굳이 맞지 않아도 된다는 것이 여기 분들의 이야기다. 이런 사정을 전해주었는데도, 승원이가 맞아야 한다는 주장을 굽히지 않는 소리가 전화기 너머로 들렸다. 나를 꼭 빼닮아서 무엇이든 원칙대로 해야 하는 승원이와 예술적 기질(?)로 뭉쳐있어 대충 넘어가는 아내가 논쟁 중인 모습이 눈앞에 선하다. 입가에 웃음이 피며, 기분이 싹 바뀌었다. 시끌벅적한 집안 모습이 외로움을 모두 날려주었다.

모두 잊고 잠자리에 들어야겠다. 일이 있는 월요일이 기다려진다.

한강 르네상스와 리막 강

2014. 1. 20(월)

늦잠을 자도 깨워줄 사람이 없다는 불안감 때문인지 아침 6시도 되지 않아 눈이 떠졌다. 시간적 여유가 생기면 꼭 말썽이 생긴다. 잠이 덜 깬 상태에서 토마토 당근 주스를 하려고 믹서를 돌리는데, 뚜껑을 닫지 않고 스위치를 눌러 토막 낸 당근과 토마토가 우주선 발사되듯 온통 튀어나와버렸다. 맙소사! 왜 오늘따라 초고속 스위치를 먼저 눌러 이 사단을 만드나. 수습하다 내친 김에 청소가 시작되었다. 아침 댓바람부터 주방 대청소라니.

창수가 끓여줘 먹다 남은 미역국으로 아침을 해결하고, 부지런히 뛰어가 버스를 타니 오늘도 만원이었다. 9시에 있을 카스트로와의 회의에 늦지 않으려 서둘러 뛰었더니 붐비는 차 속에서 연신 땀이 흘렀다. 여름이라 맑은 날은 아침부터 덥다. 파김치가 되어 겨우 시간에 맞춰 도착했는데, 이 사람들 오늘도 역시 나를 기다리게 했다.

나는 왜 매번 속으면서도 약속 시간을 꼭 지킬까? 서둘러 온 것을 후회하는 마음이 들기 시작할 무렵 가비가 들어와, 시장과 총리와의 미팅에 카스트로가 동석하게 되어 오지 못하고 민간투자진흥국장, 비아 파르케 리막 책임자 두 분과 먼저 시작하자고 했다. 맥이 쭉 풀렸다.

오늘 이야기의 핵심은 사실 시장이나 카스트로 본부장이 들어야 하는 내용인데……. 하긴, 내가 맡고 있는 일의 성격상 이 사람들이 들으면 경기를 일으킬 내용이라서 차라리 안 하느니만 못할 수도 있다. 일이 꼬여도 너무 꼬이는 하루다. 그런데 순간 받아들이고 말고는 이들의 선택이라는 생각이 들면서, 정공법을 택했다. "하자!"

언젠가는 실현될 꿈같은 설계

카스트로 방으로 자리를 옮겨 설명을 시작했다. 한강 르네상스는 잘못된 한강 둔치 정리 사업을 바로잡고자 시작되었다. 사실 한강의 양쪽 둔치는 활용도가 매우 높은 공간임에도 불구하고 거의 버려진 상태였다. 한강 르네상스는 콘크리트 호안을 모두 걷어내고 거의 전 구간에 갈대와 풀, 나무를 심어 원래의 자연사구 형태로 강을 복원하는 것이 한 축이다. 그리고 시민들이 대중교통 등을 이용해 접근하기 편리한 여의도, 반포, 상암, 뚝섬 등 네 군데를 선정, 그곳에 인공시설물을 집중 배치해 휴일에 가족단위 나들이를 감당할 수 있는 문화시설을 세운다는 것이 또 하나의 축이다. 이에 더해 자전거 길과 산책로를 분리해서 정비하는 것도 숙제였다. 이렇게 해서 오늘날 서울 시민들이 즐겁게 이용하는 시민 휴식 공간인 한강공원이 탄생한 것이다.

PPT 자료를 활용해 한강의 변모를 체계적으로 설명하고 최근 시민들의

■ 한강은 사시사철 누구나 찾아와서 쉬고 즐길 수 있는 곳이다.

이용이 급증한 통계를 보여준 뒤, 리막 강과 관련된 시사점을 조심스레 거론했다. 내 주장의 요지는 "지금의 리막 강 물의 양과 주변 상황을 기준으로 청사진을 짜지 말라."였다. 한마디로 리막 강의 강으로서의 기능을 포기하지 말고 언젠가는 옛날의 풍부한 수량과 수심이 복원될 수 있다는 가정하에 리막 강 프로젝트를 시작하라는 이야기다.

이렇게 하자면 이미 시작된 프로젝트에서 아직 착공하지 않은 부분은 원점으로 돌아가 다시 검토해야 한다. 나는 칸타가요 빅 파크에 들어설 두 가지 시설, 즉 박물관과 야외 음악당이 아직 공사에 착공하지 않았으니 해발이 조금 더 높은 지형을 찾아 옮겨야 한다고 생각했다. 나중에 수량을 확보할 수 있는 단계가 되어도 이 시설들이 걸림돌이 되어서는 안 되기 때문이다. 3명이 모두 빙그레 웃는다. “네가 리마를 몰라서 하는 소리야. 여기는 마실 물도 없어. 수량을 복원해? 꿈같은 소리 하고 있네.” 다들 이런 생각을 하고 있음이 분명했다. 하긴 현재로서는 꿈같은 소리다. 몇 분간의 논쟁이 있었다. 결국 토론은 나의 이런 말로 마무리되었다. “맞아요. 꿈입니다. 하지만 꿈은 곧 이루어질 겁니다.” 그들이 또 웃었다.

내가 이런 생각을 하게 된 이유는 며칠 전 세바스요 건축가 사무실에서 본 한 장의 사진 때문이다. 100년도 채 되지 않은 이 사진은 리막 강이 건천이 아니었음을 보여주었다. 안데스 산맥 쪽에서 발원한 리막 강 원류는 수량이 원래 풍부했었다. 그런데 리마로 사람들이 몰려들면서 하류까지 내려오기 전에 물을 퍼 쓰다 보니 건천이 된 것으로 예측된다. 그렇다면, 지금은 꿈같은 이야기지만 언젠가는 복원이 가능하다는 이야기다. 청계천 복원과 한강 수중보를 건설한 이후 수량이 확보된 두 사례로 보아 얼마든지 가능한 상상이다. 그 가능성은 과학적으로 검증해보면 된다. 지금은 워낙 수량이 적고 마실 물도 부족하다 보니 헛웃음이 나오는 상황이지만, 나는 확신한다. 100년 대계란 이럴 때 쓰라고 있는 말이다. 10년 뒤의 상황과 100년 뒤의 상황은 천지차이일 수 있다. 우리가 20년 앞도 내다보지 못하고 시멘트로 발랐다가 다 뜯어낸 경우도 마찬가지 사례다. 나중에 시장과 본부장의 그릇을 지켜볼 것이다. 100년 뒤를 보는 사람과 10년 뒤를 보는 사람은 사물을 보는 관점이 완전히 다르다. 그래서 때로는 대중들로부터 들려오는 미쳤다는 비난도 감수해야 한다.

자기 전에 내일 아침을 위해 밥과 짜장을 미리 해두었다. 그런데 또 양 조절에 실패해 만들고 보니 짜장이 일주일치는 되어 보인다. 감자 한 개,

홍당무 두 개, 양파 한 개……. 이렇게 썰어 넣다 보니 냄비가 가득 찼다. 반 개씩 해야 했나? 혹시 아는가, 갑자기 손님들이라도 오게 될지. 내일 저녁은 누군가를 초대해야겠다. 떡 본 김에 제사 지내는 것도 나쁘지 않은 일이지!

리마 여성의 지위

2014. 1. 21(화)

오늘은 여성정책에 관한 브리핑을 들었다. 자신을 실비아라고 소개한 여성 국장은 매우 열정적이었다. 이곳의 여성정책은 아직 초창기인 듯하다. 대부분 여성에 대한 범죄 예방, 범죄 피해자 보호, 가정 폭력과 성폭력 피해 예방과 피해자 구제, 그리고 경제적 자립을 통한 여성 지위 향상에 이르기까지 어느 나라, 어느 지자체라도 하고 있는 일들을 체계화한 것으로 보인다.

이 나라에서 특이한 점은, 여성 살인이 사회문제화되어있고, 통계를 보니 배우자나 연인에 의한 살인 비율이 현저히 높았다. 페루도 남성들이 여성을 힘으로 제압하는 일이 사회 문제인 듯하다. 이런 사회 분위기는 인습의 문제로 해결하기 위해서는 각종 캠페인과 교육이 필요한데, 예산이 많이 부족한 모양이다.

마음은 천 리 앞을 달리는데 노잣돈은 백 리 가기에도 부족한 심정이 절절히 전달되어 도와주고 싶은 마음이 절로 생겼다. 전달받은 각종 자료들을 살펴보니, 3년이라는 기간 치고는 엄청난 양의 일을 상당한 수준까지 해왔음을 확인할 수 있었다.

설명을 듣고 나니 오히려 조언하기가 망설여졌다. 원래는 적당히 듣고 서울시가 유엔에서 상을 받았던 여성행복도시 프로젝트를 소개하는 정도로 마무리할 생각이었다. 서울시의 여성정책은 세계가 배워갈 만한 모범 사례였다. 교통, 주택, 환경, 보행자 도로, 공원, 주차장 등 모든 도시 시설물과 콘텐츠를 여성의 안전과 쾌적, 편리를 염두에 두고 설계하라는 여성행복도시 정책은 국내외 여성단체로부터 상당한 반향을 불러일으켰고, 급기야 유엔 공공행정상을 받으러 뉴욕까지 갔었다.

이 열정적인 국장이 서울시 사례를 들으면 얼마나 부러울 것이며, 예산과 인력 형편이 초보적인 수준이라 얼마나 가슴이 아플 것인가? 그래도 어쩌겠는가. 여성정책의 세계적 추세가 어느 단계까지 왔는지 설명해야겠다 싶어 다음 미팅을 잡았다.

일반 버스 타기에 도전하다

오늘 새로운 시도를 했다. 퇴근길에 이른바 일반 버스를 탄 것이다. 버스 요금은 메트로폴리타노의 절반 가격으로 리마 시민들의 진정한 대중교통 수단이다. 대부분의 시민은 이 교통수단을 이용하는데, 우리나라 시내버스 크기의 버스와 마이크로버스 크기의 콤비버스, 두 종류가 있다. 재미있는 것은 '코브라도르'라고 불리는 차장이 버스비를 거두러 다니며 때로는 흥정까지 한다. 이들은 정거장마다 끊임없이 행선지를 외쳐대는데 목청이 매우 좋다. 왜 그리 열심인가 했더니 운전사와 함께 성과급이란다. 우리로 치

위 앞으로 출퇴근할 때 타고 다닐 노선 버스. 집 근처 정거장에서 시청 근처 타크나 정거장까지 25분 걸린다. 정거장에서 시청까지 걸어서 10분이니 메트로폴리타노 노선보다 시간이 절약된다.

아래 타크나 정거장 근처 건물로 유심히 보면 유리창이 거의 없다.

면 택시의 사납금제도와 유사하다. 그래서 항상 격무에 시달리며, 이들의 처우 개선이 버스 개혁의 중요한 내용이라고 한다.

스페인어 선생님에게 버스 타는 방법을 물어 시청 근처의 간선도로 타크나(Tacna)에서 집 근처 국도 카미노 레알(Camino Real)까지 가는 버스를 타면 된다는 설명을 듣고, 그대로 해보았다. 성공이었다. 메트로폴리타노를 타는 것보다 총 소요 시간은 줄고, 걷는 시간도 조금 덜 걸렸다.

선생님은 "버스 정거장이 있는 타크나 거리는 위험한 곳이니 해진 후에는 가급적 메트로를 이용하라."라고 충고했다. 과연 오늘 목격한 타크나 거리는 깨진 유리창들과 먼지를 뒤집어쓴 폐허 같았다. 위험 요소만 아니라면 일반 버스가 더 편하기는 한데 아쉬웠다.

저녁은 최충희 부소장과 이재혁 협력의사, 인턴 두 명을 불러 함께했다. 당초 발상은 어제 만든 짜장 소스의 양이 약간 많아 시작된 것인데, 손님 수가 많아져서 당근과 피망, 고기 등을 더 넣느라고 다시 요리하다시피 해야 했다. 밥도 부족해 냉동실에 보관해둔 실리콘 팩의 밥을 레인지에 3분씩 돌렸더니 양이 딱 맞았다.

값이 매우 싼 토마토, 바나나 등을 갈아 만든 주스로 시장기를 면하게 하며 요리 시간을 번 후, 식후에는 망고와 맥주를 앞에 놓고 대화를 즐기니 제대로 손님 접대가 되었다. 진수성찬이 아니라 미안하지만, 이렇게 단출한 식단으로라도 자주 불러 먹여야겠다.

쌍둥이 계획

2014. 1. 22(수)

9시 반에 하비에르 소타 나달 EMAPE(우리로 치면 도로시설공단) 대표를 막달레나 델 마르 자치구의 바하다 수크레에서 만나, 약 1시간 반에 걸쳐 코스타 베르데 사업 설명을 들으며 현장을 돌아보았다.

산 미겔, 막달레나 델 마르, 산 이시드로, 미라플로레스, 바랑코, 이렇게 다섯 개 자치구의 태평양 해안 구간 18킬로미터에 걸쳐 한강 르네상스 둔치를 연상시키는 시설물들을 건설하고 있었다. 해안을 따라 녹지 공간과 자전거 길, 산책로, 햇빛을 가릴 수 있는 대형 차양 시설을 배치하고, 군데군데 나무도 심고 정자도 지어 시민들의 휴식 공간을 만들고 있었다. 작년 4월에 시작하여 현재 산 미겔과 막달레나 델 마르, 두 개 자치구 구간 약 4킬로미터가 거의 완성되었고, 올해 말까지 나머지 14킬로미터를 완성한다는데 이 완공 예정일에 맞추기는 쉽지 않을 것이다. 현 시장 임기가 올해 말까지라서 계획상으로는 그렇게 정해진 듯했다.

서울에서부터 리마 시의 중점 사업이라고 들어온 이 프로젝트는, 시내 곳곳에 알림막을 걸어 홍보할 정도로 비아 파르케 리막 사업과 함께 리마 시의 자랑이자 관심사이다. 오늘 현장을 보면서 어떤 운명 같은 것을 느꼈다. 이 두 사업은 어쩌면 그렇게 한강 르네상스를 그대로 빼다 박은 쌍둥이 같은지, 현장을 가보면 기가 막힐 정도다. 코스타 베르데는 해안이다 보니 장기 계획으로 방파제까지 군데군데 들어간다는 점만 다를 뿐이다.

어느 나라 어느 도시든 강과 산, 바다가 있다면 큰 밑천임에 틀림없고, 이를 어떻게 활용해서 시민들이 유용하게 쓸 수 있는 공간으로 만드느냐가 관건이다. 그런데 사람의 상상력은 다 비슷해서 그 당시의 가치와 기술에 맞추어 활용 방안을 만들다보면 결국 유사한 모양이 나오는 것이리라. 어쨌든 이 계획대로만 된다면 공원 면적이 부족한 것까지 서울을 빼닮은 리마에도 훌륭한 시민 휴식 공간이 생겨나게 된다.

오늘 우선 한 가지를 지적하고, 한 가지를 권유했다. 첫째, 자전거 길과 보행자 산책길을 18킬로미터에 걸쳐 만들고 있는데, 그 옆에 미리 롤러브레이드 전용로를 더 만들어주지 않으면 곧 자전거 길을 이용하는 롤러브레이드족 때문에 자전거와의 충돌사고가 빈발할 것이다.

둘째, 지금은 바랑코까지만 공사 구간에 포함되었는데, 남쪽의 초리요까지 포함되어야 한다. 왜냐하면, 초리요 초입의 모로 솔라르 언덕에서 조망하는 코스타 베르데 전 구간이 가장 매력적인 풍경이고, 더군다나 18킬로미터에 걸쳐 이어진 연갈색의 절벽을 자연 캔버스로 삼아서 여기에 멋진 경관조명을 비추어 볼거리를 만들면 세계적인 야간 관광 명소가 될 수 있다.

이 브랜드로 마추픽추 관광을 하기 위해 페루를 찾은 관광객들을 리마에

■ 코스타 베르데는 리마 시의 중점 사업이다. 해안을 따라 나무를 심고, 햇빛을 가리는 차양 시설을 설치하고, 자전거 길과 산책로를 새로 내는 등 시민들의 휴식 공간을 계획적으로 만들고 있다.

하루 더 머물게 할 수 있을 것이다. 라르코마르보다 조금 덜 상업적이고 대중적인 조망 시설을 모로 솔라르 언덕에 배치하여 절벽 캔버스를 감상할 수 있는 관광 지점을 제공하면, 어쩌면 마추픽추보다 더 유명한 곳이 될 수도 있다. 이렇게 다른 도시가 흉내 낼 수 없는 볼거리를 별 밑천 들이지 않고도 감동적으로 선사할 수 있다는 것은 크나큰 축복이다.

하지만 이런 제안에 대해 페루 측은 우려 섞인 반응을 보였다. 우선 첫째 지적에 대한 반응은 미지근했다. 지금 만들고 있는 공간만으로도 충분한 배려인데 여기에 사람들이 몰려들어 금방 혼잡해진다는 것이 상상이 안 가는 듯했다. 원래 하나였던 자전거 길과 보행로를 분리하는 것만으로도 충분한 대시민 서비스라고 자족했던 우리와 같은 실수를 범하는 것이다. 이 사람들을 서울로 데려가서 요즈음 한강 둔치의 산책로와 자전거 길이 주말이면 짜증날 정도로 혼잡하다는 사실을 체험시켜주어야 알아들을 것 같다.

둘째 권유에 대해서는 현실적인 어려움을 호소했다. 산 미겔 북쪽 카야오가 계획에서 빠진 것도, 초리요부터 남쪽 구간이 빠진 것도 모두 자치구와 시의 정치적 대립 때문이란다. 여기도 우리나라와 마찬가지로 자치구청장까지 선거로 선출되는데, 자치구의 자체 세원이 있어서 시의 눈치를 보지 않기 때문에 소속정당을 달리하는 적대적 자치구를 설득할 방법이 없다는 것이다. 더구나 모로 솔라르 지역은 비록 황량하기는 하지만 역사성을 간직한 곳이어서 문화부와의 협의도 필요하다고 한다. 오래된 유적도 있고, 1885년 칠레와의 전쟁 시 첨예한 작전 지역이었다는 설명이었다.

모로 솔라르에서 코스타 베르데를 감상할 수 있게 하는 것과 전 구간에 조명을 설치해 멋진 야광 풍경을 만들자는 아이디어는 사실 어떤 영감의 산물이지만, 현실화시키는 데에는 비즈니스적 감각이 필요하다. 리마에 도착한 첫날 모로 솔라르 언덕에 올라 바라보았던, 충격적으로 생경한 모습의 흙모래 절벽! 그 흙모래바람 속의 첫인상이 머릿속에서 숙성되고 발효되는 데에는 리마 시에 무언가 영원히 남을 선물을 주고 가야 하겠다는 강박관념이 효모 역할을 했다. 이제 여기에 사업적 후각과 정치적 리더십, 그리고 미래를 내다보는 행정력이 모두 결합해야 비로소 작품이 나올 터인데, 지금 이 아이디어의 운명을 누가 알겠는가. 사실 시설관리공단 책임자 정도의 위치에서는 이해하기도, 감당하기도 힘든 발상인 것은 사실이다. 그래서 더 이상의 말을 아꼈다.

지구 반대편에서 추억하다

저녁때는 한국에서 잠시 방문한 박진 전(前) 외통위원장과 식사를 했다. 그는 한국의 대외정책과 역할에 대하여 라틴아메리카 3개국의 대학교에서 강연을 하며 순방 중에 있다고 한다. 소주에 곁들인 사골 우거지탕은 정말 별미였고, 반가운 손님과 함께하는 소주도 달디 달았다. 사실 박 선배와는 정치적 인연을 떠나 시장 시절 한동네에 살았던 터라 추억도, 화젯거리도, 할 말도 많았다.

특히 혜화동 고가도로를 철거하기로 결단을 내릴 수 있었던 데에는 종로 지역구인 박 전 의원의 민원이 큰 역할을 했다. 그 뒤 그 근처가 훤해지고 우려했던 교통체증도 없어 서울시민들이 만족해하는 결과를 얻은 것은 정말 좋은 민원 수용 사례다. 지구 반대편에서의 만남이 추억으로 이어져 유쾌하게 취했다.

이제는 리마 시민

2014. 1. 23(목)

오늘은 출근도 퇴근도 일반 버스로 해본 첫날이다. 메트로폴리타노가 지하철처럼 BRT라고 불리는 정해진 궤도 위를 달리는 버스라면, 일반 버스는 우리나라 버스와 거의 같다.

집 근처에서 시청 근처까지 가는 버스는 13번과 73번 두 종류가 있고, 오늘 아침에는 73번, 퇴근 시에는 13번을 탔다. 유심히 살펴보니 1솔이 기준이고 두세 정거장은 50전, 20분 이상 타면 1솔에 20~50전이 더 붙는다. 내가 타는 거리는 1솔 20전에 해당한다. 500원이 조금 안 되는 돈이다.

몇 번 이용해보니 메트로폴리타노보다 걷는 거리가 짧아 앞으로는 일반 버스를 더 자주 이용하게 될 것 같다. 다만, 시청 근처에서 승하차하는 타크나 거리는 들치기가 자주 발생하는 곳이니, 특히 퇴근 무렵에 조심하라고 모두들 걱정했다. 업무를 위해 늘 태블릿 컴퓨터와 휴대 전화 등을 소지

■ 리마의 다양한 버스표들. 버스를 타고 다니며 모았더니 한가득이다.

하고 다니는데, 이런 경고를 자주 듣다보니 불안하다. 사실 스페인어가 빨리 늘려면 길거리 간판과 광고 문구 등에 등장하는 단어들을 바로바로 찾아보아야 하는데, 거리에서 도무지 휴대 전화의 스페인어 사전을 사용할 수가 없다.

또 버스를 타면 잔뜩 긴장해야 한다. 지리도 익숙하지 않은데 정거장의 명칭도 없고 안내 방송도 없으며 운전사가 매우 급하게 버스를 몰아, 내려야 할 정류장을 지나치기 십상이기 때문이다. 우리나라 버스 시스템에 비하면 원시 시대나 다름이 없다. 콤비버스의 평균 나이는 15년은 족히 넘는 것 같다. 매연이 정말 심하다. 태평양으로부터 불어오는 해풍이 없다면 대기질은 도저히 못 견딜 수준일 것이다. 운전도 지나치게 자유분방하다. 롤러코스터가 따로 없다. 이렇게 운전을 해도 여기 버스기사인 초페르와 차장인 코브라도르는 부러움의 대상이다. "기사와 차장 그리고 음악은 멋있다."라는 말이 있을 정도다.

기왕 교통수단 이야기가 나왔으니, 택시비 흥정 이야기도 해야겠다. 여기 택시는 미터기가 없다. 그래서 반드시 타기 전에 흥정을 해야 하는데, 거리에 따라 적당한 가격대가 형성되어있어 그 감을 잡기까지 상당한 시간이 걸렸다. 요즘에도 목적지에 도착하여 만난 분에게 적정한 택시비를 물어보면 대부분 20~30퍼센트 더 주고 왔음을 알게 된다.

그래서 늘 다음에는 꼭 깎겠다고 작심하지만, 생각보다 쉽지 않다. 언어가 어눌하고 지리를 모르는 외국인의 심리적 열세를 잘 아는 기사들이 결코 만만하지 않기 때문이다. 그래도 약간 더 받는 것은 괜찮은데, 가끔 솔이 아니라 달러라고 우겨서 받아내는 경우도 있다고 하니 택시만 타면 내릴 때까지 긴장 상태다. 또한 난폭운전을 각오하고 손잡이를 꽉 잡아야 한다.

롤러코스터 같은 대중교통에 적응하다

이곳 리마에서는 부실한 운전 실력으로는 감히 손수 운전할 엄두조차 못 낸다고 한다. 정말 거리로 나서면 차량들의 질주와 경적소리에 정신을 못 차린다. 초록색 보행자 신호등을 보고 횡단보도를 건널 때도 항상 차가 오는지 좌우를 확인해야 한다. 빈틈이 생기면 차가 반드시 밀고 들어오는 모습은 중국과 똑같은 수준이다.

버스 타기와 택시 타기가 가능하면 일단 리마 시민으로서의 기본은 된 것이다. 여기 우스갯소리가 있다. 리마 사람과 외지 사람을 구분하는 방법 하나! 세비체(ceviche)를 저녁에 먹자고 덤비면 리마 사람이 아니란다. 왜 그럴까? 나도 처음에 리마에 와서, 세비체가 여기 음식 중 최고로 유명한 메뉴라고 듣고 왔기에 저녁때 주문하려고 한 적이 있다. 그런데 세비체는

■ 페루의 대표적인 음식, 세비체.

점심때 먹는 거라는 말을 듣고 의아했다. 우리는 회를 저녁식사 때 많이 먹지 않는가.

여기 설명은 이렇다. 보통 고깃배는 새벽에 들어온다. 그래서 싱싱한 생선회는 점심때만 먹을 수 있다. 저녁때 먹는 회는 신선하지 않고 냉동실에 들어갔다 나온 것일 가능성이 높다. 거기에 더해 세비체를 만들려면 회를 레몬즙과 양파에 버무려 한두 시간 숙성시키는데 이 강한 산성 성분이 위벽을 자극해 위장에 부담을 준다는 과학적 설명도 있다.

세비체는 들어가는 해산물에 따라 여러 종류가 있는데, 생선회로 만든 것이 대표적이고, 그 밖에 조갯살로 만든 것, 문어숙회가 들어간 것도 있다. 가운데 산처럼 쌓여있는 것이 생선회를 레몬즙과 양파로 버무린 주요

리이고, 보통 양옆에는 고구마나 감자를 삶거나 튀긴 것, 삶은 옥수수 알갱이 같은 것이 곁들여진다. 가격은 경우에 따라 다르지만, 보통 1인분에 5,000~6,000원 정도로 착한 편이다.

이제 대충 리마 시민이 되어간다. 처음에는 잿빛이던 리마가 요즘엔 예뻐 보이면서 정이 붙었다.

오늘은 저녁때 오복떡집에서 장을 보았다. 쌀과 돼지고기, 풋고추와 양파, 버섯과 파, 마늘 등을 사 와서 된장찌개를 끓였다. 이젠 된장찌개 선수가 되었다. 된장과 고추장을 1.5대 1의 비율로 풀어넣고 각종 야채를 순서대로 넣으면 칼칼한 된장찌개가 된다. 오늘은 특히 돼지고기를 조금 다져 넣었더니 대박이다. 식전후로 당근과 토마토, 레몬과 몽키바나나를 갈아서 마신다. 다른 반찬을 거의 해 먹지 못하니 영양의 균형을 맞추기 위해서이다.

서울에서 전화하는 분마다 내게 건강을 물으며 잘 먹어야 한다고 강조하는데, 먹는 걱정은 그만하셔도 될 듯하다. 요리하는 것을 귀찮다고 생각하는 순간부터 객지 생활이 괴로워진다. 그래서 일부러라도 음식에 정성을 다한다. 걱정하지 마시라!

원도 가능해진다.

재미있는 사실은 이 모든 계획에 중앙정부와의 협조나 상호 보완은 전혀 없다는 것이다. 우리로서는 상식 밖의 이야기처럼 들리나, 이것이 이 나라의 현실이다. 마을 만들기를 하면서 물과 전기 공급이 정부 부처 간의 협업으로 이루어지는 것이 아니라, 주민의 요구를 유도하고 이를 매개로 간접적 협조가 이루어지는 특이한 모양새이다.

상상을 초월할 정도로 부실한 현장

이 사업 내용을 듣고 보니 엄청난 예산과 에너지를 투자해 주거 환경 개선 사업을 하고는 있으나, 그 개선이 본질과는 거리가 있었다. 아니 이 엄청난 투자가 오히려 열악한 주거 환경을 고착화시키는 부작용을 낳는 것은 아닌지 진지하게 고민해야 한다는 생각이 들었다.

흙모래 산기슭부터 형성되어 올라가는 집들은 주민들이 직접 흙벽돌을 쌓아 만든 열악한 주거 형태다. 그렇다 보니 화장실이나 주방, 지붕 등은 상상을 초월할 정도로 부실하다. 직접 방문도 해보았지만, 내가 어렸을 때 이와 비슷한 집에서 살아봐서 잘 안다. 이곳은 다행히 비가 거의 오지 않는 사막성 기후이므로 지붕이 부실해도 사는 데에는 크게 지장이 없지만, 모래바람이 워낙 강해서 위생 상태를 생각하면 무언가 획기적인 개선이 반드시 필요하다.

객관적으로 판단한다면 본질적 주거 개선이 없이는 모두 미봉책에 불과하다고 해도 과언이 아니다. 그래서 책임자인 알바로에게 물었다. 주민 동의하에 일정 구역의 가구들을 이주시키고 재건축하여 새집을 제공하고 투자자들은 추가 건축한 부분에서 투자금을 이익과 함께 회수하는 방식을 고

위 리마의 전형적인 산동네 모습. 리마 인구 950만 중에 350만이 이 같은 환경에서 산다.
아래 리미 시에도 잘사는 나라의 다른 도시처럼 주택과 아파트들이 잘 지어진 지역도 있다. 전 세계 어느 곳보다 빈부 격차가 극심한 도시가 바로 리마이다.

려해본 적은 없는가? 또 공공임대주택 시스템을 도입할 생각은 없는가?

공공임대주택에 대해서는 개념조차도 없고, 재건축은 비록 매우 소규모이기는 하나 내달에 준비를 시작해 올해 상반기 중으로 파일럿(실험적) 프로젝트를 시작한다는 답변을 들었다. 그 이야기에 흥미가 생겨 일단 바리오 미오 현장을 가보고 싶다고 관심을 표했다. 현장을 보아야 감이 생기는 법이고 해답도 현장에 있다. 현장 변화에 대한 사진을 여러 번 보았기 때문에 감이 전혀 없는 것은 아니다. 그러나 현장을 직접 다녀오고 최대한 깊이 있게 연구한 뒤 내놓는 해법과 그렇지 않은 해법은, 수용하는 입장에서 중량감이 다를 것이다.

현장도 가보고 임 선생과 충분히 토론한 후, 향후 방향을 설정해주고자 한다. 이 문제만큼은 꼭 해법을 마련하는 데 일조하고 싶다. 그것이 리마에 온 첫날 모래바람 부는 모로 솔라르 언덕에서 열악한 집들을 내려다보며 느낀 내 의무감이다.

창밖을 본다. 반경 2~3킬로미터 내에 보이는 주택과 아파트들은 모두 여느 도시와 다를 바 없다. 그러나 시선을 조금 멀리 두면 완연히 달라진다. 산등성이까지 차올라 점멸하듯 보이는 수많은 황색 불빛이 저 멀리 하늘과 맞닿아있다.

전 세계 어느 도시보다 빈부 격차가 극심한 리마의 상징적 대비는, 해가 지고 어둠이 내리면 극명해진다. 거리를 걸어도, 버스를 타도 늘 어깨를 내리누르는 이 엄중한 현실은 이 나라 모든 정책 담당자들의 숙명적 과제일 터이다.

6개월이 짧게 느껴진다.

줄 서서 먹는 세비체

2014. 1. 25(토)

유고운 관리가 지난주 귀가하다가 줄 서서 먹을 정도로 유명한 세비체 식당을 발견했다고 했다. 귀가 솔깃했다. 순간 오늘 전원에게 쏘겠다고 제안했더니 환호가 이어졌다.

나까지 9명이었다. 관리요원 둘에 인턴 둘, 신입단원 둘, 현지 봉사단원 등을 합하여 9명의 대가족이 걸어서 5분 거리인 '로날드 세비체의 집'에 도착하니 과연 줄이 엄청 길었다. 벽에 붙어있는 사진과 설명을 종합해보니 TV 요리경연대회에서 세비체로 1등을 한 요리사가 그 상금으로 문을 연 식당이었다. 앉아서 먹는 자리라고는 일곱 자리. 서서 먹는 자리가 여덟 자리 정도의 조그마한 식당인데, 손님이 식당 안보다도 밖에 훨씬 더 많았다.

메뉴는 단 하나, 세비체이고 가격은 1인당 15솔, 6,000원 정도다. 세비체는 비싸면 20솔에서 30솔까지 있으니 비교적 싼 편이다. 그래도 그렇지

9인분 식대를 선불로 내고 번호표를 받는 데에만 20분이 걸렸고, 번호는 29번이었다. 세비체가 번호 순서대로 배급되고 있었는데, 우리 앞에 14팀이 대기 중이었다. 줄이 줄어드는 속도를 보니 족히 40분은 기다려야 할 상황이다. 좁은 식당 안은 사람들의 열기에 주방의 열기까지 더해져 덥고 습하다.

그래도 기다렸다. 음식은 자고로 줄 서서 먹는 집에서 먹으라고 했다. 사람 입맛은 다 똑같아서 이 나라 사람들이 줄 서서 먹는 맛이면 우리 입맛에도 당연히 맛있다는 것이, 지난 한 달 열흘 간의 내 경험으로 얻은 확신이다. 기다리며 관찰해보니 이 집의 성공 비결은 요리 과정 공개와 청결함, 그리고 자발적 기다림이다.

사실 우리 입장에서는 어느 식당에 가서 먹어도, 아주 고급 식당이 아닌 이상 위생이 가장 신경 쓰인다. 솔직히 눈 질끈 감고 오직 살아야겠다는 일념으로 먹어서 그렇지, 주방 위생 상태는 늘 의문이다. 해산물은 더 불안하다. 그래서 가능하면 익힌 것을 먹는다. 그런데 이 집은 모든 재료와 요리 과정을 눈앞에서 보여준다. 그리고 한 명의 요리사가 한 번에 1인분씩 만드는 방식을 고집한다. 물론 보조 인력이 있지만, 단 한 명의 주 요리사가 거의 로봇처럼 레몬즙도 직접 짜 넣고 모든 내용물을 눈앞에서 순서대로 넣는데, 그 손놀림이 거의 예술에 가깝다. 기다리는 입장에서는 속도가 느린 것이 비효율로 느껴지고, 요리사를 한 명 더 가동하면 좋겠다는 생각이 굴뚝같지만 침을 꼴깍꼴깍 삼키며 그 새콤한 요리 만들기를 지켜보았다. 기다리는 사람들의 표정을 관찰하니 재미있었다. 지치고 짜증난 표정도 있지만, 대부분 기대에 차있다. 바로 이것이었다.

기다림! 즐거운 기다림이 스스로를 세뇌시키고 있었다. '이 집은 맛으로

위 서서 기다리고, 앉아서 기다리고, 끈질기게 기다리는 사람들. 정말 느긋하다.

아래 레몬즙을 짜 넣는 손놀림이 거의 반자동 로봇 수준. 바로 눈앞에서 음식이 만들어지니 침이 꼴깍꼴깍 넘어갈 수밖에 없다.

유명해. 나는 1시간을 기다리고 먹을 정도로 미식가야. 이게 사람 사는 재미지! 아, 또 한 명 줄었다.' 아마도 이런 마음이 아니었을까?

앞줄에서 기다리는 아주머니와 대화해보니 이 집이 상당히 유명한 모양이다. 어떻게 알고 왔느냐고 물어서 우연히 발견했다고 했더니, 운이 좋단다. 내 돈 내고 점심 한 끼 해결하겠다고 1시간을 기다리고 있는데 운이 좋다는 말을 듣고 보니 기대도 되지만, 풀썩 웃음이 나왔다.

긴 기다림이 끝나고 드디어 우리 순서가 되었다. 돈 내는 줄을 보니 번호가 63번이다. 우리 뒤로 줄이 훨씬 더 길어진 것이다. 길거리에 서서 먹을 각오를 하고 있었는데, 어떤 부부가 다 먹고 일어나며 우리 일행을 손짓으로 불러 굳이 자리를 내준다. 기대에 찬 표정으로 자기네 음식을 먹겠다고 기다리는 동양인들에게 호감을 느낀 모양이다. 어떻게 하다 보니 우리 일행이 거의 모두 앉게 되었다. 운도 참 좋다. 착하고 고마운 페루 사람들!

일행에게 순서를 양보하고 맨 마지막에서 두 번째로 접시를 받아들었다. 호스트 노릇을 하려고 양보한 것이지만, 아침을 먹고 출근한 사람이 나뿐이라는 것을 알기 때문이다. 얼마나 지치고 배고팠는지 일행 모두 게 눈 감추듯 세비체를 먹어치웠다. 양이 꽤 많은 편인데도 거의 그릇을 비운 것을 보니 뿌듯했다. 잉카 콜라 값까지 해서 150솔로 거하게 한턱냈다. 그 느낌도 좋지만 제대로 된 세비체를 드디어 경험했다는 즐거움이 더 크다. 그동안 세비체를 몇 번 시도했는데 오늘 드디어 진정한 맛을 느꼈다. 품평을 하자면 여기 와서 먹은 음식 중에 단연 최고다.

세비체의 세계에 제대로 입문한 날이다. 로모 살타로(lomo saltado : 잘게 썬 소고기를 양념구이하여 밥과 내오는 음식)와 포요 알 라 브라사(pollo a la brasa : 숯불구이 닭고기 한쪽에 감자튀김을 곁들인 음식) 에 이어 세비체에 맛

■ 드디어 세비체가 나왔다. 보기엔 이래도 양이 꽤 된다. 한치 튀김까지 담겨있다.

을 들임으로써 페루 음식의 관문을 모두 통과한 셈이다. 우리로 치면 된장찌개, 김치찌개에 이어 비빔밥에 맛을 들인 것과 같다.

버스 타는 것이 즐겁고, 택시비 흥정이 재미있고, 세비체가 맛있다고 느껴지니 이제 제대로 리마에 안착한 듯하다. 리마 사람들이 좋다.

평범한 일요일

2014. 1. 26(일)

오늘은 결혼기념일이다. 우리가 1985년 1월 26일 결혼했으니 오늘이 29주년 되는 날이다. 어젯밤 10시쯤 아내에게 전화를 했다. 한국 시간으로는 1월 26일 정오 정도, 이미 결혼기념일이 된 상태라서 축하하려고 했다. 그런데 아내는 운동하고 왔다며 딴소리만 한다. 그러다가 내가 이야기를 꺼내니 그제야 알아차리고 재빨리 수습하는 분위기다.

참 쿨한 성격이라고 해야 하나? 아니면 내가 오히려 섭섭해해야 하나? 어쨌든 안심이다. 정신없이 바쁘게 지내고 있다는 뜻이며 갱년기 우울증 없이 정신적으로 매우 건강한 상태이니 고마울 뿐이다.

그저께는 문득 가족들이 오면 마추픽추를 갈까 싶어 의논차 전화했더니, 시끌벅적한 분위기로 보아 저녁 모임에 참석하고 있는 듯했다. 홍겨운 듯하여 질투(!)도 났지만, 이내 다행이라고 생각했다. 얼마나 좋은가. 집에만 틀어박혀 결혼기념일만 손꼽아 기다리는 성격이 아니라서.

식사를 하고 책을 좀 보다가 10시경에 아래층으로 마실을 갔다. 어제 1층 로비에서 한국 분을 만났는데, 본인을 한페루해양과학기술공동연구센터 석봉출 소장이라고 소개하며 한번 놀러오라 하셔서 오늘 아침으로 약속을 잡았다. 서른여섯 가구가 사는 소규모 아파트인데도 사용하는 엘리베이터 라인이 다르다 보니 우연히 부딪치기에도 시간이 걸린 것이다. 방문해보니 사모님도 함께 있었다.

커피를 한잔 얻어 마시며 이런저런 이야기를 나누었는데, 2년 예정으로 와서 이미 1년이 지났고 연구소는 카야오 쪽에 있다고 하셨다. 한국의 바다 가두리 양식장 기술이 상당한 수준이라서 이곳에서도 전수받기를 희망하고 있으며, 조만간 칠레와 에콰도르, 콜롬비아까지를 아우르는 중남미 연구소가 발족될 예정이라고 했다. 페루는 어족자원이 풍부하여 수출액이 상당한 편인데 가두리 양식장까지 욕심을 내나 싶어 의아했다. 광어 한 마리에 우리는 1만 원이면 먹는데, 여기는 2만 원이라는 설명에 이해는 가면서도, 참 사람 욕심이 한도 없다는 생각을 했다. 수요가 많은 세비체를 생각하면 양식장에 관심을 쏟는 이들이 수긍이 가기도 하는데, 그럼 이제 앞으로 광어로 세비체를 만들 셈인가.

가족이 온다는 이야기를 하고 아내와 아이들이 여행에 별 흥미를 보이지 않는다고 하자, 반드시 마추픽추를 보여주라고 강하게 권유하신다. 막상 가보면 매우 큰 감동이 기다린다며 경험담을 들려주셔서, 내친 김에 이곳 여행사를 소개받아 통화까지 하고 왔다. 견적서를 받아보고 추진해야겠다.

이제 내일 밤이면 가족들이 온다. 가족들과 무엇을 할지 이런저런 그림을 그리느라 마음이 분주하다.

3장

잉카의 숨결과 마주하다

가족맞이 배탈 일지

2014. 1. 27(월)

긴 하루였다. 배탈이 났다. 그것도 아주 심하게……. 오늘 밤 가족이 도착하는데, 하필이면 이런 날! 어제 저녁으로 중국음식점에서 해산물 전골을 먹었는데, 거기에 문제가 있었나 보다. 펄펄 끓는 물에서 충분히 익힌 해산물을 먹었는데도 탈이 났다. 다섯 번이나 화장실을 다녀왔으니 장 청소는 확실하게 되었다. 다행히 바로 약을 챙겨 먹었다. 의사 현석이가 외국에 나가면 분명히 배탈 날 일이 있을 것이라며 증상이 가벼울 경우와 심할 경우에 먹는 두 가지 약을 지어주었는데, 이런 상황을 예상했던 것일까? 밥 반 공기를 팔팔 끓여 흰죽을 쑤어 먹고 출근했다.

여간 힘들지 않았지만 아침 10시 반에 카스트로 본부장과 회의가 있고, 테네시 국장과 가비와 점심 약속을 해놔서 할 수 없이 집을 나섰다. 시청 근처에 가니 온통 교통 통제라 다른 날보다 더 걸어야만 했다. 가는 날이

장날이라고 오늘이 페루와 칠레의 해상경계선에 관한 국제사법재판소의 판결이 있는 날이라 마요르 광장을 모두 통제하고 경찰들이 삼엄한 경계를 펼치는 것이었다.

판결이 불리하게 날 경우에 소요가 예상되었는지, 그렇게 많은 경찰 병력이 중무장한 채 서있는 것은 처음 보았다. 대통령궁 앞에는 대형 스크린이 설치되어 판결문 낭독을 생중계했다. 내심 판결 결과에 자신이 있었던 것 같기도 하다. 오후에 뉴스를 보니 다행히 페루가 70퍼센트 정도로 이겼다. 페루가 완승하면 칠레가 어떻게 나올지 몰라서 정치적으로 절충적인 판결을 했다는 분석이 있었다. 페루 입장에서는 천만다행이다.

사실 이웃 나라치고 사이좋은 나라는 없는 법이다. 1800년대에 칠레와의 전쟁에서 진 페루가 전략적 요충지를 빼앗긴 이후, 한국과 일본만큼이나 나쁜 것이 페루-칠레 관계다. 이 전쟁으로 또 다른 이웃 나라 볼리비아는 해안선이 없는 내륙 국가가 되었다니 그 국민 감정도 미루어 짐작이 간다. 이번 판결은 벌써 몇 개월 전부터 양국 대통령이 '판결 결과 준수'를 외칠 정도로 신경전이 극에 달했었고, 오얀타 우말라 대통령도 초긴장 상태였다.

이러니 카스트로와의 회의가 제대로 진행될 리가 없다. 아니나 다를까 가비가 미안한 표정으로 회의를 할 수 없다는 말을 전했다. 나도 양해를 구하고 점심 약속을 취소했다. 긴 귀가였다. 길은 막히고 힘은 없고…….

집에 돌아와 살아야겠다는 일념으로 다시 흰죽을 끓였다. 아침보다 조금 양을 늘려 억지로 먹고, 지사제와 해열제를 먹었다. 미열도 느껴져 지난번처럼 몸살로 크게 아플까 봐 한숨 푹 자고 일어났다. 여전히 힘이 없다. 커피 한 잔 하고픈 생각이 간절했지만 참았다.

개도국의 객지 생활에서 설사는 정말 큰 복병이다. 지난주에는 남지현 단원이 시내에서 수박을 사 먹고 닷새 동안 앓다 살아났고, 전전주에는 이정아 단원이 혼났다. 모두 돌아가며 고생이다. 코이카에서 교육받을 때 설사 예방을 위해 먹지 말아야 할 음식 목록을 알려주는데, 막상 생활하다 보면 그대로 지키기가 힘들다. 특히 수박을 비롯한 몇몇 과일은 예상외로 사고가 잦아 정말 조심해야 하고, 해산물도 마찬가지다. 길거리 음식은 더더욱 금물이다.

저녁으로 멸치된장찌개를 만들어 먹었다. 이번 배탈은 하루 천하로 마무리될 것 같다. 밤에 공항으로 가족을 마중 나가지 못할까 봐 노심초사했는데 다행이다.

어처구니없게도 긴 하루의 마지막을 물청소 해프닝으로 마무리했다. 이곳의 수돗물은 식수로 적합하지 않아 모두들 생수를 사다 먹는다. 밥이나 찌개, 국까지도 생수로 만들자니 작은 용량으로는 감당할 수 없다. 그래서 20리터짜리 대용량 사각팩을 사다 주방 모서리에 설치해 이용한다. 그런데 사각팩 안에 물 꼭지가 숨어있어서 처음에 꼭지를 꺼낼 때 기술이 필요하다.

지난번에도 물 꼭지를 꺼내기 위해 면도칼을 사용하다 그만 사각팩을 깊게 찔러 물이 분수처럼 터져나왔었다. 이렇게 되면 물은 물대로 버리고 수습하느라 고생하는데, 오늘 또 비슷한 실수를 하고 말았다. 아이들이 여름 더위에 물을 많이 찾을 것 같아 사각팩을 새로 설치하다가 손으로 꼭지를 잘못 건드려 물이 터져나온 것이다. 20리터의 수압은 엄청났다. 순식간에 거실 마루까지 물이 흥건해져 1시간이 넘게 닦아내야만 했다. 안 그래도 힘이 없어 비실댔는데, 물걸레를 들고 수십 번 왔다갔다 하자니 죽을 노릇이었다. 그런데 신기하게도 계속하다 보니 힘이 슬슬 되살아났다. 역시 사람은 긴장해야 힘이 나는 모양이다.

이 나라에서 생수로 바닥을 물청소하는 럭셔리한 사람이 나 말고도 꽤 있지 싶다. 설마 나만 사고를 치지는 않았겠지! 이제 이 물통을 살 때마다 새로운 도전이 될 것이다.

이제 준비해야겠다. 지친 모습을 보이기 싫으니 샤워부터 하련다. 내일부터 나흘 동안 휴가를 냈다. 내가 6개월간 쓸 수 있는 휴가는 총 11일이다. 아내와 아이들이 탄 비행기가 밤 12시 20분 도착이므로, 연착되지 않는다면 3시간 정도 남았다. 시간이 참으로 느리게 흐르는 긴 하루다.

그리던 가족과 쿠스코로 떠나다

2014. 1. 28(화)~29(수)

여기는 쿠스코 부근 우루밤바의 한 호텔 객실이다. 한적한 시골 마을 속 깊숙이 들어와있는 2층 건물의 아담한 호텔인데, 토종 꽃이 많이 피어있어 아늑하다. 꿈같은 시간이 흐르고 있다. 보고 싶었던 가족과 원 없이 오붓한 시간을 보내고 있다.

많은 망설임이 있었다. 주어진 시간은 오직 엿새! 24시간 비행으로 지친 아내는 굳이 마추픽추까지 오지 않아도 좋다는 입장이었고, 아이들도 "꼭 가지 않아도 괜찮아요."라고 했다.

문제는 내 마음이었다. 평생 꼭 한 번은 보아야 할 곳 목록에 오르는 곳 세계적 명소였다. 나야 가까이 있어서 언제라도 올 수 있지만 아이들은 이제 시집가면 언제 볼 수 있겠나 싶었다. 더구나 진기하거나 맛있는 것을 경험하면 가족이 생각나는 법인데, 나중에 혼자 여길 오면 반드시 후회할 것 같았다. 이럴 땐 약간의 독재가 필요하다고 판단하고, 황금 같은 가족과의 엿새 중 2박 3일을 할애했다.

오고 보니, 역시 오기를 잘했다. 비록 쿠스코에 도착한 후 고도 때문에 가족 모두 약간의 무력감과 두통 증세를 보이긴 했지만 견딜 만했다. 오히려 '튼튼이' 큰 녀석이 제일 힘들어해서 놀려주는 재미도 있었고, 춥다며 내 옷을 탐내는 작은 녀석에게 옷을 양보하고 사진을 찍어주는 재미도 있었다.

고대 잉카제국으로 시간 여행을 떠나다

마추픽추는 내일 오전에 올라가는 일정이라서 오늘은 주로 쿠스코 부근의 삭사이와만 유적지를 중심으로 둘러보았다. 처음에 비행기에서 내렸을 때는 빗방울이 떨어지는 흐린 날씨라서 걱정했다. 다행히 점점 맑아지는 날씨 덕에 나중에는 햇빛에 반사되어 빛나는 삭사이와만 골짜기의 절경을 마음에 담을 수 있었다.

오랜만에 눈이 시원해졌다. 사방 어디를 둘러보아도 잿빛으로 답답했던 리마. 녹지 공간이 더러 있어도 모두 물차가 와서 물을 뿌려가며 힘들게 가꾸는 숲과 잔디라는 사실을 잘 알아서인지, 늘 안쓰러운 사막 도시 리마를 벗어나 어디를 둘러보아도 푸른 산과 잔디가 넘치는 곳에 오니 마치 박하사탕을 깨문 듯 시원했다. 더구나 우기라서 아마존 강 제일 상류인 우르밤바 강을 따라 이동하자니 흐르는 물소리가 요란스러웠다. 이 나라에도 이런 곳이 있구나 싶었다. 땅이 워낙 넓어 사막도, 고산 지대도, 밀림도 있는 축복받은 나라라는 사실을 이제야 피부로 실감했다.

쿠스코는 과연 듣던 대로 역사 유적의 도시다. 잉카문명과 스페인 중세

■ 쿠스코는 역사 유적의 도시다. 잉카문명과 스페인 중세문명이 적절히 섞인 건축양식이 눈에 띄었다.

문명이 적절히 섞인 건축양식을 보며 과거로 시간 여행을 온 듯한 착각이 들었다. 더구나 비 온 직후 깊은 산 속의 상큼한 공기도 한몫해 500년 전 스페인 정복 당시의 잉카문명 그대로를 투명하게 들여다보는 기분이었다.

영어 안내원의 스페인식 발음 때문에 여러 번 되묻고 확인하는 해프닝이 있었지만, 잔혹하게 파괴된 아름다운 문명에 대한 상세한 설명을 들을 수 있었다. 잉카의 신전은 파괴된 후 가톨릭의 세례를 받아 재단장되어 성당을 방불케하는 모습이 되었는데, 바로 그곳에서 다시 토착종교적 요소들을 볼 수 있는 아이러니도 많은 생각을 하게 했다. 칼과 피로 이룬 정복의 역사도 길어지면 애증조차 의미 없는 혼융 상태가 될 정도로 시간의 힘은 위대하다. 내일은 또 어떤 역사의 현장을 볼 것인가?

내가 본 곳을 모두 보여주고픈 마음

어제는 바빴다. 밤늦게 도착한 가족들이 피곤해하는 기색이 역력해 바로 재웠고, 아침은 그동안 갈고닦은 실력을 발휘해 된장찌개로 모셨다. 모두 감동한 것은 당연지사!

식사 후 내가 페루에 와서 그랬던 것처럼 모로 솔라르 언덕에서 시작해 라르코마르, 그리고 시내로 들어가 마요르 광장과 시청, 집무실 순으로 보여주었다. 그런 뒤 바랑코를 돌아보고 다시 그 옆의 라르코마르에서 맥주 한잔과 함께 낙조를 보여주며 리마 시 설명을 마무리했다.

머무는 시간이 짧으니 마음이 바빠서 그동안 내가 가본 곳은 모두 보여주려고 노력했는데 너무 무리를 한 듯하다. 오늘 아침 9시 40분 비행기를 타고 쿠스코로 오다 보니 이틀 동안의 빠듯한 일정 때문에 모두 지쳤는지, 저녁 식사 후 방에 들어오자마자 다들 잠이 들어버렸다. 시차 때문에 어젯

밤에도 못 잤는데, 오늘은 푹 자고 내일 일정을 활기차게 소화하면 좋으련만…….

내일도 새벽 5시 반에 일어나야 한다. 오붓하게 가족과 함께해야할 시간이 그만 강행군이 되어버렸다. 슬그머니 미안해진다.

마추픽추에서 공부하다

2014. 1. 30(목)~31(금)

지금은 31일 정오. 리마로 돌아가는 비행기 안이다. 지금 막 이륙한 직후라 창문 밖으로는 안데스 산맥의 아름답고 웅장한 풍경이 펼쳐져있다. 아내는 연신 사진을 찍으며 "그림 같다."라고 감탄한다.

어제는 새벽에 일어나 호텔에서 6시 50분에 출발하여 밤 8시에 돌아오는 강행군이었다. 우루밤바 마을에서 차로 30분 정도 걸리는 오얀타이땀보로 이동, 페루 레일이 운영하는 열차를 타고 1시간 반을 가서 마추픽추 산 바로 밑에 있는 마을에 내렸다. 이 열차도 재미있다. 경치 감상을 배려해 창문을 넓고 시원하게 만든 것은 물론, 천정까지 창문으로 설계해 거의 직각으로 서있는 산악 지형을 올려다보며 여행할 수 있다. 연신 사진을 찍으며 그 시간을 즐기는 전 세계 관광객들을 지켜보며, 현지 상황에 딱 맞는 디자인을 택한 안목에 경의를 표했다.

우루밤바 강가의 이 작은 마을은 식당과 기념품점으로 가득 차있는 것이 북한산 골짜기의 등산로 입구를 연상시켰다. 여기서 방문객들을 끊임없이 실어 나르는 마이크로버스를 타고 마추픽추 산정까지 가는 데는 약 30분이 걸린다. 물론 트랙킹을 즐기는 사람들은 걸어 올라가기도 한다.

마추픽추 정상까지 롤러코스터를 타다

마추픽추 정상으로 가는 길은 가파른 산악 지형 때문에 옆으로 길쭉한 갈지자 모양으로 설계되어있어서 올라가는 동안 주기적으로 쏠림 현상이 있다. 창문으로 내려다보니 천 길 낭떠러지가 바로 1미터쯤 옆에 위치해있다. 가드레일조차 없어서 청룡열차를 타는 것만큼이나 스릴 넘친다. 좋게 말해 스릴이지 승원이는 긴장되는지 아예 바깥을 쳐다보지도 않았다. 안전벨트도 없었는데 가만히 생각해보니 필요가 없다. 어차피 떨어지면 죽는 것은 마찬가지일 터이니…….

버스 기사들에게는 매일 하는 일이므로 별 감흥이 없겠지만, 평생 한 번 오는 사람들 입장에서는 이들의 운행 기술을 관찰하면 할수록 감탄사가 나온다. 그 좁은 길에서 차량이 마주쳐 교행하는 일이 2, 3분에 한 번씩 벌어지는데, 전혀 주춤거리지 않고 좁은 길의 중간중간에 설치된 조금 넓은 길을 적절히 사용해 기막히게 비켜 간다. 게다가 우기이므로 길옆으로 상당량의 물이 물길을 따라 흘러내리는데 그 관리가 상식 밖으로 허술하다. 군데군데 비 때문에 무너져내린 돌 더미를 치우는 공사를 하고 있는데 더하여, 함석 패널로 물을 막은 임시방편들을 보며 아슬아슬하다는 느낌을 지울 수 없었다. 일반 관광객들은 무심히 보아 넘기는 눈치였지만, 내 눈에는 위험천만하게 보여 한숨이 절로 나왔다. 시장 재임 후 생긴 일종의 직업병

■ 마추픽추로 가는 열차 안. 경치 감상을 배려하여 창문이 넓고 시원한 데다 천정까지 창문으로 설계되어있다.

위 우루밤바 강가의 작은 마을. 북한산 골짜기의 등산로 입구를 연상시킨다.

아래 선조의 문화유산에 대한 자부심으로 가득 찬 안내인(오른쪽)은 "우리가 비록 총칼에 굴복하고 식민지가 되었지만, 정신세계로는 서구인들이 우리를 따라오지 못한다."는 생각을 갖고 있었다. 안내인의 태도 덕분에 잉카문명을 다시 보게 되었다.

이다. 수많은 관광객이 풀어놓고 가는 돈 보따리는 도대체 어디에 무엇을 위해서 쓰이고 있는 것일까?

케추아인들의 수준 높은 문명

그렇게 해서 산 정상에 올랐다. 눈앞에 펼쳐지는 광경을 글로 다 설명할 수는 없다. 1901년에 예일 대학교의 히럼 빙엄 교수가 우연히 한 농부로부터 들은 힌트 한마디가 계기가 되어 이 숨어있던 역사가 비로소 세상 밖으로 나오게 되었다는데, 그나마도 12년이 걸렸다. 땡볕에서 현장을 계속 이동하며 진행되는 현지 안내인의 설명은 스펭글리쉬였다. 스페인어는 써있는 대로 읽는데, 영어 발음을 그런 식으로 한다. 예를 들어 'young mountain'을 '얀 몬테인'으로 발음하니 몇 번을 듣고서야 뜻을 알 수 있었다. 덕분에 3시간여의 상세한 설명은 참으로 엄청난 집중력을 요했고 때로는 딸들의 이중 통역까지 필요했는데, 내용은 들을 만했다.

안내인은 케추아인들의 문명에 굉장한 자부심을 가지고 있었다. 왜 오래전 이 높은 곳에 고생해서 정교한 돌 사원을 만들었느냐는 질문에 "크레이지(crazy)."라는 말로 일단 호기심을 끈다. 그다음 배낭 속에서 적절한 시청각 자료까지 꺼내들며 설명한다. 그의 확신에 찬 설명을 간단히 종합하면 다음과 같다.

케추아인들은 원시 공산사회에서 살았다. 경쟁도 돈도 없는 대신 우리로 치면 두레와 같은 공동 협력 작업과 물물교환으로 경제가 돌아가는 공동체 사회였다. 이곳 유적을 잘 관찰해서 해석하면 이렇다. 그들은 10진법을 쓰고 있었고, 지구가 둥글다는 사실을 이미 알고 있었으며, 천체를 관찰하여 태양과 달, 별자리 운행의 지식을 농사에 적절히 활용했고, 지구가 기울어진 각도까지 알고 있었다. 수차례의 강진으로 주변 도시가 파괴되는 역사 속에서도 지금까지 그대로 모양이 유지될 정도로 뛰어난 건축술도 구사했고, 산 정상임에도 적당한 양의 물이 돌 위에 파인 물길을 따라 흐르도록 설계되어있었다. 문자는 없었지만 막대기에 긴 줄들을 늘어뜨려 적당한 간격으로 매듭을 지어 기록했다고 한다.

이 안내인은 잉카인들이 상당한 수준의 문명을 일구었음을, 매우 구체적 사례를 들며 설명했다. 사실 페루 지역을 중심으로 차빈문명, 와리문명 등 꽤 넓은 지역을 통치했던 문명들이 기원전부터 발달해왔고, 여기에 모체문명, 파라카스문명, 나스카문명 등 10여 개의 지역 문명들이 명멸하며 기름진 문화를 발전시켜왔기에 잉카문명은 이 모든 문화적 발달의 결정체였다고 보면 된다. 마추픽추는 하나의 상징적 존재이며, 바탕에는 이렇게 면면히 흐르는 케추아인들의 수준 높은 정신세계가 버티고 있는 셈이다. 쿠스코라는 도시에서 그 진면목을 볼 수 있다.

쿠스코의 재발견

쿠스코는 페루인들 스스로 남아메리카 고고학의 수도이자 문화 중심지라는 수식어를 붙일 정도로 자랑스러워 하는 도시다. 실제로 푸카푸카라, 땀보마차이, 겐코, 삭사이와만 등의 유적지가 즐비할 뿐만 아니라, 잉카 박물관, 고대미술 박물관, 자연사 박물관 등을 비롯한 여러 박물관과 성당들이 아름다운 자태를 뽐내고 있다. 역사적 의미로도 공부할 만하지만, 붉은색이 감도는 돌로 지어진 멋진 건축물들이 뿜어내는 독특한 분위기와 도시의 풍광은 전 세계에서 온 관광객들에게 매우 강한 인상을 심어주고 있었다.

사실 외국에서 온 상당수의 관광객들은 마추픽추만을 알고 오기 때문에

■ 케추아인들의 정신적 안식처이자 영감의 근원인 마추픽추 정상에는 기념비적 유산을 남겨져 있다.

산 정상에 올라 기념사진 남기기에 바쁘고, 쿠스코는 경유지 정도로 생각하기 쉽다. 그러나 2박 3일간의 여행을 통해 알게 된 작지 않은 소득은 바로 쿠스코가 남아메리카 원주민 역사의 중심지라는 사실이다.

또한 이들의 정신세계를 아는 것이 산 위의 올드 마운틴(old mountain)에 잠깐 올라 신기한 모습에 감탄하는 것보다 훨씬 중요하다는 사실을 깨달았다. 마추픽추는 '오래된 산'이라는 뜻의 케추아어이다. 케추아인들은 만물에 영혼이 있다고 생각했다. 그중에서도 오래 사는 것의 대표 격인 산, 그중에서도 마추픽추에서 태양신과 교감하며 지혜와 영적 계시를 받고자 했다.

또 하나, 재미있는 사실을 알게 되었다. 오늘 아침 우루밤바의 호텔을 출발하여 쿠스코 공항으로 가기 전에 쿠스코 시내를 다시 한 번 보자는 아내의 제안에 따라 친체로라는 지역을 통과하게 되었다. 해발 3,500미터가 넘는 고원지대에 상당히 넓은 평원이 펼쳐졌고, 흰색, 보라색, 노란색 등 갖가지 꽃이 피어 장관이었다. 꽃 이름이 감자꽃이라는 설명을 들으며 모두 아름다운 광경에 취하고 말았다. 그런데 안내인이 여기에 국제공항이 생길 예정이지만 주민들의 반대로 일이 진척되지 않고 있다고 이야기해주었다. 순간 또 직업병이 발동해서 캐묻기 시작했다.

이야기를 종합하면, 벌써 10여 년 전부터 마추픽추를 보기 위해 몰려드는 관광객들이 늘어 감당하기 힘들어졌다. 쿠스코 공항은 비좁은 공간에 만들어져 확장이 불가능하여 아예 쿠스코와 마추픽추의 중간 지점인 친체로 지역에 국제공항을 만들어 해결하고자 하는 프로젝트가 진행 중이라는 것이다.

이해는 가지만, 조금 더 생각해보면 손해가 큰 계획이다. 기술적으로만 보면 친체로는 공항 건설에 안성맞춤의 적지임이 틀림없다. 양쪽으로 쿠스코와 마추픽추가 위치해있으니 지리적으로 둘 다 가깝고, 고원지대의 대평원이니 활주로 설치가 용이하며 안전하기까지 하다. 그러므로 경제성도 있을 것이다. 단위 계획 자체로만 보면 환상적인 장소임이 분명하다. 그러나 이 계획은 큰돈 들이고도 오히려 큰돈을 잃어버리는 예상치 못한 결과를 가져올 수 있다.

우선, 여기에 국제공항이 생겨 마추픽추로 바로 들어갈 수 있으면, 리마에 들렀다가 쿠스코를 거치는 경로는 경쟁력이 뚝 떨어지면서 외면받게 된다. 원래 관광사업은 국가적 관점에서 관광객들이 경유지 곳곳에서 지갑을 열도록 만들면서 산업으로서의 기능을 하는 것이다. 서울에 이틀만 머물면 다 구경했다고 떠나는 관광객들을 하루 더 머물며 돈을 쓰게 하려면 많은 투자가 필요하다. 리마에 미라플로레스를 만들어 관광객들의 발을 붙잡는 투자도 바로 이런 산업적 이해와 일치하는 것이다. 그런데 마추픽추 바로 옆에 국제공항을 만든다?

다음으로, 리마를 거치지 않음으로써 생기는 손해도 손해지만 정작 보석과 같은 존재는 쿠스코인데, 친체로에 공항을 세우면 여행자들이 이곳을 볼 기회를 박탈하게 된다. 사실 우리 가족도 1박 2일 코스와 2박 3일 코스를 놓고 갑론을박했다. 누구든 1박 2일이 가능하면 2박 3일을 피한다. 비용과 시간을 절약할 수 있기 때문이다. 라틴아메리카를 여행하는 사람들은 브라질의 이구아수 폭포, 아르헨티나의 우수아이아, 칠레의 산티아고, 볼리비아의 우유니소금사막과 티티카카호수 등등 가보고 싶은 곳이 수없이 많아 늘 어려운 선택 속에서 시간과의 싸움을 벌인다.

그럼에도 불구하고 마추픽추를 빼놓을 수 없으므로 리마도 오고 쿠스코도 오는 것이다. 한국에서 오는 많은 관광객 중에는 쿠스코를 빼고 1박 2일 코스로 마추픽추만을 보고 가는 사람들도 적지 않다. 페루 정부 입장에서 보면 이른바 관광객 1인당 객단가가 반 이하로 떨어지는 것을 의미하기도 한다.

때로는 게으름이 미덕이다. 그러면 10년째 이 계획을 주무르고만 있는 페루 건축부의 공무원들은 애국자인 셈인가. 얼마 전 한국 공항공단 사람들이 와서 입지 선정에 대해 컨설팅을 하고 돌아갔다는데, 그들도 적지라고 입을 모았단다. 그랬겠지! 그러나 아닌 것은 아니다. 이 사업이 실현된다고 해도 어차피 경쟁을 거쳐야 하므로 우리 업체에 기회가 온다는 보장

■ 감자꽃이 흐드러지게 피어있는 친체로 평원.

도 없다. 차라리 솔직하게, 그리고 페루 입장에서 컨설팅을 해주고 이들에게 진심으로 자기들을 위해 고민하는 자세를 보여주는 것이 길게 보아 바람직한 컨설팅 자세일 것이다.

안내인도 결사 반대였다. 그러나 그 이유는 달랐다. 아름다운 친체로의 풍광이 모두 사라질 것이라는 극히 단순한 생각이었다. 지주들도 반대한다니 쉽게 진척되기는 힘들겠다. 변변한 산업이 없어 관광산업이 매우 중요한 이 나라에서 아이러니하게도 공항 건설 반대파들은 모두 애국자인 셈이다. 종합적이고 입체적으로 사고하고 판단할 수 있는지의 여부가 애국과 매국의 갈림길에서 이정표 역할을 한다고 생각하니, 책임 있는 위치에 오른다는 것이 얼마나 소름 끼치도록 무서운 일인지 모르겠다. 그래서 공부를 해야 한다. 끊임없이 해야 한다.

이제 비행기가 하강 중이다. 다시 잿빛이다. 아내도 창밖으로 아래를 내려다보더니 "여긴 완전히 다른 세상."이란다. 하긴 정글에서 사막으로 돌아온 셈이다.

밤이다. 아내도 아이들도 잠자리에 들었다. 리마에 도착해 지난주에 1시간 줄서서 먹었던 15솔짜리 세비체를 사 먹었다. 오늘도 어김없이 50분을 기다렸다. 더워진 날씨에 로날드 세비체의 집은 무덥기까지 해 연신 가족들의 눈치를 보았지만, 모두 내가 그랬던 것처럼 기대감으로 잘 기다려주었다. 난 이런 아내와 딸들이 고맙고 좋다. 사서 고생이요, 입에도 맞지 않는 페루 음식을 파는 서민 식당이지만 여행이 뭔가, 색다른 경험을 하는 게 아닌가? 내 말에 모두 동의해주니 고마울 뿐이다. 가기 전에 한번은 폼 나는 식당에서 사 먹이고 싶다. 오랜만에 아빠 노릇을 톡톡히 해야지!

이별과 이발

2014. 2. 3(월)

아침 일찍부터 서둘러야 했다. 5시에 일어나 부지런히 준비하고 5시 50분에 집을 나섰다. 아직 본격적인 출근시간이 되지 않아서 그런지 공항에 도착한 것은 6시 20분. 비행기 탑승 시간이 9시 5분이니 지나치게 서두른 게 아닌가 생각했으나, 곧 그렇지 않다는 것을 알았다.

기다리는 줄도 길었지만 카운터에서 발권 업무를 하는 란항공 여직원은 좋게 보아 돌다리도 두들겨보는 스타일이었다. 간단한 일에 무엇이 그리 확인할 것이 많은지 이것저것 묻는데, 최충희 부소장이 유창한 스페인어로 도와주지 않았다면 언제 끝날지 미지수였을 것이다. 이 사람들은 일부러 비행기를 못 타게 하려는 것처럼 일처리를 하므로 3시간 전에는 도착해야 한다는 누군가의 충고가 딱 맞았다.

부지런히 티켓을 발권받고 보니 어디서 또 문제가 생길지 불안해져서 빨리 출국장으로 안내할 수밖에 없었다. 아내와 아이들과 차례로 포옹을 하며 헤어지려는데, 주원이가 감정을 못 누르고 눈물을 보이며 얼굴이 붉어졌다. 순간 웃으며 헤어지려던 나까지 울컥하여 할 말을 잃었다. "아빠가 이렇게 씩씩하게 잘 지내는데 뭐가 걱정이야?" 아이들 눈에는 사서 고생하는 내가 못내 안쓰러운 모양이다.

가족을 들여보내고 나서 허전해할 틈도 없이 입국장 쪽으로 발걸음을 돌렸다. 마침 미국에서 귀국하는 김 박사의 비행기가 폭설과 추위로 몇 시간 늦어져 7시경 도착했다. 잠시 기다리니 미국에서 가족과 얼마나 좋았는지, 보름 만에 몰라보게 살이 오른 김 박사가 입국 수속을 마치고 나타났다.

기막힌 타이밍이다. 돌아오는 차 안에서 가족과 있었던 일들을 이야기하는데, 아들놈이 철이 들었는지 많이 울더라는 김 박사의 말을 들으며 주원이 생각이 났다. 집에 와서는 식탁 위에 깎아놓은 망고를 보자마자 승원이가 생각났고……. 승원이가 이곳의 망고를 무척 맛있어해서 눈뜨자마자 부지런히 깎아놓았는데, 이른 아침이라서 입맛이 없는지 손도 대지 못하고 그냥 갔다. 앞으로 망고를 볼 때마다 작은 녀석이 생각날 듯하다.

이발을 하며 일상으로 돌아오다

출근하고 보니, 지난주 카스트로는 외국에 있었고, 내일 귀국하여 수요일에나 볼 수 있다고 한다. 한국에서 가족이 오면 자기 집으로 초대해서 식사를 함께하자고 했는데, 어제까지도 연락이 없어 참 실없는 친구라고 생각했었다. 이해해야지…….

오후에는 조금 이른 시간에 퇴근해 이발을 했다. 기분 전환에는 머리 깎는 게 최고일 듯도 하고, 페루에 온 지 한 달 보름이 지나서 머리가 덥수룩

해져 있기도 했다. 외국에 나오면 머리 깎는 것이 큰 숙제다.

한국에서는 늘 가던 단골 미용실이 있어서 별 말이 필요 없었다. 그 동네로 이사하고 2년 동안 다녔으니 내가 원하는 모양을 나보다 더 잘 안다. 그런데 여기서는 마땅한 곳을 찾지 못했다. 최 부소장과 김 박사는 중국인 이발사가 단골인데 흡족하지 않은 모양이다. 그래서 꼭 말이 통하는 한국 사람을 추천해달라고 하니 전화번호를 하나 준다. 전화했더니 오복떡집 근처라며 마중을 나온다고 했다.

꼭 첩보원 접선하듯 후덕한 인상의 아주머니를 만나 댁으로 갔다. 그런데, 하필 정전이 되어 엘리베이터가 서있었다. 결국 14층까지 걸어 올라가서 머리를 깎았다. 한평생 제일 힘든 이발을 했는데, 결과는 흡족하다.

이발하는 동안 이런저런 이야기를 나누었다. 중고 자동차를 수입해서 파는 남편을 따라 이역만리 페루까지 왔는데, 잘되던 사업이 갑자기 된서리를 맞았다고 했다. 개발도상국도 일정 시점이 되면 환경 규제를 강화해 중고차 수입을 까다롭게 만들어 대기 질을 신경 쓰는 법인데, 이 규제 바람을 잘못 탄 것이다. 결국 사업을 접고 남편은 지금 칠레의 중고차 수입이 비교적 자유로운 지역으로 옮겨가서 사업을 한다고 했다. 삶이 고단해 보여 가슴이 아팠다.

그래서 사업은 운이 따라야 한다. 현재 개도국에서 큰 사업을 일군 사람들의 상당수가 한국에서 중고차를 수입하는 일로 사업을 시작했는데, 이 부부는 그 시기를 조금 놓쳐서 고생하는 것이다. 다행히 아들 둘이 모두 건강하게 공부를 잘한다며 그것으로 위안을 삼는 듯했다. 사업도 잘되어 금의환향하면 좋겠다.

오는 길에 오복떡집에서 두부를 한 모 사 와 김치찌개를 끓였다. 맛있게 되자 또 가족이 생각났다. 김 박사는 10시가 넘었는데도 들어오지 않고 있다. 밤 비행기를 타고 와서 많이 피곤할 텐데, 오자마자 야근인가? 아니면 부소장들과 소주라도 한잔하고 있나? 내일 아침에 먹을 밥과 찌개를 준비해놓고 잠자리에 들어야겠다.

4장

리마의 로드맵을 그려라

삶이 고단한 사람들

2014. 2. 7(금)

또 배앓이를 하느라 밤잠을 설치고 하루 종일 고생했다. 아무래도 물에 문제가 있는 모양이다. 김 박사 설명에 따르면, 집에서는 생수를 사서 마시며 조심한다고 하지만, 현지 식당에서 음료수를 만들 때는 생수를 쓸 리가 없다는 것이다. 특히 음료수로 나오는 치차모라다(포도주스와 색깔은 같은데 옥수수 추출액으로 만든다고 하며 단맛이 난다), 리모나다(레모네이드) 등에 들어가는 물은 수돗물이므로 조심해야 한다.

그러고 보니 어제 점심때 치차모라다를 마셨다. 테네시와 가비는 생수를 시켜 마시면서 서비스로 제공된 치차모라다에는 손도 대지 않았는데, 그 이유를 알겠다. 여성들이라서 다이어트를 위해 단 것을 피한다고만 생각했는데, 페루인들도 물을 조심하기는 외국인과 마찬가지였다. 이제 겨우 페루 음료에 맛을 붙였는데, 앞으로는 삼가야 할 것 같아 아쉽다. 이렇게 조심해도 종종 찾아오는 설사는 외지 생활에서 피할 수 없는 동반자가 될 것 같다.

오늘도 퇴근하는 버스 안에서 구걸하는 어린이를 보았다. 요즈음은 이런 아이들이나 길거리 가수, 아기 업은 아낙네 등에게 하루에 2~3솔 정도를 주곤 한다. 버스로 출퇴근하면서부터 생긴 작은 변화다. 메트로폴리타노에서는 거의 볼 수 없는 구걸 행각을 버스에서는 매일 본다.

이 나라에 처음 와서 참으로 많은 사람이 구걸이나 교차로 장사로 생계를 해결하는 모습이 생경했는데, 시간이 흐르면서 많이 익숙해졌다. 더 익숙해지기 전에 한번 정리해두어야겠다는 생각이 들어 그 유형을 구분해보니 의외로 다양하다.

첫째는, 교차로에서 재주 부리기다. 횡단보도 앞 신호에 걸려있는 차량들의 탑승자들을 향해 갖가지 묘기를 선보인 후 손을 벌리는 귀여운 유형이다. 리마에서는 차에 탄 채 창밖을 내다보면 정말 심심하지 않다. 거의 모든 교차로에서 이런 일이 하루 종일 벌어지는데, 재주 부리는 유형 또한 매우 다양하다. 손으로 공을 서너 개 돌리는 흔한 재주부터 야간에는 불을 붙여 돌리는 업그레이드 버전, 텀블링이라고 하는 재주넘기, 2인 1조가 되어 무등 타고 묘기를 부리거나 간단한 마임하기 등이 있다. 좀 더 진화한 형태로 휴대용 앰프를 동원해 인형극으로 가수가 노래하는 모습을 연출하는 정도에 이르면 그 기발한 아이디어에 박수가 절로 나온다. 그런가 하면 뜨거운 아스팔트 위에서 텀블링하는 모습을 보면 무척 안쓰럽기도 하다. 며칠 전 공항에 갈 때는 새벽 시간임에도 열심히 공중회전하는 모습에 구걸도 부지런하면 상대에게 감동을 주는구나 싶었다. 노력하여 관중을 감동시키는 정도에 비례해서 성공 확률이 높다.

둘째는, 교차로에서 차창을 닦아주고 손을 벌리는 강매형이 있다. 물을 뿌리고 헝겊으로 닦는데, 손놀림이 정말 빠르다. 신호 바뀌기 전에 끝내고 돈까지 받아야 하니 얼마나 바쁘겠는가? 1분 남짓의 짧은 시간에 운전자 눈치를 보아가며 대상을 선택하는데, 운전자가 거부의 몸짓을 취하면 군말 없이 다음 차로 이동하니 꼭 강매라고는 할 수 없다. 이 사람들의 벌이가 꽤 된다는 말이 있다.

셋째는, 구걸이라기보다는 초치기 장사로 분류하는 것이 옳은데, 교차로에서 음료수나 과일을 파는 사람들이 엄청나게 많다. 양손에 잉카 콜라, 생수, 환타 등의 음료수나 수박, 파파야 등을 먹기 좋게 잘라 들고 부지런히 움직이며 판매하는데, 언뜻 매상이 꽤 될 것 같다. 요즈음은 더운 여름이므로, 한철 장사로 재미를 보고 있을 것이다. 차가 많이 밀리는 교차로에서는 아슬아슬해 보이기도 하는데, 사고가 나는 것은 한 번도 못 보았다. 이들은 버스에 올라타서 한 정거장을 이동하며 장사를 하기도 하는데, 사탕을 한 개 팔고 돈을 받는 것은 사실상 구걸에 가깝게 느껴진다.

넷째는, 버스에 올라타서 호소하는 정통 방식이다. 이들은 버스 안에서 간단한 악기를 연주하며 노래를 부르거나, 발을 쉬지 않고 움직이는 춤을 정말 열심히 추어서 승객에게 애쓴다는 안타까움을 갖게 한 다음 손을 벌리는데, 의외로 성공 확률이 높다. 대여섯 살밖에 안 되어 보이는 아이가 그런 구걸을 하면 자연히 주머니로 손이 간다. 사지가 멀쩡한 청년이 올라와서 어려움을 호소하며 손을 벌리면 말을 알아듣지 못해서 그런지 동정심이 아니라 위압감이 느껴질 때가 있다. 그러나 악기를 구비한 3인조 악단이 올라와서 라틴풍의 연주와 노래를 하면 버스가 꽉 차는 감동이 느껴진다. 예술의 힘이다.

■ 리마에는 교차로마다 장사하는 사람들이 많다. 음료수나 과일을 팔거나 악기를 연주하기도 하고, 갖가지 묘기를 부리기도 한다.

다섯째는, 거리의 예술가 유형이다. 거리에서 기타나 바이올린을 연주하거나, 노래를 부르거나, 심지어 간단한 공연을 하는데 어떤 때는 깜짝 놀라 되돌아볼 정도로 예술성이 엿보이는 친구들도 있다. 한번은 파리넬리를 연상시키는 미성을 듣고 한동안 넋을 잃고 바라보았다. 길바닥에 분필로 멋진 그림을 그려놓고 눈길을 끄는 아이들도 있는데, 그림 실력이 보통이 아니다. 페루가 아닌 공연 예술의 본고장쯤 되는 나라에서 태어났다면 이미 스타가 되어있을지도 모를, 타고난 재주가 아주 빼어난 아이도 가끔 본다. 이것 역시 수입은 감동에 비례할 것이다.

여섯째는, 버스나 식당에서 아이를 업은 아주머니들이 껌이나 사탕, 과자 종류를 내미는 경우다. 사달라는 말인데, 보통 물건은 안 사고 돈을 주고 만다. 우리나라에서도 흔히 보던 유형이므로 낯설지 않다. 어제도 테네시와의 점심 식사 때 초롱초롱한 눈망울의 아이를 보고 그만 1솔을 주고 말았다. 이 모습을 본 가비가 내게 되도록 안 주는 게 좋겠다고 한마디 해서 머쓱했다. 무슨 뜻인지 알긴 안다. 나도 젊었을 때는 그 많은 어려운 이들을 어떻게 다 돕나 싶고, 의존심만 키워줄 것 같아서 안 주는 것을 원칙으로 삼았던 시절이 있다. 그런데 세월이 흐르며 생각이 바뀌었다. 오죽하면 저럴까 싶어 주머니에 동전이 있으면 주고 만다. 내겐 있으나 없으나 별 차이가 없는 액수지만 그들에겐 한 끼 식사일 수도 있으니 말이다.

이외에도 시내 거리에는 단출한 1인 이동 매점이 수도 없이 많고, 걷다 보면 불쑥 손을 내밀어 놀라게 하거나, 구두를 닦으라며 뒤쫓아오는 사람도 있다. 한번은 덩치 큰 젊은이가 다가와 스페인어로 뭐라고 하며 손을 벌리기에 외면했더니 금방 영어로 "길을 잃어서 버스비가 필요하다"라고 했다. 순간 혹시 해코지를 당할까 봐 멀리하려 했지만, 신호를 기다리는 중이라서 피하지도 못해 당혹스러웠다. 이럴 때 건장한 남자도 긴장되는데, 여자들은 얼마나 당황스럽고 도망가고 싶을까.

가난은 나라도 구제 못 한다는 말이 있다. 한때 우리나라에도 넘쳐났던 비슷한 구걸 행각이 이제 많이 줄어든 것을 보면 결국 경제 발전이 이들을 구제한 셈이다. 페루에서는 언제쯤 이 엄청난 숫자의 가난한 사람들이 줄어들까? 페루에 10년 뒤쯤 다시 오면 그때는 지금의 모습을 추억으로 이야기할 수 있을까?

먹을 것도 일자리도 부족한 시골을 떠나 무작정 수도 리마로 몰려든 사람들. 우리도 1960~1970년대에 무작정 상경한 사람들이 있었다. 그와 흡사한 탈농촌 바람을 타고 여러 페루인들이 수도 리마에 가까스로 정착했지만, 여기에도 일자리가 기다리고 있지는 않았다. 우리는 급격한 경제성장 덕분에 수도권 유입 인력의 상당 부분이 제조업 일터로 흡수되었지만, 페루는 아무리 긍정적으로 보려고 해도 당분간 노동력을 흡수할 제조업의 전망이 밝지 않다.

이 글을 쓰기 시작할 무렵 장엄하게 태평양 바다 위를 물들이던 석양이 어느새 사라지고, 아파트 창밖으로 보이는 미라플로레스 쪽은 휘황찬란한 불빛으로 번쩍이기 시작했다. 늘 그러하듯 밤은 모든 것을 집어삼키고, 불빛은 아무 일도 없다는 듯 현란한 도시를 만든다. 도시의 밤은 어디나 화려해 보인다. 저 화려한 불빛 아래에서 참으로 많은 이가 고단한 삶을 이어가고 있다.

■ 리마도 밤은 화려하다. 저 불빛 아래 많은 사람이 고단하게 살아가고 있지만.

바랑코, 리마의 매력 포인트

2014. 2. 8(토)~9(일)

어제와 오늘, 해무가 밀려와 안개 자욱한 아침햇살을 바라보며 눈을 떴다. 이런 날은 햇살이 좋아 집에만 있기에는 아깝다. 아니나 다를까, 오전 9시쯤 되니 화창한 햇살이 쏟아져내리며 상쾌한 바람까지 느껴져서 나들이하기에 딱 좋은 날씨였다. 인터넷에 들어가 검색해보니 바랑코의 갤러리 순례가 제격이라는 생각이 들어 김 박사에게 제안했다.

바랑코를 가보자고 한 것은, 지난주에 가족들이 왔을 때 지난 두 달 동안 문화생활을 게을리한 것을 후회했기 때문이다. 나는 어떤 도시든 박물관과 미술관을 돌아보곤 한다. 그런데 이 도시에 와서는 어찌된 일인지 코이카 사무소에서 교육 프로그램으로 마련한 1시간짜리 박물관 방문을 빼고는 이런 코스를 거의 무시하고 살았다. 거처를 마련하고 시청의 브리핑을 소화하는 등 일정이 바빴기 때문이기도 하지만, 돌이켜보니 빨리 리마 시의 현안들을 파악하고 쓸모 있는 자문을 해야 한다는 강박증이 마음의 여유를 빼앗은 것 같다.

그런데 가족들이 왔을 때 아내의 요청에 따라 박물관과 미술관을 세 군데 돌아보며 리마의 전혀 새로운 면모를 접한 뒤, 중요한 파악을 못하고 있었음을 깨달았다. 한 도시를 제대로 알려면 하드웨어와 소프트웨어를 같은 비중으로 들여다보아야 하는데, 소프트웨어의 가장 핵심인 문화·예술적 요소를 간과했던 것이다. 사실 가족과 함께했던 바랑코의 현대미술관 방문은 내게 리마의 문화 수준을 다시 보게 해준 계기였고, 그래서 심층 취재에 나서기로 한 것이다.

젊은 예술인의 거리, 바랑코에 가다

『가디언』지 2008년 12월자의 이른바 '새롭게 주목받는 도시 소개' 코너는 바랑코를 이렇게 소개하고 있다.

> 바랑코는 미라플로레스의 남쪽에 연한 리마 시 자치구로, 절벽에서 바다를 내려다보는 위치에 있다. 1920년대에는 페루의 부유층이 여름 별장을 짓는 곳이었는데, 리마 시가 커지면서 변화가 생겨 쇠락했다가 최근 문화예술의 중심지로서 다시 활기를 되찾고 있다. 아름답게 채색된 아트데코 양식의 집들과 보라색 꽃이 흐드러지게 피어있는 가로수 등의 분위기가 삭막한 도시 생활에 지친 리마인들에게 피로회복제 역할을 톡톡히 하고 있다. 20세기를 지나며 쇠락했던 많은 건물이 아트데코의 영광을 회복하고, 모던 캘리포니아 스타일의 집들로 재탄생하고 있는 것이다. 이러한 변화는 몇몇 개발업자들의 투자가 아니라 예술공동체들에 의해 생긴 것이라서 더욱 의미가 있고, 자유분방한 거

주자들의 천국이 되고 있다.

분위기 있는 바와 레스토랑을 돌아보며 아름다운 경관을 즐기고, 낡았지만 아름다운 교회 에르미타(La Ermita)를 구경하고 중앙공원에서 댄스 무료 강좌에 참여하는 것도 해볼 만한 경험이다. 기발한 아이디어가 돋보이는 레스토랑도 많고, 길거리 푸드 마켓도 있으며, 무엇보다도 걸어서 돌아다니기에 안전하다. 게다가 중심지로부터 그리 멀지 않은 곳에 바닷가로 내려가는 길이 있는데 리마의 다른 곳과는 달리 매우 평온하다. 절벽 위에서 내려다보는 태평양의 경치는 정말 멋있으며, 서핑을 즐기는 젊은이들을 보면 물로 뛰어들고픈 강렬한 유혹을 느낀다.

이런 멋지고 매력적인 소개가 등장하고 벌써 5년여가 흘렀다. 그동안 많은 변화가 있었을 것이다. 우리의 대학로가 그랬고, 홍대 앞이 그랬던 것처럼 조금 낙후되고 임대료가 상대적으로 싸면서 문화적 잠재력이 있는 지역은 맨 먼저 예술가들의 아지트가 된다. 예술가들이 몰려들어 보헤미안 스타일의 분위기가 생겨나면 젊은 층이 몰려들기 시작한다. 이런 변화를 제일 먼저 알아채고 투자하는 사람들은 레스토랑과 바 등의 경영자들과 패션 디자인 자영업자들이다. 그런데 젊은이들이 몰려들면 상권이 살아나 돈이 돌기 시작한다는 것은 지극히 한국적인 현상이다. 이는 외국에서는 찾아보기 힘들다.

여기부터 국내외 간에 차이가 난다. 국내에서는 상권이 형성되고 변화하면 곧 부동산 가격이 뛰고, 이어서 임대료가 올라 정작 그 지역의 변화를 만들었던 예술가들은 몇몇 경쟁력 있는 예술가나 상업예술가단체에 밀려 그 지역에서 퇴출되는 운명을 맞는다. 떠날 수밖에 없는 예술가들은 또 다른 낙후 지역 중 자신들의 예술 활동에 알맞은 곳을 찾을 테고, 다시 비슷한 경로의 변화가 반복될 것이다. 그리고 그들이 떠난 공간에는 상업시설이나 상업예술시설들이 속속 들어찬다. 이렇게 어렵게 조성된 예술적 분위기가 지나치게 상업화되면 행정당국은 그 예술성을 보존하기 위해 여러 가지를 시도한다. 저렴한 공연시설이 경제 논리에 의해 상업시설로 바뀌는 것을 막기 위해 보조금을 지급한다든가, 연극인들이 떠나지 않도록 연극 홍보 공간을 제공하기도 한다. 또 공연장이나 연습실을 직접 지어서 저렴하게 임대하는 등의 공공투자를 하여 열악한 문화예술 지원 사업을 펼치기도 한다. '대학로 살리기 사업' 등이 그런 예였고, 일정 부분 효과를 거두었다.

바랑코는 어떨까? 5년이 흘렀으므로 부동산 가격이 오르고 변화한 상업지구의 냄새가 날까? 아니었다. 젊음의 열기를 발산하는 클럽이나 디스코텍 등 청년들의 나이트 라이프는 일부일 뿐, 여전히 착실하게 문화예술적 투자가 이루어지고 있었다. 자치구는 이미 형성되고 있는 문화지구로서의 브랜드를 더 강화하기 위해 투자하고 있었다. 뜻 있는 문화예술인들 역시 자발적 투자를 이어가고 있었다. 그 결과 바랑코는 많은 관광객이 찾아와 리마의 매력을 느끼고 즐기는 공간의 하나이자, 현지인들의 문화적 허기까지 충족시키는 공간으로 진화 중이라는 느낌이 들었다.

지난 주말 가족과 찾았던 바랑코 현대미술관(MAC)이 공공투자의 대표격이다. 현실세계와 가상세계를 자유로이 넘나들며 잼과 땅콩버터, 생활쓰레기 등 상상을 초월하는 재료를 기상천외하게 구사해 기존 예술작품을 패러디하는 팝 아티스트 빅 뮤니츠(Vik Muniz)의 작품들은 그 기발한 상상력으로 관객들을 흠뻑 빠져들게 했다.

또 바랑코 구석구석을 누비며 발로 찍은 사진 수백 장을 모아 아기자기

■ 그림에 등장하는 말 '마냐나'는 스페인어로 '내일, 미래'라는 뜻이다. 정치인들이 무엇이든 '곧 해주겠다, 조만간 잘살게 해주겠다.'라고 말만 해댄다는 뜻으로 정치인을 풍자한 작품.

■ 예술상업지구에서 만난 작품들인데 재료가 독특했다.

하게 전시한 기획전은 바랑코의 색채와 매력을 한껏 나타내기에 충분했다. 서울은 더 매력적인 소재들이 많은데 왜 저렇게 느끼도록 못 했을까 하는 자책감이 들기도 했다.

어제오늘은 세 군데를 다녀왔다. 아니 정확하게는 인터넷으로 자료를 찾고 김 박사의 도움을 받아 다섯 군데를 찾아 방문했는데, 두 군데는 이미 문을 닫고 다른 공간으로 바뀌어있었다. 페루도 역시 예술상업공간들이 자리 잡기가 쉽지는 않구나 하는 생각이 들었다.

리마의 소프트웨어를 보다

먼저 '마테(MATE) 미술관'이다. 이곳은 주로 런던과 뉴욕에서 활동하는 세계적 패션사진작가 마리오 테스티노(Mario Testino)가 고향 바랑코에 현대미술 작품들을 비롯해서 자기와의 콜라보라시온(협업)을 통해 탄생한 작품을 전시하는 공간을 마련한 공간이다. 크지 않아서 오히려 마음이 편안하고 아늑한 분위기가 매력인 이곳은 전시나 해설, 운영, 갤러리 부대시설 등이 모두 최상급이다. 1인당 15솔(6,000원 정도)이면 영어나 스페인어로 된 해설을 들을 수 있는 이어폰이 지급되는데 거기에 담긴 내용도 친절하고, 여덟 개 방마다 그의 예술관을 엿볼 수 있는 설명이 비치되어있다.

상업예술로 번 돈을 작가와 작품 소개에 투자해 대중들이 예술을 감상하는 눈을 기르도록 하려는 노력과 진정성이 느껴졌다. 재료와 콘셉트의 측면에서 끊임없이 기성예술에 도전하고 경계를 허물어 예술의 지평을 넓혀가려고 시도하는 현대적인 작품들을 유형별로 분류해 전시함으로써, 그 의미를 전달하고 널리 알리고자 하는 기획은 초심자들에게도 매우 착하고 친절한 미술관이라는 느낌을 준다. 현재 진행 중인 '마리오 테스티노의 시각으로 본 현대 미술의 세계'라는 부제를 단 「우리는 자유롭다!(Somos Libres!)」 기획전은 끊임없이 새로운 시도를 함으로써 변화를 추구하는 현대미술의 속성을 실감나게 보여준다.

어떤 방에서는 스털링 루비(Sterling Ruby), 폴 매카시(Paul McCarthy), 사라 루카스(Sarah Lucas) 등의 작품을 보여주며, 그들을 특정 재료에 매몰되기보다는 조각과 도자기, 그림과 각종 생활용품 등의 재료를 폭넓게 사용해 예술의 개념을 재정의하고자 노력하는 예술가라고 평한다. 그러면서 작품을 통해 예술은 아이디어와 재료의 교감과 변형이라고 정의하여 현대미술의 한 특징인 다양한 재료 사용의 의미를 설명해준다.

또 다른 방에서는 사진과 그림의 만남, 작품 속에 반사되어 비친 내 모습과 작품 내용의 상호 작용을 언급하며 환상과 실제의 경계가 모호해지는 경험을 하게 함으로써, 현대미술의 또 하나의 특징인 경계 허물기를 실감하게 한다. 마지막 방에서는 다른 작가들과의 협업을 통해 자신의 사진이 원래 가졌던 이미지가 어떻게 변형될 수 있는지를 보여주며 예술은 가능성의 확장이며, 협업은 그것을 이루기 위한 좋은 수단임을 보여준다. 결국 이 작품전을 보고 나면 관객들은 스스로 예술이란 재료와 아이디어, 상상력, 협업 등을 통해 변화를 추구하는 자유를 의미한다는 기획 의도를 파악할 수 있다.

집에 돌아와서 마리오 테스티노에 대해 좀 더 알고 싶어 인터넷에 들어가보니 재미있는 일이 벌어지고 있었다. 어쩐지 어디서 본 듯한 이름이다 싶었는데, 지난가을부터 예술의전당 한가람미술관에서 '은밀한 시선'이라는 제목으로 그의 패션 사진전이 열렸었고, 지금까지도 부산에서 그 전시회가 계속되고 있다. 전시회 관련 기사나 사이트를 보면 현재 내로라하는

■ 바랑코 현대미술관 내에 전시된 작품들.

할리우드 스타들을 비롯해 영국 황실 가족들의 인물 사진은 모두 그의 손을 거쳐 대중에게 전달되고 있었다. 이 전시회를 통해 세계적 패션회사와 스타들의 전속 사진사 역할을 하는 마리오 테스티노의 카리스마를 실감했을 많은 한국 관객에게, 바랑코의 마테미술관 기획전을 그대로 옮겨 보여주고 싶다.

그다음은 '페드로 데 오스마 박물관(museo Pedro de Osma)'이다. 마테미술관 바로 옆에 위치한 이곳은, 깊은 신앙심으로 창작해낸 가톨릭 성화 걸작품들이 시대별로 전시돼있다. 한 귀족의 사저로 보이는 이 저택은 잘 꾸며진 아트데코 양식의 하얀 집과 인상 깊은 정원이 잘 어우러져 그 자체로도 예술이다. 페루에서는 스페인 식민지 시대가 시작되고 가톨릭이 포교된 이후의 사회상을 보여주는 예술작품들은 모두 성화 일색이고, 박물관, 미술관, 심지어 기념품 가게조차도 모두 성화들이 주를 이룬다. 그럴 수밖에 없는 이유가 가톨릭이 수백 년간 스페인 통치의 명분과 이념이기도 했지만, 현재 국민의 80퍼센트 이상이 가톨릭 신자이기 때문이다.

지난주에 가족과 둘러본 쿠스코의 유적과 리마의 국립 역사박물관에서도 상당수의 성화를 볼 수 있었는데, 이곳의 성화는 격을 달리하는 듯했다. 물론 예술성이라기보다는 신앙심에서 우러나오는 정성이 더 느껴지는 작품들인데, 그 정성이 정말이지 지극정성 수준이다. 마치 고려 불화를 보면 부처가 입은 투명한 옷자락의 부분 부분을 세심하게 그리기 위해 온 정성을 쏟아붓던 장인들의 신앙심과 예술혼이 느껴져 경외심까지 품게 되듯, 성모와 성인들의 옷에 입힌 금자수를 묘사한 정성은 세심하게 관찰할수록 감탄을 자아냈다. 물론 수백 년이 흘러 유화 부분은 퇴색되고 그 위로 금박만 살아남아 돌출되어 보이는 바람에 균형이 깨진 어색한 모습들이지만, 당시 시대상을 반영하여 전달하기엔 충분했다. 이외에 정교하게 다듬어진 성인들의 목조 조각상들도 전시되어있는데, 설명이 없다면 도자기로 오해할 정도로 채색과 마무리가 완벽했다. 페드로 데 오스마 박물관은 관광코스로는 더 할 수 없이 좋은 곳이고, 특히 신심이 깊은 가톨릭 신자들에게는 더욱 그럴 것이다.

마지막으로 방문한 곳은 '데달로(Dedalo Arte y Artesania)'다. 한마디로 디자인 상점인데, '예술의 미로와 수공예품'이라는 뜻의 상호가 보여주듯, 예술적 감수성과 디자인 감각으로 만들어진 각종 주방용품과 인테리어용품, 수공예품, 여성용 액세서리의 총 집합소이다. 들어가자마자 아내와 아이들을 데려왔으면 좋았겠다는 생각이 들 정도로 여성 취향의 분위기였다. 아기자기한 소품 위주의 진열장에는 여성이라면 관심을 가질 만한 각종 물건이 오밀조밀 쌓여있었다. 더욱 돋보이는 공간은 쇼핑에 지친 다리를 쉴

위 마테 미술관 앞길의 횡단보도. 횡단보도 만드는 것은 리마 시 도로국일 터인데, 이런 발상과 부서간 협조와 실행이 놀랍다.

아래 별관의 설치미술 전시장.

수 있는 중앙 정원인데, 파라솔이 몇 개 펼쳐져 있고 그 밑에 오래된 의자들이 놓여 커피를 비롯한 간단한 스낵을 즐길 수 있다.

나도 파라솔 밑에서 김 박사와 둘이 앉아 따뜻한 샌드위치에 커피를 곁들여 먹으며, 주변을 둘러보았다. 동양식 분재와 실내장식용 작은 화분들이 주변을 둘러싸고 있어 매우 아늑했다. 여름 햇살 아래의 정원 분위기는 사뭇 상쾌했고, 옆 탁자에 앉은 백인 연인 한 쌍은 매우 다정해 보였다. 이 상점 주변은 모두 크고 작은 갤러리들이고, 바로 옆은 바다가 내려다보이는 전망 공원이라 그 어떤 장소보다도 매력적인 공간이다.

식당이나 바, 클럽 등은 경험해보지도 못하고 몇 개의 미술관과 박물관, 상점만을 둘러보고 바랑코에 대해 다 아는 것처럼 묘사하는 것은 성급한 짓이다. 그러나 몇 번의 방문을 통해 바랑코가 사막 도시 리마의 매력 포인트인 것만큼은 분명 확인할 수 있었다. 그 무한한 잠재력은 주목할 만하다고 확신한다. 새로운 세계에 대한 왕성한 호기심은 앞으로도 수차례 바랑코의 개성을 확인하는 작업으로 이어질 것이다.

입이 즐거운 주말

엊저녁에는 김봉영 협력의사가 돼지족발을 만들어왔다. 이재혁 의사, 고원준 단원 등이 합류하여 7시에 시작된 식사 자리가 새벽 2시 반까지 이어졌다. 여기서는 먹고 싶은 것은 많은데 한식당 메뉴만으로는 욕구가 충족되지 않으니 스스로 만들어 먹는 경우가 많다. 그런데 돼지족발은 정말 예상 밖이었다. 파는 것보다 더 은은한 맛과 향을 낸 요리 실력도 대단하지만, 갖은 양념으로 돼지고기 특유의 냄새를 잡고 몇 시간을 푹 삶아야 하는 노력을 기꺼이 감수한 집념은 정말 놀라웠다. 밀림 속에서 1년 반 동안 힘든 의무 복무를 하며 무척 먹고 싶어 7~8차례 시도한 끝에 완성한 요리법이라고 하니, 역시 고독이 고수를 만들어낸다. 사람은 외로워보아야 인격이 완성된다고 하는데, 외로움은 여러 가지 의미에서 숙성의 기회를 선물하는 모양이다. 덕분에 모두 입이 즐거운 주말을 보냈다.

밤이 가는 줄 모르고 오랜만에 젊은 친구들과 많은 대화를 했다. 심신과 영육이 모두 풍성한 주말이었다.

여성행복도시를 전수하다

2014. 2. 11(화)

오늘은 여성행복도시 프로젝트를 리마 시에 전달하는 설명회를 성공적으로 마쳤다. 여성국장과 두 명의 과장은 감동을 넘어 충격을 받은 표정으로, 지침서를 받아볼 수 있느냐고 물었다.

오늘 성공의 밑바탕에는 서울에서 준비해온 영어 버전 PPT 자료를 스페인어 버전으로 바꿔 준비한 양하영 인턴의 수고가 있었다. 시각적 전달에 더하여 배경과 사례, 생생한 현장 이야기를 풍부하게 전할 수 있어서 충분한 대화가 가능해진 것이다.

둘째로, 전문 통역사를 활용했다. 그가 엄청난 분량의 설명을 속사포처럼 통역해준 덕분에 내 의도가 100퍼센트 전달되는 느낌을 받았다. 코이카에서 지급되는 한 달 활동비 500달러를 통역비로 쓸 수 있다는 사실을 알고도 그동안 공연히 양 인턴에게 수고를 끼친 것이 후회될 정도였다. 당초 하루 통역비가 최소 200달러라고 해서 지레 겁을 먹었던 것인데, 3시간으로 계산해 90달러를 지급했더니 이렇게 편하고 효과적일 수 없었다.

통역 내용은 지난번에 언급했던 것처럼 서울시 모든 부서가 여성의 시각에서 고유 업무를 하도록 행정 패러다임을 바꿈으로써, 한 단계 향상된 여성정책이 생겨났다는 것이다. 이야기는 2006년 취임 초 서울시 여성공무원들과의 회의 현장으로 거슬러 올라간다. 한 여직원이 시청 출근길에 놓인 바닥재가 울퉁불퉁해 하이힐은 도저히 엄두를 못 낸다고 하소연했다. 그 건의를 받아들여 바닥재를 바꾸어주겠다고 약속했는데 그 순간 내 머리를 스치는 생각이 있었다. 시청 근처가 이러할진대, 시내 대부분의 보행로는 어떨까? 이것이 훗날 전 세계 도시로 벤치마킹되어 나간 여행프로젝트가 탄생하는 순간이었다.

여성의 눈으로 바라보기

서울시는 생활행정을 하는 곳이다. 그런데 모든 부서가 의사결정권자인 남성의 시각에서 일을 한다. 특히 도로나 공원 시공 등을 비롯하여 현장성을 요하는 작업의 실무 담당자들은 대부분 남성이다. 현실이 이렇다 보니, 여성의 시각이 반영될 리 없다. "지금부터 도시계획과 주택, 화장실 등의 시설물, 공원과 보행로, 주차장 등의 공공장소, 버스 택시 지하철 등의 공공교통 현장을 여성의 시각으로 바라본 뒤 대대적인 개선 작업을 시작하라!" 이것이 여성프로젝트의 핵심이었다.

공허한 남녀평등 구호는 잊어라! 서울의 여성들이 일상생활에서 겪는 불편과 불안, 불쾌를 모두 해소하라는 이 지침은 시장이 직접 간부회의를 수차례 진행하며 실행에 불이 붙기 시작했다. 처음에는 또 새로운 뭔가를 하다 말겠지 하던 간부들도 수개월간 회의를 직접 진행하고, 꼼꼼하게 성과를 챙기는 모습을 보고 자세들이 180도 바뀌었다. 첫 회의가 기억난다.

모두 아무 준비 없이 와서 앉아있다가 각 부서별 실행 계획을 내놓으라는 내 지시에 당황하던 모습, 회의가 몇 차례 진행되면서 봇물 터지듯 실행계획이 나오던 모습 등을 설명회에서 가감 없이 전달했다. 시장의 의지를 모든 부서장에게 각인시키는 것이 중요하다는 사실을 알리기 위해서였다.

어쨌든 이 프로젝트 덕분에 생활 현장 곳곳이 변하기 시작했다. 모든 지하철 역사의 화장실이 깨끗해지는 변화를 시작으로, 치한을 심리적으로 위축시키기 위해 CCTV와 비상벨이 설치되었으며 조도를 올려 밝은 공간이 만들어졌다. 기저귀 교환대가 설치되었고, 베이비체어가 들어가기 시작했다. 모든 공간의 화장실 설치 기준도 바꿨는데, 변기수가 많은 여자 화장실을 고려하여 무조건 남녀 같은 면적이 아니라 변기수 기준 일대일로 바꿨다.

지하주차장에는 엘리베이터 가까운 곳에 여성전용 주차면이 배정되기 시작했고, 역시 CCTV와 비상벨이 달렸다. 아무도 없는 시간대에는 남자도 무서워하는 어둑어둑한 공간을 최대한 빨리 벗어나도록 배려한 것이다.

구두굽이 끼어 부러지고 발목을 다치는 사고를 막기 위해 보행로 시공시 2밀리미터 이상 틈이 벌어지면 안 되도록 했고, 밤길이 두려운 골목길의 조도는 30룩스 이상으로 밝아지고, 역시 CCTV와 보안등이 설치되었다. 모든 공원에도 여성이 혼자 걷거나 조깅하며 공포를 느끼지 않도록 위와 유사한 조치들이 취해졌다.

주택국에서는 환경 설계를 통해 범죄를 예방하는 범죄예방디자인 설계기법을 국내 최초로 도입했다. 투명한 엘리베이터나 눈에 잘 띄는 곳에 어린이 놀이터가 배치되고, 연립주택의 외부 배관은 설계상 금지되었다. 이

■ 리마 시청에서 여성친화적 정책의 결정판 '여성행복도시 서울'을 소개하는 모습. 나와 카스트로 본부장 사이에 앉은 아주 유능한 박규성 통역사. 뒷모습을 보이는 두 사람은 리마 시 여성국장과 과장.

른바 범죄자들이 원룸에 침입하는 데 사다리 역할을 하지 못하도록 하기 위해서였다.

키 작은 여성들을 배려해 버스 손잡이의 높이가 낮아졌고, 지하철의 배수 시설에 구두굽이 끼지 않도록 조절되었고, 계단 밑에서 위를 쳐다보는 엉큼한 남자들의 시선을 차단하는 스크린이 들어가기 시작했다. 모든 지하철 출입문은 유모차와 휠체어가 통행할 수 있도록 넓이가 조정되었다.

야간에 택시를 타도 두려움을 느끼지 않도록 문자전송시스템을 도입했고, 이것이 진화하여 QR코드에 휴대 전화를 갖다 대면 자동으로 택시번호와 승차시간, 운전자 신원이 전송되는 안전시스템이 마련되었다.

서울시내 전체 어린이집 5,600개 중에 절반인 2,800개가 서울형 어린이집 인증을 받아 시설과 서비스가 향상되었다. 이는 인증받은 시설에 보조금이 지급되는 인센티브 제도가 가동된 결과다. 뿐만 아니라 학교에는 배식 도우미가 배치되었고, 어린이집을 이용하지 않는 어머니들에게도 공평하게 지원하기 위해 아이돌보미서비스가 시작되었다. 아이를 키우느라 경력이 단절된 여성을 위한 취업알선과 직업교육이 시작되었고, 찾아가는 컨설팅인 부릉부릉서비스도 탄생했다. 문화적인 부분도 놓치지 않았다. 저녁 시간대에 주로 열리는 콘서트는 학부형 엄마들에게는 그림의 떡이라는 생각에 만들어진 브런치 콘서트는 많은 호응을 받았다.

90개의 단위 사업을 다 말해줄 수는 없어서, 우선 이 정도에서 설명을 마쳤다. 이 모든 내용이 매뉴얼로 보존되어있고 모든 여성의 필요가 연령별, 결혼 여부, 자녀수, 취업 여부, 수입 계층 별로 세분되어 마련되었다는 결론에 이르자 여성국장의 눈이 더욱 커졌다. 마지막으로 이 모든 노력이 서울에만 그치지 않고 여러 도시로 수출되었으며, 결국 유엔공공행정상을 받아서 더욱 널리 전파되었다는 부분에 이르자 박수가 터져나왔다. 사례로 언급한 불편이나 불안이 자신들도 일상에서 겪은 것이라는 표정으로 고개를 끄덕이던 여성부서 간부들의 얼굴에는 부러움이 역력했다.

바로 오후에 다음 회의를 잡자는 연락이 온 것으로 보아, 물어볼 것이 한두 가지가 아닌 모양이다. 서울의 조은희 전 부시장(여행프로젝트 주무부서인 여성가족 정책관에서 승진하여 내 임기 중 서울시 최초의 여성 부시장이 되었다.)에게 전화하여 지침서를 부탁했다. 소책자 형태로 만들어져있다니 조만간 배송되면 이들이 실행 방안을 마련하는 데 적지 않은 도움이 될 것이다. 호응이 예상보다 뜨거우니 자문관으로서 큰 보람을 느낀다.

내 인생에서 참으로 잘한 선택

2014. 2. 15(토)

리마에 도착한 지 정확히 두 달이 지났다. 그동안 참으로 많은 일이 있었다. 리마의 거의 모든 분야에 대한 시청 측의 설명을 들었고, 서울시정에 대한 설명회를 시작했다. 가장 안전하고 출퇴근이 편한 곳을 골라 거처를 정했고, 버스나 택시 등 대중교통을 이용해 원하는 곳에 갈 수 있게 되었다. 요리를 즐기게 되었고, 이곳 문화시설을 둘러보며 라틴 문화를 접했다. 이카와 파라카스, 쿠스코도 다녀왔고, 가족도 왔다 갔다. 객지 생활에서 마시는 물의 중요성을 깨달았고, 해외 자원봉사자들의 애환을 알게 되었으며, 공적개발원조의 현장에서 벌어지는 말 못 할 사정들도 파악했다.

무엇보다도, 가진 것 없이도 앞서가는 나라와 모든 것을 갖추고도 뒤쳐진 나라의 특징을 대비해볼 수 있는 좋은 기회였다. 그리고 세상에는 상상하지 못할 가치관과 생활양식이 혼재한다는 사실을 몸소 깨달았다.

가장 중요한 변화는 내면의 변화다. 이곳에 와 혼자 있는 시간이 많아지면서 스스로를 돌아보게 되었다. 적당한 외로움은 마음의 보약이라는 생각이 든다. 50년 넘게 살면서 이렇게 깊이 내 존재의 의미를 씹고 또 곱씹어본 적이 있었던가. 앞만 보고 뛰다가 문득 멈춰 서서 뒤를 돌아보는 느낌이랄까? 매일 쓰는 글도 여러 가지로 도움이 된다. 마음이 정리됨은 물론이고, 사물을 보는 시각도 예민해졌다. 무엇보다 외로움을 덜어준다는 것이 가장 중요한 기능일 듯하다.

코이카 중장기 자문단을 선택한 것이 인생에서 가장 잘한 선택 중 하나가 될 것 같다. 가장 짧은 기간에 가장 많은 것을 깨달은, 의미 있는 시간으로 기록해도 좋을 듯하다. 리마 시를 선택한 것도 최고의 결정이었다.

중장기 자문단에 대해 아무것도 모를 때는 아프리카를 가고 싶었다. 기왕 떠나는 해외 봉사라면 아프리카처럼 말만 들어도 어려워 보이는 지역에 도전하고 싶었던 것이다. 그런데 아프리카, 라틴아메리카 열 개 수도의 수요를 파악한 결과 리마 시가 가장 적극적이라는 코이카 측의 권유가 생각을 바꾸는 결정적 계기였다. 비록 내 의지와는 상관없이 결정된 수원국 행정기관이 리마 시청이었지만, 이 또한 매우 잘된 결정이었다.

도움을 줄 때 상대방이 가장 절실하게 원하는 것이 최우선 고려 요소임은 분명하고, 무엇보다 리마는 도시 규모나 관심사가 서울과 비슷해서, 자문하기에는 적격이다. 게다가 페루는 막 개도국을 벗어나려는 단계인 데다가 빈부 격차가 극심해서, 미래지향적 첨단행정부터 전통적 일상행정에 이르기까지 무궁무진한 분야가 모두 자문 영역이다. 발전 단계에서 우리나라와 너무 큰 차이가 나면, 자문 업무가 오히려 겉돌 뻔했다는 판단도 든다.

그동안 개인적으로는 전혀 관심도 없고 알 필요도 느끼지 못했던 라틴 문화를 피부로 접하고, 이들의 생활양식과 사고방식, 그리고 업무 방식을 알게 된 것도 큰 소득이다.

우리에게 아시아에 이어 두 번째 무역흑자 시장이자 투자 유망 대상지인 중남미 국가들을 안다는 것은 실용적으로도 분명 큰 소득이다. 물리적으로, 문화적으로 매우 멀게 느껴져서 기업 진출 비중이 상대적으로 낮은 중남미. 그러나 소비 시장이 폭발적으로 성장하고 있고, 정부 주도 대규모 개발계획이 줄줄이 기다리고 있어서 우리 기업이 진출할 기회가 무궁무진한 시장 중남미!

아프리카 대륙이 미래의 시장이라면, 라틴아메리카는 현재진행형 시장이다. 중남미는 중산층이 급속하게 증가하고 도시화율이 높아서 매력적인 소비 시장이 형성되고 있는데, 후각이 발달한 선진 기업들이 먹잇감을 그냥 둘 리 없다. 벌써 레드오션 단계로 진입하기 시작하는 중남미 시장을 우리 기업들이 좀 더 효과적으로 활용하기 위해서는 심리적 거리를 좁힐 필요가 있다.

동남아와 중국 시장은 이른바 '만만지수'가 높다고 한다. 문화를 알고 시장 상황을 안다고 자부하다 보니 우리 중소기업도 공격적으로 뛰어들게 되는데, 중남미는 우선 심리적으로도 만만해 보이지 않는 것이다. 이런 막연한 인상 때문에 양질의 시장에 뛰어들 생각조차 못 하고 기회를 잃어버리는 것은 큰 손해다. 아직은 대기업이 주로 진출하는 단계지만, 이 심리적 거리만 극복하면 우리 중소기업들에게도 두 팔을 활짝 벌린 시장이 기다리고 있다.

그러므로 나는 적기에 이곳 페루에 온 것이다. 때로는 인생의 흐름에 몸을 내맡기는 것도 좋은 선택이 될 수 있구나 싶다. 기회는 늘 운명처럼 다가온다.

"모두 선진국병에 걸려 유행처럼 독일로 미국으로만 가는데, 한번 역발상을 해볼까? 인생 뭐 있나. 남 도와주는 일보다 더 큰 보람이 있겠어?"

대한민국의 국제사회 기여가 꼭 필요한 시점이라는 강의를 하던 중이라 사명감도 한몫했지만, 이 재미있는 생각이 내게 풍요로운 경험을 할 기회를 주었다.

이 생각의 기회를 제공한 에콰도르 키토 시청 중장기 자문단으로 가계신 이덕수 전 부시장에게 정말 감사하는 마음이다.

작은 것이라도 나누며 사는 기쁨

점심때 같은 아파트 옆 동의 석봉출 해양연구소 소장 내외분을 초대해 점심을 대접했다. 김 박사가 부대찌개와 돼지고기 볶음을 하는 동안 나는 과일채소 스무디를 디저트로 준비했다. 식후에 커피와 맥주를 한잔하며 많은 담소를 나누었다. 그런데 두 분이 우리 집을 매우 부러워하신다. 비슷한 월세임에도 가구와 생활용품이 모두 구비된 퍼니쉬드 렌트 집을 구한 우리에 비해, 석 소장은 빈집을 월세로 얻고 가구를 일일이 구비하는 과정에서 많은 불편을 겪으신 모양이다. 지난번에 만났을 때 우리 계약 조건을 말씀드린 것이 도움이 되어 보다 유리하게 재계약을 했다며 좋아하시니, 덩달아 기뻤다. 타지에 나와 살다 보면 조그마한 정보도 크게 도움이 되는 경험을 자주 한다.

내일부터 당도가 높은 과일 스무디를 줄이는 대신 채소 해독주스를 만들어 먹기로 김 박사와 마음을 모았다. 기왕에 고생스러운 객지 생활을 하는

데, 외식 기회가 적은 기회를 활용해 건강한 몸을 만들어보자고 의기투합 한 것이다. 우리는 허리를 1인치씩 줄이는 목표를 세웠다. 동네 헬스장에도 등록해 운동을 시작했다.

자문관은 이럴 때 허탈하다

2014. 2. 19(수)

이름하여 교차 프레젠테이션의 날이었다. 아침 10시 반부터 시작된 쌍방 브리핑은 12시 반이 되어서야 끝났다. 그러나 서로 초점이 안 맞아 많이 허탈했다. 리마 시의 홍보 전문가들이 준비한 프리젠테이션을 분석하면 이렇다.

그들은 안가의 전략적 위치, 페루의 관문, 다이내믹 시티, 라틴아메리카에서 방문하고 싶은 도시 4위, 사업하기 좋은 도시, 급증하는 인구, 라틴아메리카 최고의 역사 도시, 다인종, 다문화, 풍부한 먹거리 등 여덟 가지로 리마를 규정했다. 분석은 설득력이 있었다. 이러한 분석을 바탕으로 리마의 특징을 추출하는 작업이 이어졌는데 흥미진진했다.

첫째, 리마의 힘은 '사람'에 있다. 문화적 다양성이 리마의 특질이다. 오랜 세월 동안 이루어진 이민의 역사가 다종다양한 전통을 만들어왔고, 리마는 그 모든 것을 포용한다. 둘째, 리마는 매우 빠르게 그러나 무질서하게

■ 브랜드 리마 발표 및 디자인 서울 소개 현장. 교차 프리젠테이션을 했다.

발전하고 있다. 무질서, 불결, 범죄의 위험 등이 평판에 악영향을 미치는 주요 요인들이다. 솔직함이 돋보이는 대목이다. 셋째, 사회 통합과 동질감의 측면에서 갈 길이 멀어, '우리'라는 개념이 희박하다. 솔직함을 넘어 문제점을 정확히 집어내고 있다. 넷째, 리마는 해안 도시임에도 그 점을 제대로 활용하지 못했다. 다섯째, 모든 것을 찾을 수 있지만, 찾는 것이 쉽지 않다. 이것은 과장이다. 마음만 먹으면 다 찾는다. 여섯째, 리마는 과거와 현재 사이에서, 그리고 전통 유산과 현대 사이에서 균형을 잡아야 한다. 마지막으로는 '가치'를 찾아냈다. 페루의 특징을 혼융, 대담, 다양함으로 정리하고 "다 함께 할 때 우리는 독특하다!"라고 결론지었다.

멋지다! 그런데 가만 있자. 이건 국제사회, 잠재적 투자자나 관광객에게 주는 메시지가 아니다. 투자를 유치하고 관광객을 끌어들이며 도시 경쟁력을 향상시키고 도시 이미지를 제고한다는 목표는 다 어디로 갔는가. 결국 '국민 통합'만 남아있는 셈이었다.

이어진 우리의 프리젠테이션을 보고 느끼는 바가 많았을 것이다. 완전히 다른 차원의 브랜드 전략을 들으며, 브랜드는 얄팍한 말장난이 아닌 미래를 선도하는 먹거리임을 실감했을 것이다. 표정들도 그랬다. 곤혹스러운 표정도 여러 번 보았다.

카스트로는 이렇게 마무리했다. "이제 시작이다. 앞으로 많은 지도편달을 바란다." 진주는 그 아름다움을 아는 자에게 주어야 가치가 있다.

교육을 통한 빈부 격차 대물림

2014. 2. 23(일)

여기에 와서 취재하는 버릇이 생겼다. 거의 매일 일기를 쓰다 보니 글감에 대해 관심이 많아지고, 하나를 알더라도 정확히 알아야 하기에 객관적인 자료를 찾게 된다. 가령, 대화 중 흥미로운 주제를 접하면 일단 꼬치꼬치 캐묻는다. 그리고 그 사람 특유의 개인 사정을 바탕으로 한 주관적 판단은 아닌지 확인하기 위해 기사를 찾아보거나, 여러 사람에게 동일한 사안에 대한 정보를 두루 얻는 작업을 진행한다. 이렇게 해서 그 사안에 대해 어느 정도 객관적 판단이 가능해졌다고 판단되면, 대화 자리의 화제를 그것으로 돌려 검증하는 기회를 가진다. 특히 가치판단이 개재될 수 있는 내용은 각자 판단이 다를 수 있으므로 이런 기회를 많이 가지려고 노력한다.

오늘은 우리에게도 시사하는 바가 적지 않은 페루의 대학 생활과 사립대학교의 차등 등록금 제도, 이를 둘러싼 빈부 격차 대물림 문제를 정리해두려 한다.

이 문제에 관심을 가지게 된 시점은 여성행복도시 프로젝트를 브리핑하던 날이다. 그날 전문 통역사로 스페인어 통역을 맡아준 박규성 양은 이곳의 한 명문 사립대학교 의대 졸업반이다. 내가 한 달간 쓸 수 있는 활동비가 월 500달러로 한정되어있는데, 이 금액은 베테랑 통역사의 이틀치 통역비도 안 된다. 그런데 박 양은 그간 받던 보수의 절반 정도를 제시했는데도 흔쾌히 내 부탁에 응해주었다.

이 학생은 어려서부터 이곳에서 성장했는데, 뜻한 바가 있어 대학은 한국의 의대로 진학했었다. 그런데 부모님의 권유로 페루에 돌아와 다시 의대에 입학하는 바람에 이제 졸업반이 되었다. 이런 경력을 가지고 있다 보니 한-스페인, 스페인-한 통역이 모두 자유롭다.

첫날 통역이 끝나고 감사의 표시로 점심을 대접했다. 그 자리에서 박 양이 페루의 등록금과 대학의 분위기를 이야기하는데, 귀가 솔깃해졌다. 처음 듣는 이야기라 호기심이 들기도 했지만, 이곳 사회상이 깊숙이 묻어나는 부분이 있어 이것저것 캐묻기 시작했다.

여기는 대학 등록금을 학기 중에 매달 납부하는 방식인데, 본인은 한 달에 2,600솔(약 100만 원)씩 낸다고 했다. 방학을 빼고 1, 2학기에 다섯 번씩 모두 열 번을 내므로 1년 학비가 2만 6천 솔(약 1,000만 원)인 셈이다. 여기 물가 수준에 비추어볼 때 이 금액도 엄청난 부담인데, 자기는 그나마 5등급에 해당한다고 했다. 급수가 있다? 설명을 들어보니 입학할 때부터 전체 학생을 7등급으로 나누어 부담해야 하는 액수를 정해준다는 것이다. 자신은 목회자 집안이므로 모든 재산이 교회 소유로 되어있어서 재산이 없는 것으로 분류되는 바람에 5등급이란다. 제일 아래 등급인 7등급이 아닌 이유는 집이 미라플로레스에 있는데, 이 지역은 중산층 이상이 거주하는 주택가에 해당하므로 이를 반영하여 5등급 판정을 받았다고 한다.

제일 부자로 분류되는 0등급 학생들은 한 번에 4,000솔 정도, 가장 어려운 7등급 학생들은 한 번에 2,000솔이 조금 안 되는 학비를 낸다. 여기에 학기가 시작될 때마다 530솔씩의 등록금이 추가된다니 종합해보면 부자는 연간 1,700만 원 정도를 부담하고, 가난한 집 자제는 연간 700~800만 원 정도의 학비를 부담하는 셈이다. 게다가 페루는 전반적으로 학사관리가 엄격해서 유급 비율이 매우 높다. 제때 졸업하는 학생은 20퍼센트 정도라고 하니 학비는 더 비싼 셈이다. 여기 물가로 따져보면 대학 등록금은 천문학적 숫자임이 분명하다. 리마의 평균 임금이 월 1,500솔 정도이고, 리마 대학 졸업자의 평균 초임이 월 2,500솔이라는 점을 감안하면, 대충 감이 잡힐 것이다.

그런데 정부가 일정한 기준을 가지고 등급을 정하는 것이 아니라, 각 학교마다 기준이 제각각이라고 했다. 그는 각 학교마다, 학과마다 등급의 개수도 다르고 기준도 다르다는 설명을 덧붙였다. 여기부터 확인이 필요하다는 생각이 들었다. 더 주목해야 할 것은 그다음 이야기였다.

빈부 격차를 일으키는 대학 문화

학생들 사이에 그룹이 만들어지는데 이 재산 등급이 영향을 미친다는 사실이다. 극단적으로 0등급 학생들은 그들끼리만 몰려다니고 다른 친구들과는 형식적인 인사 정도만 나눌 뿐이라서, 학교는 같아도 사실상 남이나 다름없단다. 사물함 등의 학교 시설물 이용도 등록금 등급에 따라 차등을 두어 운영된다고 한다. 믿기 어려운 이야기라서 대학교에서 한국어를 가르치는 코이카 단원 등 여기 대학교 사정에 밝은 분들에게 확인해보니, 모두 사실이었고 더 충격적인 사실이 밝혀졌다.

원래 페루 최고의 국립대학교는 산마르코스 대학교이다. 역사도 남미 최고일 뿐만 아니라, 학비도 거의 무료에 가까우므로 재수 삼수도 흔하고 몇백 대 일의 경쟁을 뚫어야 입학할 수 있는 최고의 명문 대학교라는 것이 정설이다. 이공계열 중에는 UNI 국립공과대학교가 있다. 그런데 최근 이들 대학교의 명성이 흔들리기 시작했다고 한다. 요즈음은 사립대학교 중에서도 카톨리카(PUCP), 파시피코(Pacifico), 리마(Lima) 대학교가 취업이 더 잘되는 강세를 보이며 명문으로 부상 중이라고 한다. 왜 이런 변화가 생겨났을까?

실력도 실력이지만 기업들이 신입사원의 배경을 보기 시작한 것이다. 과거에는 공부 잘하는 뛰어난 학생을 뽑는 것이 목표였다면 요즘은 업무 처리 과정에서 인맥이 좋은 사람이 능력을 발휘하는 세태를 반영하여 집안 배경을 보고 사람을 선택하는 현상이 생기면서 사립대학교 출신이 강세라는 것이다. 더구나 이 나라에서는 대학 졸업 후에도 프렉티카(practica)라고 해서 이른바 인턴십과 유사한 실습을 1년 정도 거쳐야 취업할 수 있는 관행이 있다. 이때도 역시 부모의 지위나 재력이 결정적인 영향을 미친다.

그런데 문제는 이들 사립대학교의 학비가 엄청나다는 데 있다. 즉 상류층 자제들이 주로 들어가는 대학교 출신들이 우대를 받으면서 부(富)가 자동적으로 대물림되는 것이다. 더 큰 문제는 이들 대학교 내에서조차 빈부에 따라 친구 집단이 이루어져서 위화감이 조성되고 있다는 것. 내 스페인어 선생님은 피부가 가무잡잡한 메스티조로서 명문대 출신이다. 그런데 자식은 절대로 앞서 말한 세 개 학교에 보내지 않겠다고 한다. 자기 친구들도 마찬가지 이야기를 한다고 하는데, 이런 사립대학교에서 유색인종 학생들이 마음의 상처를 받아 부모들이 이 학교들을 회피하는 현상도 벌어진다.

이 나라에서 상위 10퍼센트 정도의 백인들이 부의 대부분을 장악하고 있다. 엄청난 빈부 격차의 사회문제에 이 피부색 문제까지 더해져서 사회통합에 눈에 보이지 않는 장막이 드리워져있는 것이 현실인데, 이것이 완화되기는커녕 더욱 곪아 들어가는 것이다. 피투코, 피투카(Pituco, Pituca)라는 말이 있다. 이는 백인 부자 남녀를 지칭하는 말로, 메스티조들 사이에서 이들을 약간 경원시하는 의미를 담아 지칭하는 표현이다. 원주민인 인디오 비율이 45퍼센트, 이들과 백인 사이의 혼혈인 메스티조 비율이 약 37퍼센트에 달하는 페루. 과거 남아공만큼의 지독한 흑백 분리까지는 아니라도, 유색인종이 절대 다수인 이 나라에서도 피부색에 따른 사회경제적 차별로부터 생겨나는 위화감이 분노로 이어져 뼛속 깊이 흐르고 있다.

다행히 현 대통령은 원주민 출신 오얀타 우말라다. 지금은 원주민들이 이 사실로 마음의 위안을 얻고 있겠지만, 언제 이 분노가 외부로 표출될지 아무도 모른다.

페루 교육의 밝은 미래를 꿈꾸며

'미래 교육 그룹'에 따르면 페루의 대학생 숫자는 리마와 주요 도시 내에 약 100만 명에 이른다. 참고로 페루의 현재 인구는 약 3,000만이고, 대학교는 140개에 이른다. 교육공화국 대한민국에 비하면 대학교와 대학생 숫자가 그리 많은 편은 아님에도 벌써 문제가 생기는 것이다. 우리의 경우 몇 년 뒤부터는 대학 입학 정원이 고등학교 졸업생 수를 넘어설 정도로 과포화상태다. 그래서 대학 구조개혁 이야기가 나오고 이와 관련한 계획도 발표되고 있는데, 페루에서도 이와 비슷한 일이 벌어지고 있는 것이다.

속을 들여다볼수록 우리와 닮은 구석도 많고, 흥미로운 나라가 페루다. 교육 격차가 사회경제적 격차로 이어지고, 이것이 다시 후대의 교육 기회 차등으로 이어지는 악순환은 자본주의의 가장 심각한 부작용 중 하나다. 이런 모순이 더 심각해져서 손댈 수 없는 지경에 이르기 전에, 국민적 합의를 바탕으로 해결책을 모색해야 한다. 페루의 일견 바람직해 보이지만 정교하지 않게 운용되는 차등 등록금 제도를 보면서, 어떤 시사점 같은 것이 느껴지지 않는가?

페루에 와서 이런 시사점을 얻게 될 줄은 예상하지 못했다. 상처 주는 사람들과 받는 사람의 이야기, 흥미로운 사회현상은 앞으로 관심을 가져야겠다.

동상이몽, 복지정책

2014. 2. 26(수)

오늘은 리마 시의 사회복지정책에 대한 브리핑을 받았다. 기대가 컸던 탓일까? 사업비의 절반을 산동네 계단과 축대, 쌈지공원 등을 만들어주는 '바리오 미오' 사업에 쏟아붓고 있으니, 저소득 계층을 위한 다른 복지정책에 예산을 투입할 여력이 없어 보였다. 원래 복지는 어느 한곳에 무리하게 비중을 두면, 도움이 필요한 다른 여러 곳이 부실해지기 마련이다.

그렇게 모든 사정을 이해한다 하더라도 오늘은 문제가 지나쳤다. 시청에서 10분 정도 걸어가 타크나 거리에 있는 사회개발국 사무실을 찾아갔다. 사회개발국에는 사회복지 증진과, 영양 프로그램과, 장애인 보호과, 주민등록과, 네 개의 부서가 있고, 직원 수는 500명 정도라고 한다. 인구 1,000만 도시에서 모든 시설이나 프로그램 수혜자 숫자가 겨우 수십에서 수백 명 단위이고, 상담 실적은 1,000명 단위를 넘지 않았다. 이유가 궁금해 해당

■ 이 천진난만한 아이들은 인구 천만 도시에서 혜택받은 극히 일부의 아이들일 것이다.

직원에게 물었더니 예상 밖의 답변이 돌아왔다. 이 업무들을 42개 자치구가 나누어 하고 있다는 것이다. 순간 당황스러웠다. 무슨 말인지 도무지 알아들을 수가 없었다.

"시청이 큰 틀에서의 정책과 지침을 결정하고 구청은 그 지침을 받아 구체적으로 시민을 위한 서비스를 해야 하는 것 아닌가요?"로 시작된 대화는 수차례의 질문과 답변이 오간 뒤에야 정리되었다. 한마디로 시청이 세르카도 데 리마 구(시청이 위치한 구)의 자치업무도 병행하고 있으며, 42개 자치구를 선도하는 정책과 지침 통할 업무는 규정에 없다는 답변이었다. 이 부실한 내용조차도 인구 30만의 작은 자치구인 세르카도 데 리마에서 시행되는 현장 업무에 관한 것인 셈이다.

자리를 뜨면서 보호 청소년들의 식사 장소와 어린이집을 둘러보고 나왔다. 시간은 벌써 1시를 넘겨 아이들의 낮잠 시간이었다. 그런데 평화롭게 잠든 6세 미만 아이들의 매우 귀여운 모습을 보면서도 미소를 지을 수가 없었다.

참았던 갈증과 허기가 한꺼번에 밀려왔다. 공복에 햇살까지 뜨거워 복지국 건물을 나서서 아는 식당까지 가는 데 천리길 같았다. 배는 고픈데도, 모래알을 씹는 기분이었다.

2025 리마를 꿈꾸다

2014. 2. 27(목)

2025년 2월 27일. 리마 도심 한가운데! 마요르 광장을 중심으로 반경 2킬로미터 내외의 이른바 '센트로 역사지구'는 어떤 모습일까?

먼저 현재의 모습을 보자. 한마디로 때가 많이 탄 중세도시를 보는 듯하다. 스페인 식민지 시절부터 지어진 대통령궁, 시청, 대성당과 산 프란시스코 성당을 비롯해 거의 모든 역사적 건물이 이 역사지구 내에 있다. 웅장한 석조 건물들과 파스텔 색조의 색색의 건물들이 줄줄이 들어서있는데, 모두 꾀죄죄하다. 미안하지만, 솔직히 표현하면 그렇다. 아마도 먼지가 많아서 쉽게 때 타기 때문일 것이다.

이 지역 가운데 약간 윗쪽으로 리막 강이 동서로 흐르고 있는데, 물이 거의 없다. 우리 중랑천 수량의 5분의 1 정도라고 생각하면 된다. 이 강 북쪽은 산 크리스토발 산의 중턱까지 형형색색하지만 열악한 산동네가 이어져

있다. 이른바 빈민촌이다. 여행객들에게 절대로 걸어 올라가지 말라는 경고가 붙은 곳이다. 리막 강 남쪽으로는 이른바 유네스코가 지정한 세계 문화유산이 한가운데 자리하고 있는데, 현재의 모습은 암울하다. 그 한가운데 마요르 광장을 비롯해서 관광객들의 시내관광 필수 코스가 있으므로 항상 수많은 관광객과 시민들로 붐빈다. 그런데 관광객들을 불러 모아 시내관광을 시켜주겠다고 호객하는 사람들과 1인 이동 상인들, 구걸자들을 모두 합하면 그들의 수가 관광객만큼이나 많을 것이다. 시청 앞 광장의 현재 모습이다.

혼자 다니기 힘든 '지금' 리마 거리들

매일 점심 식사를 하기 위해 시청 근처를 동서남북으로 걸어다녔는데, 조금만 걸어가면 어느 방향이나 불안해진다. 특히 북쪽은 되도록 가지 말라는 경고가 붙었다. 비어있는 건물도 많고 그 안에는 우범자들이 살고 있어서 위험하다는 것인데, 참 의아한 일이다. 대통령궁과 시청, 국회로부터 걸어서 5~10분 거리인데, 이렇게 방치하는 것이 우리 상식으로는 도저히 이해할 수 없는 일이기 때문이다.

서쪽은 인쇄소가 밀집해있는 인쇄거리다. 우연히도 우리 중구의 특성과 매우 닮았다. 아마도 산업화 초기에는 인쇄업이 주요 산업이었을 것이고, 시내 형성과 동시에 요지를 차지하고 번성했던 역사적 배경이 이런 공통점을 만든 것 아닌가 싶다. 밤에는 이곳에 혼자 걸어다니지 말라는 이야기를 듣고 있다. 낮에는 버스에서 내려서 시청으로 걸어오는 출퇴근 보행로이므로 내게는 매우 익숙한 곳인데, 버스에서 내려 마주하는 타크나 거리는 흉물스럽다. 버스를 기다리며 길 양편을 올려다보면 10층 이상의 건물들이 서있는데, 군데군데 유리창이 깨진 상태로 방치되어있다. 영화 속에나 나올 법한 인류 멸망 후의 폐허 도시 같은 느낌이랄까? 버스를 타면 우리 집 쪽으로 이런 모습이 두어 정거장 더 이어지다가 점점 나아진다. 이러니 이 지역에서 들치기 사고가 난다며 여자들이 피해 다니는 것이다. 깨진 유리창의 법칙이 생각나는 지역이다.

동쪽으로는 아방카이 길을 중심으로 바리오 알토 지역이다. 중앙시장과 차이나타운, 그 근처에 빈민가 킨타(Quinta)가 100여 개 분포해있어서 늘 지갑을 신경 써야 한다. 관광객들에게는 "혼자는 가지 말라, 주머니에 지갑을 넣어 볼록 튀어나온 채로 걸어다니지 말라."라고 끊임없이 이야기하는 곳이다. 하지만 막상 들어가보면 사람 사는 냄새가 물씬 나는, 볼거리가 많은 곳이기도 하다.

남쪽은 솔직히 깊숙이 걸어 내려가보지 않아서 잘 모른다. 다만 버스가 오는 길 주변이라서 대충 분위기를 느끼는데, 다른 곳과 크게 다르지 않다. 특히 중간에는 사창가 비슷한 곳이 있어서 접근하지 않는 것이 좋다는 충고를 받았다.

사실 실제로 다녀보면 그런데로 다닐 만한데, 이렇게 정리하고 보니 동서남북의 분위기가 모두 몹시 우울하다. 한마디로 도심이 매우 낙후되어있음이 분명하고, 그나마 주요 관공서들과 역사적 의미가 있는 관광 유적들이 분포해있는 덕분에 경제가 돌아가는 형편이라고 보면 되겠다.

자, 이제 이 지역을 10년 후 모습으로 바꾸어보자! 왜 바꾸는가? 오늘 그 계획에 대해 들었기 때문이다. PROLIMA(리마 역사지구 재생 프로그램)라고 하는 시청 산하 공사에서 진행 중인 야심찬 계획이다. 이 조직의 케일럽 사구아 건축가는 매우 사명감 있고 차분한 젊은 친구였다. PROLIMA는 18년

■ '깨진 유리창의 법칙'이 자연스럽게 떠오르는 시청 중심 동서남북의 거리 풍경.

전에 생겼지만 그동안 제대로 활동을 못 하다가, 2012년부터 이 계획을 준비해왔으며 올해부터 10년 뒤인 2025년을 목표로 실행에 들어간다는 설명이다.

장밋빛 환상 같지만, 나는 충분히 실현 가능하다고 본다. 물론 예산 사정과 후임 시장들의 정책 우선순위에 따라 20년이 걸릴 수도 있을 것이다. 그러나 시간이 문제일 뿐 분명히 이루어질 것이다.

리마의 동서남북을 뒤엎을 비전

우리 중구와 종로구의 변화를 생각해보면 느낌이 올 것이다. 10년 전에 비하면 상전벽해가 아닌가. 구시가지가 가지는 상징적 의미와 잠재력을 무시하면 좋은 시장이 아니다. 강남은 어느 도시나 한계가 있다. 여기로 치면 미라플로레스나 산이시드로는 앞으로 10년이 절정기다.

센트로 역사지구의 면적은 1,000헥타르 남짓, 가로 세로 3킬로미터 정도다. 현재 상주인구는 15만 정도이고 하루 유동인구는 약 180만이나 된다. 리막 강 옆으로 도시 고속도로 격인 에비타미엔토(판 아메리카나 도로의 일부)가 지나고 있기 때문이다. 북쪽은 사방으로 시내 조망이 가능한 산 크리스토발 정상부터 남으로는 전시 공원과 대법원까지, 서쪽으로는 알폰도 우가르테 길부터 동쪽은 200년의 역사를 지닌 공동묘지까지 아우른다. 한마디로 이 지역을 2025년까지 현대적이고, 살 만하고, 안전하고, 다양한 문화와 기능을 누릴 수 있는 곳으로 만든다는 비전이다.

이렇게 하기 위해서는 교통체계 등 접근성을 개선하고, 범죄를 유발하는 환경 등 경제활동에 방해가 되는 요소들과 미관상 좋지 않은 요소를 모두 제거해야만 한다. 문화유산을 복원해 관광자원화하고, 녹지 공간을 확충하는 등 자연환경도 개선해야 한다. 열악한 주택들도 역사지구의 특성을 보존한 채 재건축해야 하며, 상업 활동이 가능하도록 각종 사회 기본 설비도 확충해야 한다.

이런 변화를 선도하기 위한 다섯 개의 프로젝트가 준비되었다. 먼저, 엘트리앙굴루 지역은 상업지구다. 기존의 상업 기능을 활성화하여 대표적인 도심 비즈니스 중심지로 만들 예정으로 투자 계획이 세워졌다. 두 번째는, 대표적인 도심 주택 재건축이다. 이곳은 현재 500가구가 거주하는 열악한 주거지역인데 재건축을 통해 1,500가구가 살 수 있는 곳으로 바꾸는 계획이 시동 단계이다. 세 번째는, 센트로 역사지구 내에 도로 위 상업 행위를 정비함으로써 면모를 새롭게 한다는 계획이다. 서울의 경험에 비추어보면 매우 어렵지만 최선을 다한다면 가능한 일이다. 네 번째는, 역사지구 내 교육 센터를 건립하는 사업이다. 이는 역사지구 정비 관련 사회적, 기술적 역량 향상을 목적으로 시민 참여를 유도하는 공간으로 기획되었으며, 4월 초에 개원 예정이라고 한다. 다섯 번째는 주로 인쇄업소들이 들어서있는 도심 상업지역을 부티크 호텔 등 숙박업소 밀집 지역으로 바꾸어 여행객들을 수용하는 도심 공간으로 바꾼다는 계획이다. 내가 버스에서 내려 걸어가는 길옆에는 이 관점에서 예쁘게 단장될 수 있는 잠재력을 가진 석조건물들이 꽤 보존되어있다.

20년 뒤의 리마를 상상하다

이것이 10년 내에 가능할까? 천 리 길도 한 걸음부터다. 누군가 해야 할 일이라면 빨리 하는 것이 좋다. 시민들은 하루하루 조금씩 생기는 변화가 시간이 가면 저절로 이루어지는 도시의 발전이라고 느끼지만, 종합 계획과

위 리마 역사지구 재생 프로그램으로 앞으로 가장 많이 변하게 될 인쇄소 거리.
아래 새단장을 시작한 대통령궁 앞의 대성당 모습.

투자 없이는 한 걸음도 옮기지 못하는 지역이 도심지이다. 민간투자를 가로막는 각종 규제가 있기 때문이다. 이 규제를 개발에 도움이 되는 방향으로 손보는 노력이 시작되었으니, 리마의 미래는 긍정적이다.

임기 초에 광화문광장, 세운상가 정비와 도심녹지축 복원, 창덕궁 주변 역사 디자인 및 창경궁 종묘 연결 등의 역사축 복원, 동대문 배후지 녹지복원 및 DDP 건설과 장충체육관 리모델링, 남산 르네상스와 고가도로 순차 철거, 수성동과 북촌, 서촌 등 시내에 가볼 곳 만들기 등의 도심 정비 계획을 세울 때만 해도, 내심 절반만 실행해도 성공이라는 마음으로 시작했다. 그런데 지금 이 많은 계획이 거의 모두 실현되어 서울의 중심이 크게 변했다. 이제 계획했던 대로 1,000만 관광객이 몰려오고 있어도 자신 있는 기본 시설을 갖췄다. 시내 곳곳에 호텔 투자가 시작되었고, 오히려 과잉투자 논란이 나올 정도다. 이제 서울에 볼거리나 가볼 곳이 없다는 이야기는 더 이상 없다. 계획의 힘은 위대하다. 불가능해 보이는 변화도, 계획을 세우는 가슴 뛰는 단계부터 시작된다.

오늘 리마의 계획을 듣고 즐거운 상상을 했다. 20년 뒤쯤 손자, 손녀들을 데리고 리마에 여행 와서는 미라플로레스가 아닌 산 아우구스틴 식당 자리의 작은 호텔에서 묵으련다. 그곳에서 얼마 전 가족들이 리마에 왔을 때 아빠가 늘 먹는 점심이라며 우리돈 4,000원짜리 식사를 함께 먹었던 시청 부근 서민식당이다. 겉모습은 허름하고 낡았지만 건물 안의 아담한 정원에서 새소리를 들으며 점심을 먹을 수 있는 보석 같은 공간이다. 아마도 투자 감각이 발달한 투자가라면 리마 시의 계획에 편승해 이 건물을 아담하고 아늑한 호텔로 재탄생시킬 것이고 그러면 아주 인기 있는 숙소가 될 것이다.

내가 여기저기 뛰어다니며 강연하면서 틀림없이 수년 내에 관광객 1,000

만을 만들 테니 호텔을 미리 지으라고 권유하며 각종 건축 인센티브를 제시할 때, 눈치 빠르게 따라준 호텔업자들은 지금 적지 않은 재미를 보고 있다.

산 아우구스틴 호텔에서 새소리를 들으며 잠에서 깨어난 그날, 아이들 손을 잡고 안전하고 깨끗하게 새단장한 중앙시장을 간다. 잘 정리된 도심 주택가와 멀지 않은 아방카이에서 세비체를 먹고, 산 크리스토발 정상까지 케이블카를 타고 오른다. 그곳에서 사방으로 펼쳐진 리마를 바라보며 20년 전 리마의 모습을 신바람 나게 들려줄 것이다.

리마가 꼭 그렇게 되면 좋겠다.

5장

고통을 싸매고 내일을 희망하라

민카에서 길을 찾다

2014. 3. 2(일)

지난주에 코이카 친구들과 카야오에 있는 시장 '민카(Minka)'에 가서 장을 봤는데 그곳 풍경이 매우 인상 깊었다. 엄청난 규모와 싼 가격에도 놀랐지만, 깨끗하고 위생적이며 안전한 모습이 기존 시장과 달라도 무척 달랐다. 그래서 며칠간 자료를 찾아 읽어보았는데, 들여다볼수록 연구 대상이다. 이 시장의 운영 방식을 국내에 도입하면 정말 좋겠다는 욕심이 생겼다. 그래서 어제 오후 김 박사와 다시 한 번 돌아보았다.

민카는 카야오에 있다. 공항 근처이므로 우리 집에서는 차가 안 막히면 30분, 보통의 경우에는 50분 정도 걸린다. 오늘은 김 박사의 차를 이용해 다녀왔지만, 대중교통을 이용한 접근성도 상당히 좋은 편이다. 시장 한가운데로 버스가 다니기 때문이다. 그만큼 규모가 크다는 이야기다.

이런 시장을 '시장도시(mercado ciudad)'라 부른다. 이 시장도시에는 정말 없는 것이 없다. 백화점과 도매형 할인마트, 영화관과 작은 공연장, 헬스장과 축구 연습장, 은행과 약국, 여행사와 꽃가게, 건축자재와 인테리어 용품점, 철물점과 가구점, 수공예품과 악기, 서민 식당가와 체인 음식점, 어린이 놀이기구와 게임존 등 1,100개의 점포가 오밀조밀 구획되어있는데, 가장 눈에 띄는 특징은 모든 업종에 브랜드 제품과 전통시장 제품이 공존한다는 것이다. 어디에서도 볼 수 없었던 생경한 모습이 아닌가.

게다가 구역 사이의 큰길에는 놀이공원에서나 볼 수 있는 미니 열차가 운행되고, 시간대 별로 눈요깃거리 무료 공연도 계속됐다. 프로그램을 자세히 살펴보니 세상에나, 다음 주말에는 국립 오케스트라 연주에 한류스타 공연도 있어 동네 공연 수준을 훨씬 뛰어넘는다. 한마디로 주말에 가족 단위로 혹은 친구나 연인들이 나들이하기에 딱 좋은 아울렛 같은 분위기에 놀이공원 개념을 접목해놓았다.

그런데 놀랍게도 이 넓은 면적이 한국의 유명 대형마트만큼 깨끗하다. 실제로 눈여겨 살펴보았는데, 축산물 가게에서도 파리 한 마리 찾을 수가 없다. 지붕이 있는 오픈형 실내 공간이라 해를 피할 수 있으면서도 답답하지 않게 설계되었다. 그리고 점포들 사이의 이동 통로가 보통 시장보다 세 배 정도 넓어 쾌적하다. 모든 가게 주인과 점원들은 제복을 입고 있고, 수산물 가게에는 마스크까지 착용했다. 모든 상품에는 가격이 표시돼있고, 시세가 달라지는 농수축산물의 경우에는 작은 칠판에 분필로 가격이 써있다. 호객 행위도 일체 없다. 조용하고 안전하다. 군데군데 경비원들이 배치되어있어서, 리마의 일반 시장에서 느끼는 불안감 없이 사진기도 자유롭게 꺼내들고 다닐 수 있었다. 또한 카트를 밀고 다닐 수 있으니 이동하며 마음껏 사고 싶은 물건을 담을 수 있다. 편의성 측면에서도 마트와 전혀 다를

■ 우리의 전통시장도 카트를 끌고 다닐 수 있고, 주차시설이 완비되면 동네 상권 걱정을 크게 덜 수 있을 텐데 하는 마음에 구석구석 눈여겨보았다.

것이 없다. 일곱 개 노선의 셔틀버스가 시장 내에 들어오는데, 물건만 사면 무료라고 한다. 주차장도 넓직해 토요일 오후에도 차를 대는 데 어려움이 없었다. 나올 때 보니 3시간 반 주차료가 우리 돈으로 500원이다.

시장이 이럴 수도 있나 싶을 정도다. 이러니 1999년에 5만 제곱미터 면적, 150개 상점으로 시작한 시장이 현재 12만 제곱미터 면적에 1,100개 상점으로 늘어나도 이상할 것이 하나도 없다. 연중무휴이며, 현재 한 달에 150만 명이 다녀간다고 한다.

어디서 이렇게 환상적인 시장 운영 전략이 나오는 것일까? 대기업이었다. 페루 제1의 재벌 그룹 로메로(Grupo Romero)가 시장 주인인 것이다. 이를 확인하는 순간 맥이 풀렸다. 역시 자본의 힘인가? 민카는 여기 원주민어인 케추아어로 서로 돕는다는 뜻이라서, 소액자본이 모여 투자된 것인가 했는데 착각이었다.

민카는 우리말로 치면 '두레'라고나 할까. 어쨌든 로메로는 이 좋은 용어를 선점하고 그 어원에 맞게 명실상부한 노력을 기울이고 있었다. 장애가 있는 사람이나 노인이 경작하는 작은 농원의 물건을 제값을 쳐서 우선 구매해준다든가 관개수로 만드는 데 도움을 주는 등 공정거래를 위한 노력도 한다. 이러한 공정거래를 통해 생산자의 권익 보호와 빈곤 퇴치에 힘쓴다고 한다. 이러한 이미지 전략도 주효했지만, 정작 내가 가장 관심을 가지고 들여다본 부분은 경영전략이었다.

시장도시 민카의 성공 비결

몇 개의 글을 읽고 현장의 느낌을 가미한 내 분석 결과는 이렇다. 전문가들이 꼽는 시장도시의 가장 큰 성공 요인은 브랜드 제품과 전통시장 제품을 함께 배치하는 전략이다. 한마디로 저소득층과 중산층을 모두 끌어들이는 것인데, 값이 싸기 때문에 매일 필요한 식료품을 사러오는 저소득층 소비자부터 주말 나들이나 데이트 코스로 들르는 중산층까지 아우르는 유인 전략이 성공했다는 것이다.

두 번째로 상인들을 교육시켜 마케팅이 무엇인지를 깨우쳐줌으로써 회사 방침에 따라오게 하는 경영전략은 참으로 인상적이다. 청결과 위생의 중요성, 가격 전략의 노하우, 절세 방법, 구매 의욕을 자극하는 진열 방법, 새 제품 추가 개발 통로 개척 등 매출 증대와 상가 경영에 필요한 모든 정보를 체계적으로 교육하고 훈련시켜 임대 회사와 상인이 함께 수익을 높여 갈 수 있었다.

거기에 더해서 제복을 입는다든가 청결과 위생 기준을 엄격하게 세우기 때문에 이런 부분을 게을리할 수 없으며, 정찰제를 준수하고 호객행위나 가격 흥정을 금지함으로써 시장 질서를 유지하는 원칙도 매우 잘 지켜졌다. 실제로 어시장에서 생선을 다듬는 모습은 백화점 수산물 코너의 청결한 생선 처리 과정을 보는 듯했다.

세 번째로 먹을거리와 재미의 요소를 가미한 것이다. 원래 장터에서는 먹을거리가 빠질 수 없는 법이다. 그런데 이것 역시 브랜드 음식점과 싼 가격의 전통 먹을거리가 뒤섞여 배치된 것이 인상적이었다. 각종 체인점들을 비롯해 페루 전통 음식을 파는 식당까지 다종다양한 먹을거리를 시장 한가운데 배치해 쇼핑과 나들이에 지친 고객들의 휴식처로 기능했다. 게다가 작은 공연장도 있어서 실제로 많은 어린이가 공연에 눈이 팔려 자리를 떠날 줄 몰랐다. 이외에도 게임을 즐기는 공간과 어린이들을 데리고 간단한 놀이와 춤을 가르쳐주는 곳도 있어서 쇼핑 나온 부모들의 발길을 잡았다.

■ 민카에는 다양한 행사와 이벤트가 가득하다. 가족, 연인들이 이곳을 찾는 이유를 알겠다.

■ 수산물 가게의 깔끔한 모습이 인상적이다. 수산시장은 청결함이 경쟁력이다.

결론적으로 성공의 비결은 전통시장에 대한 향수와 놀이의 결합이다. 이 시장은 당초 저소득층 밀집 지역인 카야오의 한복판에 만들어졌고, 저소득층이 주요 고객이다. 그들은 싼 가격 때문에라도 매일 온다. 그런데 크게 성공하려면 중산층도 끌어들여야 한다. 그들이 주말에 몰려와 주어야 대박이 난다. 민카는 이들을 어떻게 끌어들였을까?

중산층은 시장에 대한 향수가 있다. 하루하루 도시 생활에 바빠서 집에서 가까운 웡이나 비반다 등 현대식 마트를 이용하지만, 마음으로는 어릴 때 엄마 손을 잡고 다녔던 푸근한 전통시장의 분위기가 그립다. 그래서 시간 여유가 있는 주말에 가끔 동네 시장을 찾는데, 막상 가보면 여러모로 불편하다. 마트에 익숙해진 주부들은 청결과 위생, 치안, 화장실 등에 불편함을 느낀다. 무엇보다 핵가족화 되어있어 많은 양의 식재료를 한꺼번에 사두면 버리는 것이 생겨서 부담스럽다. 그래서 현실에 맞게 소량으로 포장해 파는 가까운 마트를 찾게 된다.

그런데 민카는 이래저래 멀어진 시장에 대한 향수를 주말의 가족 나들이 형태로 풀 수 있게 놀이와 시장을 결합시켰다. 특히 어린이들에게 초점을 맞춘 각종 행사와 이벤트가 풍부한 요건은 이런 기획 의도를 반영하는 것으로 보인다.

한국형 민카는 과연 가능할까?

돌아오면서 분재를 하나 사 들고 왔다. 퇴근하고 불 꺼진 집에 들어오면 허전한 마음이 들고 정붙일 것이 없다. 언제부터인가 화분이라도 하나 사다 놓을까 싶었는데, 아카시아 나무와 생김이 비슷한 분재를 보자 마음이 끌렸다. 그런데 물을 주려고 베란다에 올려놓으니 잎이 모두 오그라들어 닫

혀있는 게 아닌가. 차에서 심하게 흔들려 스트레스를 받았나 본데, 그 모습을 보니 동물 이상으로 강력한 생명력이 느껴진다. 동물은 정이 들면 헤어질 때 슬플 것 같아서 식물을 선택했더니 이 녀석도 사람 손에 대해 분명한 반응을 하고 있다. 넉 달 뒤 떠날 때의 짠해질 마음이 벌써 의식된다. 어제에 이어 오늘도 화분을 앞에 두고 커피를 한잔하며 생각에 잠겼다.

한국의 전통시장이 위기에 처했다. 매출이 줄고 상인들이 힘들어해서 서울시장 시절 별의별 지원책을 다 동원했었다. 지붕을 씌우고, 화장실을 개량하고, 시장 옆의 땅을 사서 주차장을 만들고, 나중에는 물류와 창고비를 지원하는 등 온갖 수단을 강구했다.

상품 진열의 노하우와 상품 개발 등의 경영 교육도 그때 보고받아서 알고 있는 방법들인데, 솔직히 크게 효과를 보았다고는 할 수 없다. 그런데 지구 반대편에서 이 모든 방법이 한 대기업과 지역 상인들의 상생모델로 자리 잡아 크게 성공한 모습을 보니 부럽다 못해 질투가 난다. 이걸 어떻게 한국 사회에 접목시킬 수 없을까 하는 생각에 머릿속이 복잡하다. 서울 등 대도시 외곽에 적당한 땅을 물색하여 한국형 민카를 시도해볼 수는 없을까?

요즈음 중간 마진을 줄이고 인터넷을 통해 직접 판매해 귀농에 성공한 사례가 늘고 있다. 이 방식을 응용하고 오프라인에서 공정거래를 접목하면, 생산자와 고객이 모두 만족하는 바람직하고도 새로운 형태의 전통시장 구조를 만들 수 있지 않을까? 여기에 협동조합 개념을 접목하면 더 의미 있지 않을까? 이런저런 생각에 빠져있다 보니, 가끔 들러 과일을 사던 서울 광진구 우리 동네 시장 과일가게 부부의 시름 깊은 얼굴이 계속 떠오른다.

그들만의 세상을 깨뜨리라

2014. 3. 4(화)

장면 1: 코이카 직원들과 회식하던 날, 해군 회관에서 목격한 일이다.

옆자리에서 삼십 대 후반 정도의 젊은 백인 내외 열 쌍 정도가 즐겁게 저녁 식사를 하고 있다. 대화 도중에 웃음소리도 간간이 들려오고 분위기가 한창 무르익었다. 그런데 옆 테이블에서 익숙하지 않은 풍경이 펼쳐진다. 가정부 혹은 보모 같은 할머니, 아주머니, 아가씨들이 대여섯 살 정도로 보이는 아이들을 돌보고 있다. 잠시 후 식사를 끝낸 아이들이 식당을 돌아다니기 시작하는데, 부모들은 대화에 푹 빠져있다. 아이들을 거두어 먹인 보모나 가정부만 바쁘게 쫓아다니며 혹시라도 넘어질세라 노심초사다. 식사 도중 젊은 엄마 서너 명이 가끔 와서 아이가 잘 먹는지 챙기고 돌아갔을 뿐이다. 가정부나 보모는 모두 예외 없이 흰색 혹은 하늘색 제복을 입었다. 이와 유사한 풍경은 동네 커피숍에서도 쉽게 볼 수 있다.

장면 2: 장 보러 가는 마트 윙에서 종종 목격하는 일이다.

젊은 부인과 그보다 젊은 가정부가 함께 장을 보러 왔다. 젊은 부인은 입으로 지시만 한다. 채소며 과일이며, 소고기, 우유 등 카트가 가득 찰 정도로 장을 보는데 가정부가 모두 진열대에서 꺼내 카트에 담는다. 아장아장 엄마를 쫓아온 아이는 가정부의 손을 붙잡고 다닌다. 계산대에서 물건을 카트에서 꺼내는 것도 포장지에 넣는 것도 모두 가정부의 일이다. 젊은 부인은 지갑을 열어 계산만 한다. 역시 제복을 입고 있어서 가정부임을 알 수 있다.

장면 3: 살 집을 고르기 위해 여러 아파트를 보러 다닐 때 알게 된 사실이다.

아파트마다 주방 옆에 조그마한 방과 사람 한 명이 서서 샤워할 수 있는 좁은 공간의 다용도 욕실이 별도로 달려있다. 이곳은 가정부가 쓰는 침실과 욕실이란다. 처음에는 일하는 사람을 배려한 공간인 줄 알았다. 그런데 그게 아니었다. 같은 욕실을 쓰고 싶어 하지 않는 집주인의 마음을 반영한 설계라고 한다. 방은 겨우 한 명 들어가 누울 공간 정도이고, 창문이 없어서 햇빛이 들지 않는 구석방이다. 그 옆에는 대부분 또 하나의 문이 달렸다. 출퇴근하는 가정부는 반드시 그 문과 그쪽에 설치된 엘리베이터를 이용해야 한단다. 배려해서 만든 통로가 아니라는 게 문제다. 내가 머무는 집 구조도 예외는 아니다. 여기에서 백인 가정부는 본 적이 없다.

장면 4: 잡지를 뒤적이다가 발견한 사람의 이름이 너무 길다.

José Carlos Prado Fernandini Beltrán de Eopantoso y Ugarteche. 분명한 사람의 이름이다. 알아보니 이 나라 상류 계층 사람들 중에는 가계의 우

월성을 드러내려고 할아버지, 할머니 집안의 성까지 모두 표기하는 사람들이 있다고 한다. 이 이름에서는 Prado가 성이라고 하는데, 아직도 모르겠다. 어디가 할아버지고 할머니인지…….

몇 가지 장면만으로도 대충 사회 분위기가 느껴질 것이다. 물론 여기는 그렇게 사나 보다 하고 무심히 넘길 수도 있다. 그런데 시간이 지나면서 이런 모습을 반복해서 목격하다 보니 이건 아닌데 싶었다. 직접 보지는 못했지만 주위 경험담을 수집해보니 정말 문제 있는 사람들도 꽤 있다.

본인들은 모를 것이다. 그들 스스로도 그렇게 자라왔고, 그렇게 보아왔기 때문에 매우 익숙할 것이다. 어쩌면 남들이 자신을 어떻게 볼지 의식조차 못 할지도 모른다. 자신도 모르게 일상생활로 굳어진 생활방식들은 죄의식을 동반하지 않는다. 남들도 다 그렇게 할 경우는 더더욱 그렇다. 그러나 이를 바라보는 국외자의 시선은 무척 당황스럽다. 도저히 적응이 안 되는 경우도 있다. 커피숍에서 옆에 앉은 가정부가 냅킨 위에 과자를 받쳐 들고 있고, 안주인이 커피를 마시며 그 과자를 먹는 장면을 보았다는 경험담에 이르면 도저히 믿기지가 않는다.

스스로 메스티조라고 밝히는 스페인어 선생님과 대화하다 보면 그의 속마음이 튀어나오기 시작하는데, 그럴 때마다 마음이 매우 아프다. 대학 교육을 받아서 영어를 막힘없이 구사하고, 지적 수준이 상당하며, 책임감이 강해서 1분도 늦는 법이 없다. 어머니가 명문 산 마르코스 대학교를 졸업했고, 집안 형편이 어렵지 않다. 어느 모로 보나 중산층 이상인데, '피투코 피투카(pituco pituca)'에 대한 숨겨진 반감이 주머니 속의 송곳처럼 튀어나온다. 속물 백인 부자들을 지칭한다는 이 어휘를 내게 가르쳐주면서도,

자신의 자존심 때문인지 일반화하면 안 된다고 누누이 강조한다. 그들 중에도 좋은 사람이 많다면서…….

그러나 감추고 싶은 그 아픈 마음을 왜 모르겠는가. 이 화제가 나오면 말이 빨라지고 많아지며, 영어를 쓰기 시작한다. 혹시 내가 못 알아들을까 봐 무엇이든 스페인어로 또박또박 반복해서 설명하는 그가, 이 미움의 대상이 화제에 오르면 따라가기 힘들 정도로 빠른 영어를 쓴다. 스페인식 발음의 빠른 영어는 내게 큰 고통이다.

우리만의 세상, 그들만의 세상

그래서 피투코 피투카에 대해 취재해보았다. 우선 피투코에 대해 정의하거나 언급하는 각종 표현을 빈도순으로 정리했다. dinero(돈), plata(돈), caro(비싼), alta(높은), blanca(백인), rubia(금발), bonito(예쁜), superioridad(우월감), dominante(오만), exclusivo(배타), ostentoso(사치스러운), moda(패션), vestimenta(의류), vacia(속빈), carencia(공허)……. 박규성 통역에게 물어보니 한마디로 '밥맛'이라고 하면 적당하다고 해서 한참 웃었다.

찾아볼수록 이야깃거리가 많았다. 안티 피투코 사이트부터 시작해서, 갖가지 패러디와 농담, 말투 따라하기까지 다종다양한 현상이 목격되었다. 과연 이런 현상은 피부 빛깔과 빈부 격차에서 오는 사회적 약자들의 콤플렉스일 뿐일까? 물론 깊은 이면에는 부러움과 이질감도 있을 것이다. 그러나 주위의 이야기를 종합하면 꼭 콤플렉스와 질투만은 아니다.

그렇다면 진정한 원인은 무엇일까? 분노의 바탕에 깔린 공통분모를 찾는 것은 그다지 어렵지 않았다. 바로 백인들의 '배타성'이다. 그들 스스로

■ 페루의 인종은 다양한데, 소수의 백인이 상류층을 구성하고 있다.

자신들을 이 나라 절대 다수인 유색인종과 가난한 사람들로부터 격리시키고 있었다. 자기들끼리만 어울리며 남들이 가까이 오는 것조차 차단하는 모습을 여러 번 목격했다. 대학에서조차 백인 부자 모임이 만들어져서 자기들끼리 어울려 다니는 것은 당연한 문화가 되었다고 한다. 몰고 다니는 차도, 입고 있는 옷도 다르다. 교실에서도 그들끼리 자리를 맡아주고, 시험 때도 그들끼리만 공부한다고 하니 동급생들의 심정이 어떻겠는가.

리마 클럽이라는 곳이 있다고 한다. 이 나라 백인 부자 중에 행세를 하는 사람들이 모여 사교하는 곳인데, 그 건물 안의 식당에 가본 적이 있다. 그 자리에서 그 클럽의 신화와 같은 이야기를 들었다. 선정 기준이 무엇인지는 모르겠으나, 세계 10대 클럽 안에 들어갈 정도로 명성이 있다는 말과 함께 전직 대통령도 입회가 거절된 적이 있다는 일화를 들었다. 굳이 되묻지는 않았으나 아마도 페루 역사상 최초의 원주민 출신 대통령 알레한드로 톨레도 전(前) 대통령이 아닐까 싶다. 그가 누구인지는 중요하지 않다. 이런 식으로 배타성을 과시하는, 바로 그 점이 문제인 것이다.

소수 특권층 사이에서 벌어지는 이런 현상은 또 다른 각도에서 해석할 수 있으므로 그렇다 치더라도, 일상생활에서 자주 일어나 무의식을 지배하는 행동 양식은 정말 큰 문제다. 이런 배타적 상황에서 소외감과 박탈감을 느끼지 않을 사람이 어디 있겠으며, 이것이 결국 사회통합을 저해하고 피투코 풍자와 같은 형태로 표출되는 것이다.

안티 피투코 사이트에 들어가면 날선 공방을 벌이는 댓글 전쟁이 도를 넘어선 것을 쉽게 볼 수 있다. 피투코 입장에서 대체 우리가 사회에 해를 끼친 것이 무엇이냐는 항변도 보이는데, 이들은 아직도 자기 능력으로 누리는 것은 모두 자기의 권리와 자유라는 사고가 모든 갈등의 시작임을 모른다. 배타성에 자기중심적 사고까지 결합되어 '더불어 사는 사회'라는 개념 자체가 아예 없다.

최근 나온 글을 보니, 페루 파시피코 대학교 사회과학대 학장은 피투코에 대해 새로운 개념을 규정하는 시도를 했다. 경제가 지속적으로 성장하고 뉴미디어가 대중화된 지난 10년 사이 피투코가 모든 계층에서 생겨나기 시작했다고 한다. 입는 것과 먹는 것, 말하는 태도 등 일상생활의 온갖 면에서 남과의 차별화를 통해 존재감을 느끼는 사람들은 모두 이른바 피투코이며, 그 특질은 '우월성의 과시'라는 것. 그래서 요즘 젊은이들 사이에서 누군가를 피투코로 지칭하면, 그 사람은 무언가 남이 가지지 못한 것을 나는 가지고 있다고 과시하고 싶어하는 사람이라는 것이다. 피투코 개념의 일반화, 보편화라고나 할까.

피투코 문제에 관심을 가지는 이유는 이 문제가 피부색이 개입되어있지 않고 정도가 조금 다를 뿐 우리 사회가 안고 있는 문제와 매우 유사하기 때문이다. 우리 사회에서도 한때 '졸부근성'이라는 표현을 자주 사용했다. 산업화가 한창 진행되어 중산층이 급증하던 1980년대였다. 산업화와 경제개발 바람을 타고 갑자기 부자가 된 사람들이 자신을 과시하고 싶어 주변 사람들의 상대적 박탈감을 자극하는 행태가 극심했었다. 그러나 이러한 갈등요인을 완화할 수 있었던 배경은 누구에게나 열려있었던 '기회'였다. 그때는 나도 노력하면 저렇게 살 수 있다는 믿음이 사회 전반에 퍼져있어 오히려 이런 현상이 사회적 역동성으로 작용한 측면도 있다.

그런데 언제부터인지 비교적 넓게 열려있던 기회가 점차 줄어들면서 박탈감이 다시 커지고 있다. 공부와 시험 등 본인의 노력을 통한 신분 상승 기회가 거의 차단되었다고 생각하는 젊은이들의 좌절이 깊어졌다. 이것이 해결될 기미가 보이지 않으면 젊은이들은 무기력한 자포자기 단계로 들어갈 것이다. 젊은이들의 소극적 태도가 큰 사회문제인 일본처럼 우리 사회도 명실상부한 노령사회로 접어든다.

물리적으로도 초고령사회가 눈앞에 와있는데 심리적으로도 조로화된다면, 역동성과 활력을 되찾기란 불가능하다. 젊은이들에게 돌파구를 제시하는 것이 제일 중요하지만, 그보다 먼저 기득권자들이 자제심을 발휘하는 자세가 필요하다. 사람 사는 사회는 어디나 정도의 차이가 있을 뿐 상대적 박탈감이 존재한다. 이 박탈감이 발전의 건전한 에너지로 승화되느냐 소모적 갈등의 원인으로 작용하느냐는 상당 부분 가진 자의 마음 자세에 달렸다.

위 출퇴근 버스에서 찍은 리마 시내 벽화. 리마 시내를 지나다 보면 이런 인상적인 벽화가 자주 눈에 들어온다. 이 소녀의 분노에 찬 눈동자는 어디를 향해 있을까.

아래 바로 지금부터 노력해 풀지 않으면, 페루의 계층 간 갈등 문제는 엉켜있는 머리카락처럼 영원히 풀 수 없는 난제로 남을 것이다.

가진 자가 자신이 마음껏 누리며 사는 것은 '더불어 사는 세상' 덕분이라는 사실을 깨닫고 고마움을 느끼는 마음이 해결의 실마리일 것이다. 가진 것이 아무리 많아도 유일한 관심사가 일신상의 1차적 욕구 충족이나 내 가족의 안위에만 머무는 사람을 지성인이라고 할 수 없다. 가지지 못한 자의 아픔을 위로하기는커녕 그 열악하고 힘든 처지를 이용해 이기적 욕망을 추구하는 것은 부끄러운 짓이다. 이제는 상식처럼 되어버린 갑을 간의 역학관계를 반영하는 불미스런 사건들도 크게 보아 이 범주에 속한다.

이러한 자기중심적 사고는 현실적으로도 곧 부메랑이 되어 되돌아온다. 지식은 세습되지 않으며, 지위와 부는 대대손손 온전히 물려주기가 쉽지 않기 때문이다. 가지지 못한 자가 느끼는 마음의 상처를 내 가족의 상처처럼 함께 느끼고 아파한다면, 비로소 젊은이들에게 기성세대가 누렸던 기회를 만들어줄 수 있다. 또 그래야만 무기력증과 공격성이 사라진 공존의 사회, 진정한 선진사회에 성큼 다가설 수 있으리라.

청렴도를 향상시킨 여자 경찰

2014. 3. 9(일)

리마에 온 지 석 달이 되어가고 일이 손에 익기 시작하자 시내 풍경 중에 안 보이던 것이 눈에 들어오기 시작한다. 처음에는 충격적인 것부터 보였는데, 요즘에는 "어라, 저거 참 특색 있네." 하는 모습들이 있다. 그만큼 마음의 여유가 없었던 것이다. 브리핑받은 것을 잘 소화하여 쓸모 있는 자문을 해야 한다는 의무감이 내 모범생 기질과 합해져서 꽤나 스트레스였던 모양이다.

여하튼 1주일 전이던가, 퇴근길 버스에 앉아 무심히 창밖을 보는데 수신호로 교통정리를 하는 여경이 눈에 들어왔다. 그때 문득 리마에는 여자 교통경찰이 꽤 많다는 생각이 들었다. 교통정리도, 거리 단속도 모두 여경의 몫이다. 채용 시에 성비 균형을 맞췄다고 하기에는 많아도 엄청 많았다. 더구나 오토바이 경찰대가 무리지어 이동할 때도 예외 없이 여경이 섞여있었다. 생각이 여기에 미치자, 사연을 알아볼 가치가 있겠다 싶었다.

역시 알고 보니 아주 훌륭한 배경이 있었다. 결론적으로 청렴도를 향상하려는 목적이었다. 여기 교통경찰은 단속과 계도를 위해서가 아니라, 자신들의 점심 값과 용돈을 마련하려고 단속을 하는 경우가 많다는 것이다. 뉴스를 검색해보니, 2년 전까지도 정복 입은 경찰관이 돈을 요구하고 물건값 흥정하듯 운전자와 실랑이하는 내용이 고스란히 녹화되어 외신을 탄 적이 있었다.

교통 업무 전담을 여경으로 전환하는 작업은 1998년으로 거슬러 올라간다. 후지모리 대통령 시절 갑자기 리마 인구가 급증하면서 거리 질서가 심각한 상황이 되자 질서를 바로잡겠다고 도입한 제도인데, 벌써 17년이 된 것이다. 실제로 리마의 운전 질서는 매우 형편없다. 택시는 미리 가격을 흥정해서 정한 후 목적지를 향하므로 기사 입장에서는 빨리 가는 것이 최고다. 어떤 경우에는 택시 안의 손잡이를 꽉 붙잡고 앉아있어야 마음이 놓인다. 보행자 신호가 켜져있어도 밀고 들어가기 일쑤다. 버스의 경우도 결코 뒤지지 않는다. 승객은 거의 짐짝 취급이고, 내리는 사람이 없으면 아무리 손을 흔들어도 그냥 가버리는 경우가 허다하다. 기사의 보수가 성과급이라는 이야기를 들었는데 빨리 운행해야 수입이 느는 것인지, 알다가도 모르겠다. 아마도 노선이 겹치는 구간에서는 경쟁 회사 버스보다 조금 앞서가야 승객을 더 많이 태울 수 있어서 그럴 것이다.

어쨌든 리마 시내에서는 언제 어느 차선에서 다른 차가 앞으로 치고 들어올지 예측할 수 없다. 지금도 이런 상황이니 인구와 차가 모두 급증했다는 그 시절에는 신호위반을 비롯한 각종 범칙 행위가 극에 달했을 것이다.

여하튼 운전 질서를 바로잡는 것도 중요하지만, 페루 국민 전반에 퍼져

있는 부패구조, 죄의식조차 없는 공범문화를 없애보겠다고 새로운 시도를 한 듯하다. 페루의 역대 정권 중 가장 부패한 정부로 인식되는 후지모리 시절에 이 획기적 제도가 도입되었다는 점은 아이러니다.

그동안 엄청난 변화가 일어났다. 교통경찰을 전부 교체하는 작업이 이루어져서 2,500명의 교통경찰 중 93퍼센트가 여성인데, 이는 국립경찰의 11퍼센트가 여성임을 뜻한다. 2011년 통계이니 숫자가 더 늘었을 것이다.

그렇다면 과연 목표는 이루었을까? 목표 달성이 성공적이었음은 국민과 경찰청, 여경 모두 인정한다. 2004년의 여론조사에 따르면 86퍼센트의 국민이 부패 감소에 여경의 역할이 컸다고 긍정적으로 평가했고, 67퍼센트가 여성이 남성보다 덜 부패했다고 답했다. 운전자의 반응도 재미있다. 경찰의 횡포에 무력할 수밖에 없었던 택시 기사들은 "여경은 돈을 안 받는 대신 너무 엄격하다."라고 답해 현장 상황을 짐작하게 해준다.

여경들은 왜 그들이 채용되었는지를 잘 알고 있었는데, 남성 운전자들로부터 돈을 받는 것은 마치 매춘을 제안받는 것 같은 느낌이라는 답변에서 그 마음을 읽을 수 있다.

여러 조사를 통해 이 작업이 의미 있는 개혁이었음을 확인할 수 있었는데, 한편으로는 부작용도 있었다. 먼저 현장에서 힘없는 여경에게 가해지는 모욕적 언사와 폭행, 심지어 고의적 사고 등 각종 폭력적 상황에 여경들이 노출되곤 했다. 갑자기 수가 급증하는 여경들에게 승진과 전보에서 상대적인 불이익이 주어짐으로써 사기가 저하되는 점도 문제가 되었다. 이제 이런 부작용들이 어느 정도 극복된 상태이고, 주변 나라 멕시코와 볼리비아, 엘살바도르, 파나마, 에콰도르 등에서도 페루처럼 교통 업무를 전담하는 여경 수가 많이 늘었다고 하는 것으로 보아 후한 점수를 주어도 좋을 듯하다.

공적 부패 상황에 대한 국민 체감지수

교통 단속 외에 일반적인 공적 영역의 부패 상황에 대한 국민의 체감지수는 어떨까? 아직 갈 길이 멀다. 페루에는 이런 말이 있다. "모두 도둑이다!(Todos son rateros!)" 이러한 사회현상은 역사 발전 단계에서 건너뛰는 법이 없다. 그런가 하면 조금 더 가슴에 와 닿는, 예리하게 현실을 해부한 표현도 있다. "일만 된다면야 훔칠 수도 있다(Mientras se hagan obras se puede robar)." 하긴 뭐 일이 벌어져야 챙길 게 생기지 않겠는가? 나는 이래서 라틴아메리카의 문화가 좋다. 때론 핵심을 찌르는 경구나, 풍자와 해학이 사람을 숨넘어가게 한다.

이런 사고방식을 가진 나라이니 부패는 '필요악' 정도로 치부되고, 정치나 행정 영역에서는 '용서받을 수 있는 가벼운 죄'로 간주된다. 객관적 자료를 보고 싶어서 국제투명성기구의 2013년 국가별 부패인식지수(CPI) 순위를 보니 177개국 중 우리나라는 46위, 페루는 83위로 오십보백보다. 더구나 우리나라의 순위가 3년째 계속 하락 중임을 확인한 순간 갑자기 멍해졌다. 남의 나라 이야기를 하고 있을 상황이 아니라는 생각에 창피해진 것이다.

비록 국내 지자체 성적표지만, 한 번 일등 했다가 죽 밀렸다가 다시 일등하고는 또다시 다른 지자체에 밀린 서울시를 생각해보면 더 대단하다. 원래 1등 자리는 차지하기보다 유지하는 게 훨씬 어려운 법이거늘……. 하긴 생각해보니 상위권 나라들은 여성 총리, 여성 정치인이 많기는 많다.

덴마크의 총리도 여성이고, 뉴질랜드도 1997년부터 2008년까지 2명의 여성이 총리를 지냈다. 늘 최상위권인 핀란드는 여성이 두 번이나 대통령과 총리를 함께했다. 이제 인정할 수밖에 없을 것 같다. 청렴에 관한 한 남성이 열성 유전자를 가진 것이 분명하다. 남성은 욕심이 많고 유혹에 약한가 보다.

그래서 대한민국의 4년 뒤가 기대된다. 역대 최고 순위가 39위던데, 30위 안쪽으로 들어가보려나…….

일상의 풍경

2014. 3. 14(금)

오늘로 3개월이 지나가고 있다. 이젠 이곳에 많이 익숙해졌다. 출퇴근 때 보는 풍경은 매우 익숙해서 마치 오래 신은 구두처럼 편안하다. 버스에 올라탈 때 차비를 받는 차장도 나를 보면 반가워 씩 웃고, 차에서 내려 걷다 만나는 거리의 상인과 걸인들도 제법 친근하다. 시청 입구의 경비들도 '세뇨르 오(그곳에서 불리는 내 이름)'를 알아보고 반갑게 인사한다.

버스에 올라타서 음료수와 아이스바를 파는 아줌마, 아저씨들도 관할 구역이 있는지 이제 얼굴을 거의 외울 정도고, 버스에서 노래하고 구걸하는 어린아이들도 다 안다. 한 아이는 하루 종일 같은 노선만 이용하는지, 일주일에 한두 번은 꼭 마주친다. 그 아이를 보며 상념에 잠길 때가 있다. 부모는 도대체 어떤 사람이기에 학교 갈 나이의 아이에게 옷을 깨끗하게 입혀서 매일 저렇게 버스로 출근을 시키나 싶다. 처음에는 돈을 좀 주다가 이제는 줄 수가 없다. 그 길만이 꼭 그 아이를 위하는 게 아니라는 생각이 들기 시작했기 때문이다.

출퇴근 때 가장 기억에 남는 사람은 인쇄소 골목을 걷다 보면 매일 마주치는, 카리스마 넘치는 광인 아저씨다. 무슨 한이 그리도 많이 맺혔는지 허공을 향해 큰게 소리치며 누군가를 혼낸다. 아니면 무엇인가를 주장하는 것 같기도 하다. 그와 마주치는 장소가 시립극장 앞일 경우가 많은데, 그래서 그런지 꼭 배우가 연기하는 것 같다. 어쩌면 그 극장의 배우가 되고 싶었는데, 꿈을 이루지 못해 한이 맺혔을지도 모른다. 그는 덩치만큼이나 큰 파란 비닐 포대를 오른손에 들고 불편한 거동으로 아주 천천히 걸어 일정한 방향으로 움직인다. 그러다가는 한번씩 멈추어 서서 소리를 지른다. 그래서 어떨 때는 시지프스를 연상하곤 한다. 늘 화난 표정으로 소리를 치므로 아무도 적선을 하지 않는데, 무엇으로 연명하는지, 가족이 있어서 그를 챙기는 것인지 알 수가 없다. 처음에는 본능적으로 멀리 피해서 걸었는데, 이제는 볼 때마다 가슴이 아프다. 무언가 단단히 맺힌 게 있다. 다른 세상에라도 푹 빠져 풀고 있으니 다행이긴 하다.

버스에서 내려다보이는 가판대 아저씨, 아줌마들의 심드렁한 표정도 대충 다 기억해서, 그들만 봐도 차가 어디쯤 가고 있는지 가늠할 수 있다. 날씨가 더우니 밖에 나와 그늘에 앉아있을 때도 많은데, 물건을 사는 사람들이 별로 없다. 아마도 생계를 꾸려나가기가 버거운 모양이다.

시장의 채소 가게 아줌마도 알아보고 덤을 얹어준다. 일주일에 한 번씩 장을 보므로 이것저것 많이 사기 때문이다. 그런데 깍쟁이 딸한테 걸리면 한 푼도 안 깎아주고 덤도 없다. 좀 더 장사를 하다 보면 그게 장사에 도움이 되지 않는다는 사실을 깨달을 텐데……. 이렇게 일상이 흘러가고 있다.

혼자만의 파티

저녁을 혼자 먹었다. 아침에 먹다 남은 김치찌개에 실패한 계란말이를 곁들였는데, 오늘은 특별히 와인을 한잔했다. 퇴근 후 집 근처 마트에 들러 1만 원 정도하는 칠레산 포도주를 한 병 사 들고 왔다. 특별한 날, 꺾어지는 날 기념으로 한잔할 준비를 단단히 한 셈인데, 김 박사에게 미리 이야기를 안 했더니 또 퇴근이 늦어져서 그만 혼자만의 파티가 되고 말았다.

음악을 틀어놓고 오랜만에 기분을 냈다. 난 참 행복하다. 어머니 덕분이다. 어젯밤에 어머니와 통화했다. 늘 내가 먼저 전화를 드렸지, 어머니가 먼저 한 적이 없었는데, 인터넷 전화에 번호가 찍혀 있는게 아닌가. 무슨 급한 일이라도 생기셨나 해서 전화했는데 그런 건 아니었다.

"오늘 네가 떠난 지 3개월 되는 날이라……. 이제 딱 3개월 남았지?"

그러고는 돈을 붙이시겠단다. 떠난 지 3개월 되는 날을 손꼽아 기다리셨다가 문득 해줄 것이 떠오르신 모양이다. 결국 그 돈은 나와 동생이 매달 보내드리는 생활비일 텐데 아껴서 모아두셨다가 보내시겠다는 것이다. 안 그러셔도 된다며 설득하느라 한참 걸렸다. 생활비는 충분하다고 구구하게 설명해도 막무가내시다. 결국 돈을 좀 부치시겠단다.

져드렸다. 뭔가 도와주고 싶으신 마음을 알기 때문이다. 전화를 끊고 보니 역시 어머니 마음뿐이다. 날짜를 세고 계셨다니……. 이 나이가 되어서도 어머니에게 걱정을 끼치는 아들이 불효자구나 생각하니 울컥했다. 그래도 어머니가 계시니 행복하다.

초코파이부터 라면까지

2014. 3. 23.(일)

오늘 결심이 깨졌다. 라면을 끓여 먹은 것이다. 올 때 결심한 것이 몇 가지 있는데, 그중 하나가 여기서 라면만큼은 안 먹겠다는 것이었다. 혼자 객지 생활하며 귀찮다고 라면으로 식사를 대신하다 보면 건강에 좋을 일은 없다. 건강도 건강이지만 혼자서 라면 먹는 것이 괜스레 서글퍼서 피하고 싶었던 게 솔직한 심정이다. 그래서 이래저래 종종 즐기던 라면을 여기서만큼은 안 먹겠다고 다짐하고 지금까지 잘 참아왔다.

하지만 늘 방해꾼이 있었다. 라면광 김 박사.

아침에 눈을 뜨고 아침식사 준비하러 나가 보면 설거지통에 라면 냄비가 담겨있을 때가 자주 있다. 가끔은 라면을 끓이며 내게 묻기도 한다. 야근하고 늦게 들어와서 출출할 때다.

"형님! 라면 같이 끓일까요? 달걀도 하나 풀고요!"

그때마다 참기가 정말 힘들다. 참 고약하다. 그러나 내 대답은 한결같이 단호했었다.

"악마의 유혹 하지 말게. 3개월 참았어."

이럴 때 김 박사의 진심은 다른 데 있을 것이다. 끓여놓고 혹시 몇 젓가락 빼앗길까 봐 미리 확실하게 다짐을 받아두는 것 아니겠는가?

사실 오늘 김 박사가 출장을 갔다. 찬차마요에 병원을 짓는 사업을 위해, 국내에서 들어온 의료진과 3박 4일 일정으로 아침 일찍 떠났다. 하루 종일 혼자 지내자니, 일요일이 너무 길었다. 아침나절 가족과 통화하고는 오전에는 자료만 뒤적였다. 그러다가 무료해질 때쯤 동네 한바퀴를 돌았다. 뛰고 걷고 들어오면 40분 정도 걸리는 코스를 개발해두었다. 그리고 또 자료 정리.

오후에는 장도 보았다. 달걀 한 줄과 우유, 마늘 등 당장 필요한 몇 가지를 사 온 후 이른 저녁을 해 먹었다. 미역국을 새로 끓여서 꽤 맛있게 먹었는데, 너무 일찍 먹은 게 문제였다. 설거지까지 마치고 나니 6시 반이었다.

그러고는, 글 좀 쓰다가 10시가 지나니 출출해졌다. 집 안을 뒤지기 시작했다. 계속 앉아만 있다 보니 몸을 움직이고 싶기도 했다. 집안을 빙빙 돌다가 부엌 옆의 창고 방에서 라면을 찾았다.

외면했다.

그런데, 그 옆에 지난 설날 코이카 본부에서 보내온 구호물품 상자가 눈에 띄였다. 그 안에 초코파이가 보인다. 이거다 싶었다. 낮에 사 온 우유를 한 잔 데워서 초코파이 한 개와 먹으니 꿀맛 같았다. 그런데 2퍼센트 부족하다. 다시 갔다. 이번에는 몽쉘통통을 하나 들고 왔다. 이것도 별미다.

단 것을 두 개 먹고 나니 라면 생각이 간절해졌다. 처음엔 잘 참고 방으로 들어왔다. 그런데 그다음부터 영 집중이 안 되는 것이다.

'이미 3개월 지났는데, 이제 밤참으로는 먹어도 되는 것 아닌가?'

'사람이 어떻게 라면도 안 먹고 사나?'

점점 마음이 바뀌더니 결국 일어서고야 말았다.

'김 박사 없을 때 얼른 하나만 먹자! 음식 앞에 약한 모습 보이는 건 싫으니 비밀로 해야겠다.'

결국 밥까지 말아 먹었다. 완전 망했다. 우유에 초코파이에 몽쉘통통 그리고 라면에 달걀에 밥까지……. 내일 아침 얼굴은 쟁반만 하게 생겼다.

문학과 정치, 그리고 소명

2014. 3. 26(수)

우리나라에서 '페루' 하면 떠오르는 사람이 누구냐고 묻는다면 뭐라고 답할까? 아마 후지모리 전 대통령일 가능성이 높다. 그러면 그다음은? 아마도 마리오 바르가스 요사(Mario Vargas Llosa)라고 답하는 경우가 많을 것이다. 2010년 노벨 문학상 수상 작가인데, 우리에게는 당시 고은 선생이 후보로 올라갔다가 선정되지 못한 아픔 때문에 더 기억에 남는 이름일지 모른다.

이분을 요즈음 여기 언론에서 자주 본다. 그런데 문화면이 아니라 주로 1면이나 정치면에서 본다. 아침에 버스에서 내려 신문가판대에 진열된 신문들의 기사 제목을 보다가 관심이 가는 제목이 있으면 사 들고 시청으로 향하는 것이 습관처럼 되었는데, 월요일에는 『페루21(Perú 21)』의 제목이 눈에 들어왔다. "마리오 바르가스 요사. 나디네의 인기가 알란 가르시아를 열

받게 한다." 이미 두 번 대통령을 역임한 전직 대통령 알란 가르시아가 세 번째 대선을 준비 중인데, 현 대통령 영부인의 인기가 고공행진을 하자 신경 쓰여서 비판적인 여론을 조성 중이라는 주장이다.

홍미로웠다. 페루 대통령은 별명이 공처가일 정도로 집권당 대표이자 영부인인 나디네의 국정 개입은 공지의 사실이다. 그런데 노벨상을 받은 오피니언 리더가 대놓고 백기사를 자처하고 대통령 내외의 변호에 나선 것이 심상치 않았다. 자료를 찾아보니 재미있는 일이 한두 가지가 아니다. 기록해 둘 만한 사항도 몇 가지 발견했다.

먼저 여기 사람들의 바르가스 요사에 대한 일반적인 인식은, 작가로서 일가를 이룬 후 정치에 입문하여 대선에 출마하였으나 예상외로 무명의 후지모리에게 역전패한 충격에서 아직도 벗어나지 못하고 한풀이하는 원로 문인이다. '작가로는 존경하는데, 정치가로서는 글쎄' 정도로 정리하면 되겠다.

자유를 향한 거침없는 행보들

일반적으로 그의 정치 성향은 청년 작가 시절에는 좌파, 1970년대 중반 이후에는 우파로 분류되지만, 내가 보기에는 꼭 그렇지만은 않은 부분도 있다. 그는 지금도 자주 중남미의 과두기득권세력에 대해 직설적인 비판을 가한다. 상징적 일례로 그는 우파 계열 언론사들의 시장 점유율이 너무 높은 것을 비판하며 그 계열의 언론사에는 기고를 거절하고, 좌파 성향의 언론에만 글을 쓰고 있다. 쉽지 않은 일이다. 지난 대선에서도 좌파 후보인 우말라 대통령을 지지했었다. 물론 정적이었던 후지모리 전 대통령의 딸인 게이코 후지모리가 대통령이 되면 아버지인 후지모리를 사면할 가능성이

■ 2010년 노벨 문학상을 받은 뛰어난 문학가이면서 정치에도 적극적으로 참여하는 마리오 바르가스 요사.

컸기 때문인 것으로 보이지만.

게다가 그는 이혼, 낙태, 안락사, 동성결혼에 찬성한다고 분명히 밝힌다. 그런 면에서 그에게 가장 중요한 가치는 스스로 인정하는 것처럼 '자유'인 것으로 보인다. 그는 분명히 말한다.

"내가 수호하고자 하는 가치가 우파의 것인지, 좌파의 것인지는 관심 없다. 그런 이유에서가 아니라, 내가 그렇게 믿기 때문에 믿는 것이다. 대다수가 그것은 좌파의 가치라고 하는데, 그렇다면 나는 좌파다. 그게 무슨 문제인가?"

그의 삶을 불태운 문학적 소명감

정작 눈여겨보아야 할 것은 그의 문학관이다. "문학은 불이다(Literatura es fuego)." 삼십 대 초반인 1967년 베네수엘라에서 로물로 가예고스 상을 받으며 한 말인데, 부조리에 맞서 불꽃처럼 타오르는 문학도 연상되지만, 무엇인가를 위해 스스로를 불태우는 에너지 덩어리가 상상되기도 한다.

전문가들의 견해 중에는 그의 작품세계가 실천과 인식 사이, 참여와 순수예술 사이에서 절묘한 균형을 취하고 있다는 평도 있지만, 문외한이 보기에는 바르가스 요사만큼 작품을 통한 현실 참여를 자주했던 작가도 드물어 보인다.

눈길이 가는, 이른바 그의 '문학소명론'은 1997년에 발표한 『젊은 소설가에게 보내는 편지』에 잘 정리되어있다. 그는 문학은 소명이고, 그 소명의 원천은 반항이라고 정의한다.

"소명을 갖는다는 것은 작가에게 있어 최고의 보상입니다. 그것은 노력의 결과로 얻어내는 것보다 더 중요합니다. 현실을 벗어나는 삶들에 대해 이야기하면서, 작가는 실제의 세계 및 삶에 대한 비판적 거부를, 그리고 자신의 상상에 따라 그리고자 하는 욕망을 간접적으로 표출합니다. 겉으로는 비공격적이지만, 허구를 창조하는 행위는 자유를 실행하는 방법이자, 이 자유를 폐지하려는 세력들에 대항하는 한 가지 방법이었습니다."

그의 작품들이 현실참여적이고 사회비판적인 주제를 많이 다루고 있고, 이를 통해 제3세계 지식인의 책임을 다하려 했다는 평가와 맥이 닿는 부분이다. 노벨상위원회도 권력에 대한 신랄하고 예리한 비판, 부조리한 현실에 대한 개인의 처절한 저항이 담긴 작품들을 써왔던 점을 높이 평가했었다.

조금 더 나아가보면 그의 소명론에 대한 신념은 거의 종교에 가깝다.

"문학적 소명은 세련된 유희가 아니라, 절대적인 특권이며 자청해서 받아들인 예속인 바, 그 숙주를 노예로 만들어버립니다. 숙주로 삼은 육체에 기생하는 긴 촌충과 마찬가지로 문학적 소명은 작가의 삶을 먹고 삽니다.

다시 말해 이 아름답고 흡인력 강한 소명을 자기 것으로 삼는 사람은 살기 위해 쓰지 않고 쓰기 위해 삽니다."

그는 문학에 전념하기로 결심한 사람을 날씬한 몸매를 되찾고자 촌충을 삼키는 19세기 여인에 비유했다. 이런 여인들을 영웅적인 미의 순교자라고 정의하면서, 자신의 시간과 정력과 노력을 모두 문학적 소명에 바치겠다는 마음으로, 마치 종교에 입문하듯 문학에 들어가는 사람만이 진정한 작가가 될 수 있고 자신을 넘어서는 작품을 쓸 수 있다고 말한다. 엄청난 자부심이다.

하기야 이런 마음가짐이 아니고서야 누구든 자신의 영역에서 최고의 자리에 이를 수 있겠는가.

솔직하고 개성 강한 남미 문학의 거장

이제 다시 그의 문학 외적 행적을 보자. 사람들은 대부분 그의 사상적 편력을 이야기하지만, 나는 그의 인생에서 어떤 일관성을 보려고 노력했다. 다름 아닌 '반독재'와 '직설적 언행'이다. 그는 타고난 인품상 독재에 대해 알러지 반응을 보인다. 좌파에서 우파로 생각이 바뀌는 과정을 보아도 그렇다.

한때 그는 쿠바 혁명을 절대적으로 지지했다.

"앞으로 10년, 20년, 50년 뒤 라틴아메리카에는 지금 쿠바처럼 사회정의의 시대가 도래할 것이다. 그때야말로 라틴아메리카 모두가 그들을 수탈한 제국주의와 착취를 일삼은 사회계급, 그들을 억압한 세력에게서 자유를 찾을 것이다. 그때 비로소 라틴아메리카는 진정으로 인간의 존엄성과 현대적인 삶의 혜택을 누릴 것이며, 사회주의가 시대착오적인 삶과 공포에서 우리를 해방시킬 것이다."

참으로 확신에 찬 삼십 대의 젊은 혈기였다. 그러다가 '파디야 사건'이 터진다. 쿠바의 문학상 심사위원으로 수차례 쿠바를 방문하면서 혁명을 지지했으나, 1971년 카스트로가 쿠바의 반체제 저항 시인 파디야(Padilla)를 구속해 시집에서 반혁명을 암시하는 구절을 삭제하라고 강요하자, 이를 강하게 비판하며 사회주의와 결별했다. 이것이 좌파 진영에서 완전히 등을 돌리는 계기가 된다.

그는 이 일이 있기 전에도 1966년 구 소련 방문 시 언론 출판의 자유가 심하게 탄압받는 것에 큰 충격을 받았고, 쿠바의 강제 노동수용소(UMAP)에 반체제 예술가 및 동성애자가 수용되어있다는 사실을 안 다음부터 갈등이 시작되었다고 술회한다.

비교적 최근 사례를 하나 더 보자. 그에 관한 평을 보면 미국의 이라크 침공을 옹호했다는 비판을 발견할 수 있다. 하지만 당시 그의 글을 보면 초점은 사담과 그 아들들의 독재와 폭정에 맞춰져있었고 이라크인들의 독재 종식에 대한 기대감이 그에게는 더 중요했었던 것으로 보인다.

이것보다 더 개성 있는 특징은 지나친 솔직함이다. 사실 하고 싶은 말을 다 하면서 사는 사람이 몇이나 되겠는가? 그런데 위에서 본 것처럼 좌파일 때도 그랬지만, 우파가 되어서도 그의 언행은 거침이 없다.

로널드 레이건이나 마거릿 대처에 열광하고 피델 카스트로나 차베스를 공격하는 것까지는 이해가 가는데, 이탈리아의 실비오 베를루스코니에 대해서까지 '탁월한 정치 역량을 가진 인물'로 묘사하는 데 이르면 그의 솔직함이 무모하게 느껴진다. 사실 정치 역량만 탁월하지 도덕적인 면에서는 낯이 뜨거울 지경이라면 보통은 차라리 언급을 회피하기 마련 아닌가?

가브리엘 가르시아 마르케스와의 주먹질 사건만 해도 그렇다. 자기가 바람을 피울 때, 친구인 가르시아 마르케스 부부가 자기의 부인을 위로한답시고 이혼을 종용했던 것을 마음에 품고 있다가 멕시코 영화 시사회장에서 만난 마르케스에게 주먹을 날렸다는 일화다. 눈에 멍이 들고 코에 상처가 난 가르시아 마르케스의 사진을, 그의 친구 모야가 가르시아 마르케스 80회 생일을 맞아 30년 만에 공개했다는 것인데, 노벨상을 받은 남미 문학의 두 거장이 주먹질이라니..

어찌 보면 참 매력적인 품성이다. 우리같이 소금에 절인 배추처럼 살며, 하고 싶은 말이 있어도 참고 또 참고 사는 인생의 관점에서 보면 부러울 수밖에 없다.

재미있게도 그의 어록 중에서 이런 구절을 발견했다.

"It's easy to know what you want to say, but not to say it(당신이 말하고자 하는 게 무엇인지는 쉽게 알 수 있지만, 나는 그것을 말하지 않겠다)."

원전이 표기되어있지 않아서 어느 작품의 어떤 상황에서 쓰인 구절인지는 모르겠으나, 알기는 아는 모양이다. 인생의 진리를.

사실 처음에는 그가 노벨상 수상 작가이고 현실에 활발하게 참여하는 국제적으로 영향력 있는 인물이라 관심을 가지고 자료를 수집했다. 그런데 내게 있어 그의 인생이 주는 가장 소중한 가르침은 '소명론'이었다. 그가 정치인으로서 받는 평가는 그저 그렇지만, 작품에 대해서는 누구도 이의를 달지 못하는 이유를 보았기 때문이다.

그 구절구절이 마음을 파고든다. '소명 의식'은 엄청난 에너지다.

거리의 예술가들

2014. 3. 26(수)

오늘 출근길에 타크나 거리에 내려서 시청까지 10분 정도를 걷는데, 시립 극장 조금 못 미쳐서 길바닥에 그려진 여자 얼굴이 눈에 들어왔다. 눈동자가 사람의 혼을 빨아들이는 듯했다. 세상에 분필 몇 자루로 이렇게 정교하게 묘사하다니…….

어제 퇴근길에 분필을 들고 막 그리기 시작하는 것을 보고 참 재주 있구나 생각했었는데, 그 사람과 사진이라도 찍어둘걸 그랬다. 다시 만나면 꼭 인사하고 싶다.

아침에 출근해서 이메일을 열어보니 지인 한 분이 안부를 주셨다. 그런데 놀랍게도 레오 로하스(Leo Rojas)의 연주곡 「하늘(Celeste)」을 링크해 보내셨다.

놀란 이유는 내가 요즘 문득 외로움이 느껴질 때마다 듣곤 하는 연주곡

이 레오 로하스의 「엘 콘도르 파사(El condor pasa)」이기 때문이다. 애잔한 바람소리를 닮은 두 전통 목관악기 케나(quena)와 삼포냐(zampoña)는 듣는 이의 외로움과 공명하며 가슴을 후벼 판다. 인디오의 한과 정서를 듬뿍 담은 그의 연주에 매료되어 팬이 되었는데, 세상에 그걸 어떻게 알고 보냈을까. 이분의 예술에 대한 애정과 감수성을 익히 알고는 있었지만, 어찌 그리 내 마음까지도…….

그러고 보니 레오 로하스도 거리의 예술가 출신이다. 에쿠아도르 출신의 그가 스페인을 거쳐 독일로 이주했는데, 거리에서 연주하는 모습을 보고 지나가던 사람이 TV 캐스팅 쇼의 존재를 알려주었다고 한다. 그 경연대회에서 우승한 것이 2011년이니 비교적 최근의 일이다.

유명 예술가와 거리의 예술가는 그야말로 종이 한 장 차이일 수 있다. 거리의 분필 예술가를 돌아가기 전까지 다시 만날 수 있다면, 초상화라도 한 장 부탁하고 싶다.

사회적 약자에 대한 배려

2014. 4. 2(수)

페루 인구의 인디오 원주민 비율은 45퍼센트, 원주민과 백인 사이의 혼혈인 메스티조의 비율은 37퍼센트, 백인은 15퍼센트로 알려져있다. 어떤 자료를 보아도 이 수치는 공통적이어서 의심 없이 인용된다.

그런데 이상하다. 정작 페루 사람 본인들에게 물어보면 이야기가 달라진다. 페루 문화부 홈페이지에 인용된 미국 국제개발처(USAID) 보고서에 따르면 페루 사람의 78.9퍼센트가 스스로를 메스티조라고 답하고 있고, 인디오라고 답하는 사람은 3.3퍼센트에 불과하다. 백인은 12.8퍼센트로 알려진 바와 거의 일치한다.

이런 현상은 무엇을 의미할까? 세월이 흐르면서 더 많은 혼혈이 이루어진 결과일까? 그렇지는 않을 것이다. 인디오 스스로 원주민 순수 혈통임을 인정하고 싶어 하지 않는 듯하다. 이런 심리는 다음 조사 결과를 보면 더욱 명확해진다.

"페루 사회에서는 어떤 사람들이 자신의 권리를 더 잘 행사한다고 생각하는가?"라는 질문에 대한 답을 보자. 1위인 부자부터 백인, 남성, 여성, 메스티조, 흑인 계통, 장애인, 동성애자, 가난한 사람, 원주민 순이다. 원주민이 제일 마지막이다. 충격적이다. 자타 공히, 이 나라 제일 다수를 차지하는 원주민이 가장 홀대받는다고 생각한다.

열악한 환경에서 사는 원주민

여기에는 그럴 만한 이유가 있다. 그들은 가난하다. 그리고 모든 것이 열악한 환경에서 산다. 빈곤 지도를 보면 높은 지역에 원주민 인구가 집중되어 있다. 이들은 평균적으로 교육 수준이 낮고, 경제적으로 생산성이 낮은 업종에 종사한다. 교육과 보건의료서비스 등에서도 사회적 차별을 받고 있다. 케추아어 등 토착언어를 쓴다고 답하는 비율이 14.3퍼센트인데, 이들은 현실적으로 양질의 교육에서 소외될 수밖에 없다.

이들은 외로운가? 그렇지는 않다. 20세기 라틴아메리카에서 가장 영향력 있는 사회주의자로 불리는 언론인이자 작가, 정치철학가인 마리아테기(José Carlos Mariátegui). 그는 1923년 유럽에서 돌아온 후 페루 사회에 마르크스주의를 적용하기 시작했는데, 『페루의 현실에 관한 7가지 해석적 시론』을 발표하며 라틴아메리카 특유의 지역 조건과 역사를 기반으로 하는 사회주의 혁명을 주장했다. 인디오 원주민 사회의 오랜 전통인 공동체주의 즉, 생산 수단인 토지를 마을공동체(아이유: Ayllu)가 공유하고 모든 사회경제 활동을 이 생활공동체 단위로 해온 전통 양식에 따라, 페루 사회는 사회주의로 돌아가야 한다는 논리를 폈다.

이 사람 외에도 "안데스에서 인디오들이 해안으로 내려올 것이다. 정복으로부터 시작된 희생자와 살인자의 역사를 되돌리기 위하여 내려올 것이다."라고 예언했던 마뉴엘 곤잘레스 프라다(Manuel Gonzales Prada), 인디오 문제를 인종적 우열의 문제로 해석해 순혈의 인디오가 우월하다고 보았던 발카르셀(Valcarcel), 사회주의 정당 APRA를 결성하는 등 정치운동으로 인디오 문제를 풀려고 시도했던 아야 데라 토레(Haya de la Torre), 인디오가 학대받는 현실을 고발하는 작품을 썼던 인류학자이자 소설가 호세 마리아 아르게다스(Jose Maria Arguedas) 등으로 이어지는 지식인들이 있었다.

이렇게 인디오에 초점을 맞추어 인디오에 대한 사회적 관심을 제고하고 그들의 권익 신장을 위해 노력했던 사상적 경향을 '인디오주의' 즉, 인디헤니스모(Indigenismo)라고 한다.

우말라 대통령은 좌파이기도 하지만, 원주민 출신이다. 그는 법률가였던 아버지로부터 어렸을 때부터 잉카의 후예로서의 자부심을 교육받고 자랐다. 우리로 치면 밥상머리 교육을 통해 마리아테기와 페루의 대표적 인디헤니스모 시인 세사르 바예호(Cesar Vallejo)의 정신세계에 대해 토론하며 큰 것이다. 나이가 들면서는 군에 들어가라는 아버지 권유에 따라 인생의 진로를 설정했다는데, 그의 아버지는 매우 솔직한 사람이다.

그는 몇 년 전 "60명의 무장한 군인이면 대통령궁을 접수할 수 있다고 생각했다."라고 고백했다. 그 덕분에 아들 하나는 쿠데타를 일으켰다가 감옥에 있고, 또 다른 아들은 쿠데타 경력을 바탕으로 정치에 입문, 현재 대통령궁에 있다. 어쨌든 구리빛 피부를 가진 대통령의 존재는 인디오들에게 큰 심적 위안이 될 것이다.

원주민을 배려하는 마음이 페루의 밝은 미래를 만든다

그러면, 현재 페루 정부는 원주민들을 배려하기 위한 어떤 사회경제적 통합정책을 펼치고 있는가?

페루에는 다른 나라에 없는 사회통합개발부(MIDIS)라는 부처가 있다. 우말라 대통령 취임 직후인 2011년 10월 출범했는데, 사회적 약자들의 삶의 질 향상과 권익 신장을 목표로 각종 정책을 수립, 실행함으로써 사회통합을 이루겠다는 것이다. 여기서는 아래와 같은 몇 가지 대표적인 사업을 시행한다.

첫째, 학생영양지원 프로그램인 칼리 워르마(Qali Warma)가 있다. 이는 케추아어로 '건강한 아이'라는 뜻인데, 3세 이상부터 다니는 공립유치원 및 초등학교 어린이들에게 양질의 식사를 제공하는 제도이다. 가난한 정도에 따라, 극빈 지역에 위치한 학교에는 아침과 점심 두 끼를 제공하고, 가난한 지역에는 아침 한 끼만 제공한다. 현재 수혜자 수는 270만 명이고 2016년까지 약 380만 명으로 확대할 예정이다.

둘째, 2005년부터 시행되고 있는 빈곤층 조건부 현금지원 프로그램 훈토스(Juntos)가 있다. 보건과 교육 두 가지 면에서 조건을 충족시키면 현금을 지원하는 프로그램으로, 브라질의 볼사 파밀리아의 페루 판이다. 아이의 성장 과정에 필요한 건강검진을 정기적으로 받고 학교 결석 일수가 일정 수준 이하이면 두 달에 200솔(8만 원)이 지급된다. 현재 수혜자 수는 약 155만 명이다.

셋째, 노인 연금 프로그램 펜시온65(Pensión65)가 있다. 극한의 빈곤 속에서 살아가는 65세 이상의 노인들에게 정기적으로 연금을 지급하여 기초적인 사회생활을 영위하도록 하는 제도로, 펜시온65 이외의 다른 연금을 받지 않아야 수령이 가능하다. 매달 1인당 125솔, 한 가구에 수혜 조건을 충족하는 노인이 2명 이상일 경우에도 250솔을 지급한다.

넷째, 국가 보육 프로그램 쿠나 마스(Cuna Más)가 있다. 빈곤층 영아들의 능력을 개발해 사회적 격차를 줄이는 것을 목표로 하며, 주간보육 서비스와 가정방문 서비스를 제공한다.

다섯째, 1991년부터 시행되고 있는 사회개발 협력기금(FONCODES)이다.

이뿐 아니라 빈곤 인구들이 지역 사회 안에서 스스로 소득을 창출할 수 있도록 경제적 자립을 지원하여 극빈층 탈출을 돕고자 하는 기금도 여럿 있다. 정부의 이러한 노력 덕분인지 페루의 빈곤층 비율은 계속 떨어진다. 2007년의 42.4퍼센트가 2011년에는 27.8퍼센트로 감소했고, 현 정부 들어 2012년 말에는 25.8퍼센트에 도달했다.

나는 페루의 미래를 밝게 본다. 이런 사회적 약자 배려정책이나 빈곤율 감소 추세 때문만은 아니다. 이 나라 사람들에게 '원주민이 가난한 이유'를 물어보면 절반 가까이가 교육 수준이 낮은 데서 원인을 찾는다. 교육의 중요성을 인정함과 동시에 원인을 외부 요인이 아닌 개인의 노력 부족에서 찾는 것은 매우 고무적이다.

현실적으로 대학 교육을 받지 않는 이유에 대해 젊은 층(15~29세)에게 물어보니 38퍼센트가 '경제 형편 때문에', 25퍼센트가 '일을 해야 하기 때문에'라고 답한 사실도 시사하는 바가 크다.

실제로 지금까지 지켜본 여기 사람들은 매우 부지런하고 열심히 산다. 문화적 차이로 인해 우리 입장에서는 약속을 가볍게 생각하고 인생을 즐기는 데 비중을 둔다는 느낌도 받지만, 교육에 관한 관심과 노력도 예상했던 것 이상이다. 거기에 더해서 이 나라 지식인들과 이야기 나누다 보면 사회

통합의 중요성을 잘 알고 있다는 느낌도 받는다. 다행이다.

내가 보기에 경제 발전을 위해서도 사회통합을 위해서도 당면 최우선 과제는 '양질의 교육을 받을 기회의 실질적 평등'인데, 정부 차원에서 이 부문에 대한 획기적인 투자를 하지 않는다는 점이 아쉽다. 외부인의 눈에는 잘 보이는데, 내부에서는 보이지 않는 것일까? 아니면 내가 견문이 적어 이들의 노력을 모르는 것일까?

지구상의 자원 중 가장 귀하고 가치 있는 것이 '인적자원'이다. 이를 감안해서 아직 잠자고 있는 인적자원의 비율이 절반에 육박하는 페루의 잠재력은 무한하다고 하면 지나칠까?

민초의 벗, 국민 예술가들

2014. 4. 3(목)

페루에는 메스티조 혹은 인디오 출신의 두 국민 영웅이 있다. 한 사람은 시인이다. 그의 시와 소설은 초등학교, 중고등학교 교과서에 실렸다. 이 나라 국민 중에 이 시인의 이름을 모르는 사람은 없다. 다른 한 사람은 가수다. 주류사회나 중산층 이상에서는 인정하지 않는다. 이들에게는 철저히 외면당했지만, 그가 사망하자 수천 명의 저소득층 인디오들이 장례식장을 가득 메웠다. 중장년 이상 민초들 사이에서 그는 지금도 신화다.

이 나라 기층 민중의 삶과 애환을 온몸으로 이해하고 그들과 함께했던 두 거장의 발자취를 따라가보면 이 사회가 보인다.

리마 현대사가 보이는 차카론의 노래들

먼저 국민 가수 차카론(Chacalón)이다. 한때 페루 서민 애창곡 1위였다는

■ 페루의 국민 가수 차카론

「나는 시골뜨기 소년(Soy muchacho provinciano)」 가사를 보자.

"나는 시골뜨기 소년. 아침 일찍 일어나 형제들 모두. 아이 아이 아이. 일하러 나가지. 내가 어렸을 때 인생은 가혹했어. 아무것도 없이 발버둥쳤지. 가족도, 집도 없었어. 집이 없어 슬펐지. 아이 아이 아이. 어머니도 아버지도 안 계셨지. 날 향해 짖을 개 한 마리조차 없었어. 내가 가진 건 희망뿐. 아이 아이 아이. 나는 이 도시에서 새 인생을 찾았어. 신의 가호로 난 성공할 거야. 그리고 너와 함께 행복할 거야. 행복할 거야. 오오오."

차카론은 1950년 리마의 뒷골목에서 태어났다. 가수가 되기 위해 길거리에서 노래와 춤을 추기 전까지 그는 도둑질을 일삼는 비행소년이었다. 1970년대 초 리마는 안데스 고원에서 무작정 상경하는 빈곤층으로 넘쳐났다. 원주민들은 도시에서 가난과 싸워야 했고, 이 투박하고 직설적인 노랫말과 리듬이 고단한 시대 상황과 맞아떨어져서 이른바 치차음악(Chicha: Perubian Cumbia라고도 한다.)이 대유행하게 된다. 값싼 전자음향기기의 반주에 인디오 토속 리듬과 콜롬비아 대중음악의 리듬을 섞어 만든 이 춤

곡은 선풍적인 인기를 끌며 리마로 입성했고, 요즘 말로 대박이 났다.

차카론 외에도 붉은 악마(Diablos Rojos), 섬광(Los Destellos) 등 수많은 스타 치차그룹이 탄생했고, 이런 흐름은 1980년대까지 이어지다가 사라졌다. 세대가 바뀌면서 유행이 사랑 타령으로 바뀐 것이다.

당시 치차그룹들이 즐겨 입던 의상은 엘비스 프레슬리를 연상케한다. 긴 머리, 허벅지가 꽉 끼는 나팔바지, 원색의 현란한 분위기 등……. 비록 중산층 이상으로부터 부끄러운 문화 취급을 받으며 철저히 주변부에 머물렀지만, 리마 현대사에 분명한 흔적을 남겼고, 가혹한 삶을 이어갔던 초창기 상경민들에게 마음의 위안을 준 진정한 대중음악이었다.

페루의 국민 정신, 세사르 바예호

세사르 바예호는 페루의 국민 '정신'이다. 그의 시를 읽어보면 '고난과 고통의 시인'이라는 느낌이 든다. 그의 시에서는 끊임없이 배고픔과 가난, 죽음, 그리고 자책을 발견할 수 있다. 「검은 전령(Los Heraldos Negros)」이라는 시를 보자.

> 살다 보면 겪는 고통, 너무도 힘들……. 모르겠어. / 신의 증오가 빚은 듯한 고통, 그 앞에서는
>
> 지금까지의 모든 괴로움이 / 썰물처럼 몰려가 영혼에 고이는 듯…… 모르겠어 / 얼마 안 되지만 고통은 고통이지. 굳은 얼굴에도 / 단단한 등에도 깊디 깊은 골을 파고 마는……. / 어쩌면 이것은 날뛰는 야만의 망아지, 아니면 / 죽음의 신이 우리에게 보내는 검은 전령과도 같은 것
>
> 영혼의 구세주가 거꾸러지며 넘어지는 것 / 운명의 신이 저주하는 어떤 믿음

■
치차 문화를 선도한 샤피스 그룹.

이 넘어지는 것 / 이 처절한 고통은 그리도 기다리던 빵이 / 오븐 앞에서 타버릴 때 내는 소리 / 그러면 불쌍한……. 가엾은 사람은 / 누가 어깨라도 치는 양 천천히 눈을 돌려 / 망연히 바라봐. 지금까지의 전 인생은 / 회한의 웅덩이가 되어 그의 눈에 고이고 / 살다 보면 겪는 고통, 너무도 힘들……. 모르겠어

–『희망에 대해 말씀드리지요』(1998)

자신은 신이 아픈 날, 그것도 아주 많이 아픈 날 태어났다고 읊조리는 시인 바예호. 「일용할 양식」 중에는 이런 구절도 있다.

"내 몸의 뼈 주인은 내가 아니다. 어쩌면 훔친 건지도 모른다. 아니면 다른 이에게 할당된 것을 빼앗은 건지도 모른다. 내가 태어나지 않았더라면 나 대신 다른 가난한 이가 이 커피를 마시련만 나는 못된 도둑……. 어디로 가야 한단 말인가."

참으로 대단한 자학이요 자책이다. 세상에는 정작 남의 것을 빼앗고도 천연덕스러운 자들이 얼마나 많은데……. 그의 시를 읽다 보면 억압받는 자들 절망 속에서 몸부림치는 어떤 저항정신과 위엄이 느껴진다.

파리로 거처를 옮긴 뒤에도 바예호는 가난과 핍박 속에서 살다 죽어갔는데, 비록 세 권의 시집밖에 못 남겼지만 토마스 머튼은 그를 "단테 이후 가장 위대한 시인."이라고 칭했다.

바예호는 소설과 희곡도 썼는데, 저항할 수 없는 억압과 착취에 대한 약자의 무력감을 그린 소설 「텅스텐(Tungsteno)」, 「파코 융케(Paco Yunque)」는 위 시들과 함께 페루 교과서에 실려있다. 텅스텐은 제국주의 광산 자본과 원주민 사회, 파코 융케는 심술궂은 권력자의 아들과 하인 집안 아들의 이야기이니 분위기를 짐작할 수 있다.

제국주의가 맹위를 떨치던 그 시대, 우리에게 시인 윤동주가 있었다면, 이 나라에는 바예호가 있었다. 페루인들은 길가다 넘어져서 무릎이 깨져도, 시험에 떨어져도 "살다 보면 겪는 고통, 너무도 힘들어, 모르겠어."를 장난스럽게 외친단다. 이것은 바예호의 대표적인 시 「검은 전령」의 맨 앞과 뒤 구절이다. 마치 우리 아이들이 개그맨 유행어를 시도 때도 없이 따라하듯…….

어제 버스 안에서 길가에 붙은 세사르 바예호와 관련된 행사 포스터를 발견했다. 가보고 싶지만 듣기가 영 안 되어서……. 아쉽다.

한 사람은 민초로 태어나 그들의 아픔을 노래하여 스타가 되고 부귀영화를 누렸지만, 출세 후에도 과거를 잊지 않고 대중과 호흡하여 그들의 사랑과 존경을 받으며 신화로 남았다. 또 한 사람은 가난하고 핍박받는 자들과의 강한 유대감으로 그 마음을 노래했으나, 그 절망 속에서 끝까지 가난을 극복하지 못하고 이국 땅에서 스러져가 더욱 이 나라 민초의 가슴에 깊이 남는 국민 시인이 되었다.

두 사람을 같은 수준에서 다룬 사실을 이 나라 지식인들이 알면, 무식하다는 비아냥과 함께 강제 출국 당할지도 모른다. 그런데, 두 사람 예술세계를 비슷한 시기에 접하고 그들의 음악과 시를 섭렵해보니, 둘을 함께 쓰지 않을 수 없었다. 한 명은 배운 사람, 다른 한 명은 못 배운 사람이라는 차이만 있을 뿐, 이들로부터 위로받고 싶었던 그 사람들이 느꼈을 고통과 처절함이 그들의 시어를 통해 투박하게 혹은 지적 긴장으로 가슴과 머리를 파고든다.

희망에 대해 말씀드리지요

2014. 4. 5(토)

수요일 밤부터 아팠다. 몸살인지 밤새도록 열이 나더니 다음 날부터는 설사까지 한다. 여기 설사는 이상하게 몸살과 함께 온다. 몸살기는 줄었지만, 설사는 계속이다. 그래도 약을 먹었더니 배앓이는 많이 좋아졌다.

그날 점심을 함께 먹은 양하영 인턴도 같은 증상인 것으로 보아 범인은 현지 식당의 위생 상태 같다. 평균 한 달에 한 번 꼴로 이렇게 당하고 보니 점점 현지 식당이 무서워진다.

이 몸을 하고 어제는 카스트로와 산타 아니타의 새 도매시장에 다녀왔다. 시내에 위치한 열악하기 짝이 없던 라 파라다 시장을 힘들게 옮겨온 비야란 시장의 역작이므로 가보는 것은 맞는데, 하필 이런 때라니!

원래 일주일 전에 예정되었던 약속을 카스트로가 연기하자고 해서 다시 잡힌 일정이라 또 미루기가 싫었다. 고집을 피워 다녀오긴 했지만 후회를

■ 카스트로와 방문한 산타 아니타의 새 도매시장. 열악하던 시내의 라 파라나 시장을 힘들게 옮겨 온 비야란 시장의 역작이다.

많이 했다. 뜨거운 가을 햇살 아래 여기저기 걸어다니자니 마치 시체가 걸어다니면 이런 기분이 아닐까 싶었다. 내색하지 않으려고 애썼지만 보기에 안쓰러웠는지, 카스트로가 집까지 자신의 차로 데려다주었다. 중간에 화장실로 급히 뛰어갈 일이 안 생긴 것만으로도 감사했다.

몸과 마음이 힘든 상태인데, 바예호의 고통으로 가득 찬 신음소리와 같은 시를 하루 종일 읽고 있자니 위안은 된다. 특히 다음 두 편의 시가 마음에 와 닿는다.

「희망에 대해 말씀드리지요」

나는 오늘 이 고통을 세사르 바예호로 겪는 것이 아닙니다. 예술가로도, 인간으로도, 살아있는 존재로도 겪는 것이 아닙니다. 가톨릭 신자, 이슬람 교도, 무신론자로도 겪는 것이 아닙니다. 단지 고통스러워할 뿐입니다. 내가 세사르 바예호가 아니었다 해도 이 고통을 겪었을 것입니다.

예술가가 아니었다 해도 겪었을 것이며, 인간이 아니었다 해도, 살아있는 존재가 아니었다 해도 이 고통을 겪었을 것입니다. 가톨릭 신자, 이슬람교도, 무신론자가 아니었다 해도 겪었을 것입니다. 오늘은 내 마음속 깊은 곳으로부터 괴로워하고 있습니다. 오늘은 단지 고통을 겪을 뿐입니다.

지금 나는 이유 없이 아픕니다. 내 아픔은 너무나 깊은 것이어서 원인도 없지만 그렇다고 완전히 원인이 없는 것도 아닙니다. 그 원인이 무엇일까요? 그 원인이 되다 원인이 되기를 그만둔 그 중요한 것은 어디로 가버렸을까요? 아무것도 그 원인이 아닙니다만 어느 것도 원인이 아닌 것 또한 없습니다. 왜 이 아픔은 저절로 생겨난 걸까요. (중략)

배고픈 사람의 고통을 바라봅니다. 그리고 그의 배고픔이 나의 고통과는 먼

것임을 봅니다. 내가 죽는 순간까지 굶게 된다면, 적어도 내 무덤에서는 억새풀이라도 하나 자라겠지요. 사랑도 마찬가지입니다. 샘도 없고 닳지도 않는 내 피에 비하면 그대의 피는 얼마나 풍요로운지 모릅니다. (중략)
어쨌든 오늘 나는 괴롭습니다. 오늘은 그저 괴로울 뿐입니다.

「뭐가 내 속에 들어왔길래」
뭐가 내 속에 들어왔길래, 나는 시구로 스스로를 매질하고 시대에 총총히 쫓기고 있다고 생각하는가?
뭐가 내 속에 들어왔길래, 나는 내 어깨에 망토 대신 달걀을 올려놓고 있는가?
뭐가 내 속에 들어왔길래, 나는 살아있는가? 뭐가 내 속에 들어왔길래, 나는 죽어가는가?
뭐가 내 속에 들어왔길래, 나는 눈이 있는가? 뭐가 내 속에 들어왔길래, 나는 영혼을 갖고 있는가? (중략)
뭐가 내 속에 들어왔길래, 나는 내 눈물을 헤고 있으며 땅을 흐느껴 울고 또 지평선을 목매는가?
뭐가 내 속에 들어왔길래, 나는 울지 못하는 것 때문에 울고 내가 별로 웃지 못했음에 웃는가?
뭐가 내 속에 들어왔길래, 나는 사는 것도 아니고 죽어가는 것도 아닌가?

리마 시 주거 환경 해결을 위해

2014. 4. 25(금)

지난 며칠간은 고국에서 전해져오는 너무나도 가슴 아픈 소식들로 일이 손에 잡히지 않았다. 그 와중에 여러 전문가들의 도움을 받아가며 세미나 준비를 하려니 쉽지 않았지만, 그럼에도 불구하고 최선을 다했다. 시청 대회의실에서 3시간에 걸쳐 진행된 주택공급 및 주거개선 정책 세미나는 예정대로 잘 진행되었다.

비야란 시장의 개회사에 이어 나, 임서환 선생, 임성은 교수 순으로 발표한 뒤, 질문 답변 시간도 가졌다.

토지구획정리사업 정도로 공급되던 택지가 1980년대 말부터 택지개발제도로 바뀌면서 지금까지 서울에서만 약 40개 정도의 택지가 개발됐다. 이 사례를 토대로 택지개발제도가 왜 필요한지를 설명했다. 나의 이런 총론적 브리핑에 이어 임서환 선생이 보다 자세한 정책적 배경을 정리해주셨고, 이어서 임성은 교수는 친환경, 에너지 절약형의 주택 공급 정책에 대해 설명하셨다.

호세 미겔 카스트로 본부장을 비롯한 주택국 공무원들과 관련 업계 종사자들, 그리고 교수, 학생 등 30여 명은 이러한 설명을 경청했고, 특히 카스트로 본부장은 매우 유익한 발표를 듣고 도움이 많이 되었다며 발표 자료를 모두 전달받고 싶다고 했다.

질문 시간에는 이러한 우리의 값진 경험이 과연 페루의 시장 상황에 적절히 접목될 수 있을지에 대한 의문이 계속 이어졌고, 나는 충분히 가능하다고 보는 이유를 자세하게 설명했다.

사실 페루의 경제성장이 10여 년 이어지면서 부동산 가격이 꾸준히 상승 중인데, 이런 경제 상황은 우리의 경험에 비추어 택지공급과 재개발, 재건축에는 매우 적절한 시장 상황을 조성해준다. 더구나, 우리가 택지를 본격적으로 공급하고 재개발, 재건축을 통한 주거 환경개선에 나선 시점인 1980년대 말의 국민소득 수준이 마침 페루의 현 시점과 매우 유사하다는 근거를 제시하며, 지금이 토지 및 주택 개발에 적기라는 점을 강조했다. 하지만 이곳 공무원들의 표정을 보니 아직도 이런 정책적 접근을 통해 페루의 열악한 주택 사정을 개선할 수 있을지 반신반의하는 분위기였다.

그래서 공무원들의 적극적 자세가 주택정책의 성공에 가장 중요한 조건이라고 못 박았다. 사실 그렇다. 각종 이권과 이해관계가 충돌하는 주택정책 현장에서는 이 모든 이해관계를 조정하는 역할이 가장 중요하고, 특히 제도 도입 초기에 새로운 시도를 성공시키려는 공무원들의 열정적 자세는 그 무엇보다도 중요하다.

이제 오늘의 세미나를 끝으로 내가 리마 시에 전해주려고 계획했던 가장

- 프리젠테이션 자료의 도입부. 서울의 1960~1970년대와 현재 리마의 심각한 주택난 상황을 비교했다.

■ 주택정책 세미나 현장. 비야란 시장의 개회사에 이어 나와 임서환 교수, 임성은 교수 순으로 발표했다.

중요한 주제에 대한 전달이 마무리된 셈이다. 참으로 홀가분하다. 거리를 지나며 산 중턱까지 차오른 낡은 불량 주택들을 볼 때마다 느끼던 답답함을 오늘에야 조금 덜었다. 방법이 없는 것은 아니라는 메시지가 분명히 전달되었으니, 이제 해법 마련은 이들의 몫이다. 밥상을 차려줄 수는 있으나, 떠먹여줄 수는 없는 법이다.

카스트로의 자세로 보아 기대가 된다. 특히 올 연말에 있다는 차기 시장 선거에서 어떤 후보라도 이 정책을 바탕으로 공약을 세운다면 개발에 급물살을 탈 가능성도 있다. 기대감을 가지고 지켜볼 일이다.

페루에서의 임무를 다하다

2014. 4. 26(토)

세사르 바예호 대학원 주최 국제 컨퍼런스에서 서울시의 창의시정에 대해 발제를 했다.

열흘 전쯤 리마 시를 통해 섭외가 들어왔을 때 대학생을 상대로 하는 강연 정도로 생각하고 쉽게 승낙했는데, 나중에 알고 보니 라틴아메리카 각국의 전문가와 교수, 관료와 정치인들이 참석해 이틀간에 걸쳐 공공개혁과 사회통합 정책에 대한 의견을 교환하는 학술 발표회 자리였다.

어제 주최했던 부동산 정책 세미나 준비만으로도 벅찬데, 바로 하루 뒤에 있을 비중 높은 자리에서의 발표 준비가 시간적으로 무리인 듯하여 망설였지만 시청에서 나를 담당하는 가브리엘라의 부탁인지라 고민 끝에 승낙했었다. 사실 스페인어 버전의 PPT 자료 두 가지를 동시에 준비하는 데 엄청나게 많은 에너지와 정성이 들어가 버거웠다.

그러나 시 자문관으로서의 업무 영역을 넘어서서 중남미 공공행정의 개혁에 나름의 기여를 하고 싶다는 욕심도 작용해 최선을 다해 준비했는데, 그런 관점에서 오늘의 발표는 만족스럽다. 역시 이론보다는 실무를 경험하며 겪은 사례 중심으로 설명하는 것이 설득력 있는 모양이다. 관중의 반응은 뜨거웠다.

학술 강연회를 콘서트처럼 즐기는 사람들

미라플로레스의 컨벤션센터 발표회장에 들어서며 놀랐다. 상당히 전문적이고 무미건조한 주제의 학술발표회인데도 불구하고 첫눈에도 천여 명이 넘는 청중이 자리를 가득 메웠다. 아마도 리마 시에 있는 각 대학의 행정학과, 정책학과 대학원생들과 이 주제에 관심이 있는 관료 및 정치인들이 상당수 참석한 듯했다.

이 나라 사람들이 이렇게 공부에 관심이 많으리라고는 상상하지 못했다. 아침부터 시작한 회의였고 내가 속한 공공개혁 부분은 오후 4시부터 시작되는 3부였기에 더욱 충격적이었다. 사실 한국에서 이런 세미나나 학술 발표회가 열리면 개막식 때 참석자 수가 가장 많고 점점 자리를 뜨는 사람이 늘어나 오후에는 분위기가 썰렁해지기 마련이다. 그런데 빈자리는 거의 없었고, 심지어 내 앞 발제자의 발언이 예정된 30분을 넘겨 주최 측이 그만 마무리해달라고 채근하자 청중들이 왜 중요한 이야기의 맥을 끊느냐며 항의하는 게 아닌가. 이런 분위기의 회의는 처음 보았다. 적당히 영어로 발표할까 하다가 정성을 들여 스페인어로 바꾼 것이 매우 보람 있고 잘했다는 생각이 들었다. 이런 분위기에 용기를 얻어 청중과 교감하기로 작심하고 발표를 시작했다.

먼저 "나는 전문가가 아니다. 행정 경험을 한 일개 정치인일 뿐이다. 그러므로 전문적인 이론보다는 내 경험을 이야기하겠다."라며 말문을 열었다. 한국은 이제 1인당 국민소득 2만 달러를 넘어 양적 성장이 아닌 '질적' 성장을 통해 진정한 선진국을 향해 나아가야 할 때다. 이를 위해서는 공직사회 개혁이 절실했다. 그래서 공무원들의 업무 분위기를 바꾸는 총체적 개혁에 시동을 걸었다고 총론을 설명했다. 그러고는 신인사, 신감사, 신교육, 신민원 제도를 차례로 설명했다.

신인사 제도로 9급에서 5급까지 진급하는 데 평균 29년 걸리던 것을 15년이면 가능하도록 바꾸고, 파격적인 승진인사를 통해 일하는 분위기를 진작한 이야기까지는 분위기가 차분했다. 그런데 상시 평가와 성과 포인트 제도의 도입 성과, 조직 내 헤드헌팅과 드래프트 제도 부분에 이르자 청중이 술렁이기 시작했다. 이어서 3퍼센트 퇴출의 현장시정추진단의 과감한 개혁 이야기에는 박수하고 웃는 등 적극적으로 호응했다. 중남미의 느슨한 사회 분위기로는 상상도 못 하는 충격요법에 상당한 흥미를 느끼는 듯했다.

조금 무미건조한 IT와 모바일 시스템을 통한 상시교육 프로그램 가동, 학습 동아리 활동의 고무적 성과 등에 이어 청렴도 향상을 위한 극약 처방으로 서울시가 다른 시·도를 제치고 두 번이나 청렴도 1위를 했다는 말에는 다시 한 번 박수가 쏟아졌다. 대중 강연회장인지 학술 발표회장인지 헷갈릴 정도였다. 페루 사람들의 한국을 바라보는 시선은 정말 '따뜻한 관심' 그 자체였다.

마지막으로 종합 민원 전화 '120 다산콜센터'의 도입으로 서울시민의 민원 제기가 편리하고 용이해졌고, 불편하고 비효율적이던 민원 제도가 매우

■ 세사르 바예호 대학원 주최 국제 컨퍼런스에서 서울시의 창의시정에 대해 발제했다.

만족도 높은 제도로 환골탈태한 과정과 이를 국내외로 전파한 사례를 상세히 설명하자 반응은 정점에 이르렀다.

거기에 창의적 아이디어를 낸 공무원들에게 성과 점수를 부여하는 과정에 게임 요소를 도입해 창의왕에게는 최고급 인체공학 설계 의자를 포상한다는 부분에서는, 모두 '빵' 터져버렸다. 지루하던 토요일 오후의 학술 발표회장이 마치 즐거운 놀이터처럼 되었다.

이 창의시정 개혁이 학술적으로도 높이 평가받아 미국 십여 개 공공정책 대학원의 교재에도 반영되어있으니, 더 자세한 내용이 궁금하면 책을 참조하라는 당부로 발제를 마무리했다.

물론 설명 중간중간에 관중에게 질문하고 대화하는 등의 노력이 있었고 감정의 흐름을 놓치지 않고 순발력 있게 통역해준 박규성 통역사의 센스도 정말 큰 도움이 되었지만, 이런 자연스러운 반응은 사실 한국에서는 상상하기 어려운 것이 현실이다. 문화 차이를 실감하는 순간이었다. 학술 강연회를 콘서트처럼 즐기는 사람들!

리마 시가 바꿔야 할 것은 무엇인가

질의 시간도 흥미진진했고, 상당한 호응으로 마무리되었다. 내게 주어진 질문은 "4개월간의 자문관 경험에 비추어 판단해보면 리마 시에서 가장 바껴야 할 부분은 무엇인가?"였다. 이렇게 중요한 질문을 해놓고는 시간에 쫓기는지 1분 정도로 간단히 답해달라는 요청이 쪽지로 전달되었다.

기다리던 질문이었는데 못내 아쉬웠다. 잠시 망설이다가 매우 솔직하고 직설적인 답변을 하기로 마음먹었다. 우선 분위기부터 풀었다. "주최 측에서 여러분이 지루해하실까 봐 1분 내로 답해달라고 하는데, 제 능력으로는 도저히 1분 안에는 정리가 안 되니 5분 정도 말씀드려도 될까요?"

큰 박수로 화답이 돌아왔다.

"첫째, 리마 시는 예산이 턱없이 부족합니다. 서울의 20분의 1, 이웃 나라 콜롬비아 보고타의 10분의 1도 되지 않습니다. 인구 950만에 서울보다 넓은 도시에서 이런 예산으로는 아무 일도 할 수 없습니다. 인건비 등 고정비용을 넘어서서 새로운 일을 할 수 있는 자체 세원이 있어야 합니다."

결과적으로 무능하고 게으르다고 매도되고 있는 비야란 시장의 입장을 두둔해준 셈이다. 이 말에 분위기가 또 술렁이기 시작했다.

"둘째, 직업공무원 제도를 정착시키지 않으면 일관된 정책을 펼치며 장기적으로 비전을 이뤄가기가 불가능합니다. 선거 후면 공무원의 40퍼센트가 정무적 임명으로 바뀌는 나라에서 공무원들에게 청렴, 사명감, 성실, 열정을 요구하는 것은 연목구어입니다. 누군가는 미래를 위해 이 개혁에 시동을 걸어야 합니다." 모두 공감하는 눈치였다. 그러나 과연 누가 고양이 목에 방울을 달 것인가.

"셋째, 공공기관 간의 업무 협조를 제도적으로 구축해야 합니다. 중앙정부와 지방정부 사이도 그렇지만, 지방정부 간에도 마찬가지입니다. 예컨대, 시장도 구청장도 선거로 뽑는데, 부자 자치구의 구청장은 구청의 재산세 재원이 충분하기 때문에 시장의 정책에 보조를 맞추지 않고도 업무 수행에 아무런 지장이 없습니다. 이런 이유로 부자들이 주로 사는 산 이시드로, 미라플로레스 구의 주거 환경은 나날이 좋아지는데 빈민촌이 밀집한 루리간초 구는 더욱 황폐해져가는 것입니다. 이런 두 개의 '찢겨진 나라'를 용인하는 제도로는 이 나라의 국민통합에 미래는 없습니다."

시간이 촉박해서 서울의 강남북 균형 발전을 위한 과감한 재산세 공동과

■ 학술 강연회를 콘서트처럼 즐기는 사람들! 질문 답변 시간도 흥미진진했고, 상당한 호응으로 마무리되었다.

세 개혁 및 보조금 비율 개선의 성과까지 예를 들지는 못했지만, 의미가 충분히 전달되었는지 박수가 터져나왔다. 본인들도 느끼는 문제점을 콕 찝어 이야기하니 속이 시원하다는 반응이었을까. 이 나라 기득권 세력들이 자신들의 이익을 지키기에 적절한 제도를 구축해놓았는데, 이것을 나처럼 직설적이고 공격적으로 지적하는 사람은 아마도 쉽게 보지 못했을 것이다.

사실 몇 개월 속속들이 들여다본 사람이 아니면, 그리고 전직 시장으로서의 경험이 없다면 이런 민감한 이야기를 전문가 집단 앞에서 직설적으로 하기 힘들다.

어쨌든 오늘로서 페루에서의 내 의무를 다했다는 안도감이 든다. 사실 그동안 해주고 싶은 말이 많았는데, 누구를 향해서 어느 자리에서 해야 할지 막막했었다. 오늘은 그 한을 푼, 자문관으로서 매우 보람 있는 날이었다. 이런 지적이 이 나라의 답답한 현실을 조금이라도 빨리 바꾸는 촉매제가 되기를 기원한다.

에필로그

중남미는 우리에게 꼭 필요한 파트너입니다

1인당 국민소득이 1만 달러에 육박하고 지난 10년간 연 평균 5퍼센트나 성장할 정도로 경제 발전에 시동이 걸린 라틴아메리카 대륙은 시장성 측면에서 분명 기회의 땅입니다. 석유와 천연가스·금·은·동·아연·주석 및 희토류 등 각종 지하자원의 매장량은 세계의 약 20퍼센트에 이르러 자원이 부족한 우리에게는 최적의 사업 파트너도 될 수 있습니다. 급속한 산업화와 도시화 덕분에 정부 발주 인프라 공사의 물량도 엄청납니다. 한마디로 여러 면에서 경제적 기회가 널린 곳이지요. 미국과 식민지 종주국 스페인을 비롯한 유럽 제국, 그리고 브라질·멕시코·칠레 등 중남미에서 선두를 달리는 나라들의 자본과 기업들이 이 돈다발을 쓸어 담고 있습니다. 더욱 안타까운 것은 이곳에 중국과 일본도 적극 참여하는데, 우리나라는 보이지 않는다는 사실입니다. 사실 중남미는 삼성과 엘지·현대·기아 등 몇몇 대기업을 제외하면 우리 기업 진출의 불모지나 다름없습니다.

그 이유가 무엇일까요?

여행을 한번 하려고 해도 가는 데만 하루가 꼬박 걸리는 먼 거리인지라 마음을 정하기가 쉽지 않지만, 그보다 더 큰 이유는 심리적·문화적 거리감입니다. 심리적 거리감은 극복하기 나름이겠지만, 문화적 거리감을 좁히기 위해서는 많은 공부와 자료 조사와 축적, 시간 투자가 선행되어야 합니다. 언어 소통의 문제도 있겠지요. 우리나라에서 스페인어 교육은 필요한 수요만큼 이루어지지 않는 것이 현실입니다. 누군가는 이를 종합해서 이른바 만만히 보이는 '만만지수'가 높은 것이라고 설명하는데, 우스갯소리 같지만 정곡을 찌르는 분석입니다.

마음의 거리를 먼저 좁힙시다

무엇보다 마음의 거리를 좁히는 것이 중요합니다. 우리에게 중남미는 너무나도 먼 별천지입니다. 엄청난 지하자원뿐 아니라, 우리 물건을 내다 팔고 공사 물량을 따올 시장으로서의 가치만으로도 결코 가볍게 볼 수 있는 곳이 아님에도 불구하고 늘 우선순위에서 뒤쳐져왔습니다. 이 깊고 넓은 간극을 극복하는 작업이 최우선 과제입니다.

6개월은 매우 짧은 기간입니다. 중남미 여러 나라를 다 돌아보고 쓴 글도 아닙니다. 그러나 시작이 반이라는 마음으로 되도록 깊이 들여다보려고 노력했습니다. 출국을 준비하며 보니 여행 지침서는 많아도 그들의 생활과 사고방식, 사회구조를 천착하는 서적은 찾기 힘들었습니다. 그 점이 한편으로는 놀라웠고 다른 한편으로는 무척 아쉬웠습니다. 제 미천한 작업 위에 또 다른 시각에서의 탐색 작업이 모이고 쌓이면 언젠가는 중남미를 이해하고 그 시장에 진출하는 데 도움이 되는 완성도 높은 지침서도 마련될 날이 오겠지요.

이에 더해 국제사회 기여는 이제 선택이 아닌 필수입니다. 국제사회에서의 호감도와 국가브랜드 향상이라는 전략적 측면에서도 그렇지만, 우리 스스로의 국민적 자부심과 그로부터 비롯되는 공존과 배려의 마음가짐 고양을 위해서도 그렇습니다.

더구나 중남미에서의 우리나라에 대한 평가는 냉엄합니다. 한류 바람에도 불구하고 호감도는 평균 이하입니다. 페루 역시 우리를 필요로 한다기보다는 우리가 필요한 나라입니다. 지구촌 구석구석에 대한 연구, 이른바 지역학 연구에 조금 더 정성을 쏟아야 할 시점입니다.

가르치면서 배우고, 베풀면 얻는 법입니다.

조금 늦은 감이 있지만, 많이 늦지는 않았다고 생각합니다. 국가적 차원의 집중 투자와 민간 차원의 관심이 함께한다면 말입니다. 더 멀리, 나라 바깥 세상에서 재도약의 전기를 마련한다는 각오를 새롭게 해야 할 시점입니다.

La alegría de los niños es la música...
04/03/13
COMAIN
LIMA

오세훈, 길을 떠나 다시 배우다

페루 리마 일기

1판 1쇄 인쇄 2015년 4월 23일
1판 1쇄 발행 2015년 4월 30일

지은이 오세훈

발행인 양원석
본부장 송명주
책임편집 이지혜
교정교열 송도숙
해외저작권 황지현, 지소연
제작 문태일, 김수진
영업마케팅 김경만, 곽희은, 윤기봉, 우지연, 김민수, 장현기, 이영인, 송기현, 정미진, 이선미

펴낸 곳 (주)알에이치코리아
주소 서울특별시 금천구 가산디지털2로 53, 20층 (가산동, 한라시그마밸리)
편집문의 02-6443-8855 구입문의 02-6443-8838
홈페이지 http://rhk.co.kr
등록 2004년 1월 15일 제2-3726호

Printed in Seoul, Korea

ISBN 978-89-255-5607-9 (04810)
978-89-255-5609-3 (set)